漢字樹

Hanzi Tree

3

與動植物相關的漢字

廖文豪——著

作者序

《漢字樹》系列發行以來，讀者的支持與鼓勵讓我非常感動。有讀者表示要帶著《漢字樹》前往國外教中文，又有分別從美國、澳洲等教授中文的老師來函問候，並希望我能建立網站並發行圖像字檔，使外國學生能透過圖像來認識漢字。此外，也有從中國大陸及香港的讀者來函表示對繁體字的熱愛等等。這些鼓勵，我銘記在心，也將更努力以不辜負讀者的期望。

《漢字樹》先後出版了兩冊，陸續有讀者問到共有幾冊？整體的結構與內容為何？我的規劃是，《漢字樹》共有五冊。第一至三冊是討論有關「生物」的漢字，第四至五冊是討論無生物的漢字。就生物部分而言，又分成第一冊人篇，第二冊人體器官篇，第三冊動植物篇；就無生物部分而言，則分成第四冊器物篇，第五冊自然界篇。這五冊可以說已網羅了大部分的常用漢字。

《漢字樹③》主要在介紹漢字裡的動植物。漢字將動物分成蟲、魚、鳥、獸四大類，從沒有腳的蟲、魚，到有兩腳的鳥，再到四腳的獸。從這些字的衍生結構來看，古代中國人對動物的分類是獨樹一格的。他們對於動物的命名不僅記錄了外型特徵，也隱含了動物習性。例如：「鷹」是會抓小鳥的大鳥，「雞」是被人捕捉而失去自由的鳥，「龍」是引起水患的大蛇，「鳳」是一隻從邊境外飛來的大鳥等等。除此以外，由每一種動物衍生出來的漢字就可以知道此動物的習性，就以虎的衍生字來說，「虐」是殘暴的虎爪，「虜」描寫老虎把男人抓走，「慮」描述出人對老虎的憂慮，「處」是老虎出沒的地方，「彪」與「虔」是虎紋，「豦」、「劇」、「戲」、「噱」是老虎獵食野豬的精彩戲碼等，充分表達出老虎的兇猛本性。

漢字對於植物的表達更是絕妙，光是一株「屮」的漢字樹就幾乎將所有的植物一網打盡。屮的古字代表一棵向上生長的植物，有莖有葉，因此，許多與植物有關的重要漢字構件都包含這個符號，由這些基礎構件又可衍生出非常多的漢字，不僅含括了各種植物，也包含了以這些植物所製造出來的各式用具。

過去一年，非常感謝教育部、台北市文化局、台大、師大、敏隆講堂、元智大學、宜蘭大學等十餘單位的演講邀請，使我能將《漢字樹》分享給許多聽眾。在龍安國小演講時，孩子們的熱絡回應讓我印象深刻。本以為小學生很難聽得懂漢字字源的解說，沒想到他們透過圖像所產生的直覺性反應，認知能力往往超越迂迴思考的成人。我期望能將古人的造字文化透過圖像字來啟發孩子，藉以激發孩子的藝術與創造能力，並激起他們對漢字的熱愛。

有國外大學教授以此方式教授中文，非常受到外國學生的喜愛。當他們看見象形字，往往迫不及待地想知道其中意義並玩起猜字遊戲。可見，圖像傳達是人類與生俱來的能力與渴望。我們擁有全世界最完整的圖像字系統，若不加以開發利用，誠然是浪費了祖先所賜的豐厚文化資產。

《漢字樹》簡體版發行後，非常感謝同處於漢字文化圈的讀者給予熱烈支持。相信透過兩岸的交流與合作，未來一定能發展出最有邏輯系統、最有趣且易學的漢字圖像文化。

廖文豪
候教處（Email: liao@mail.ntcb.edu.tw）

目次

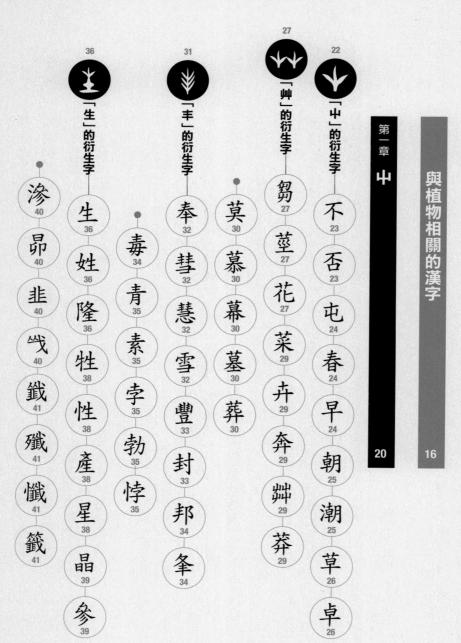

第二章 木 52

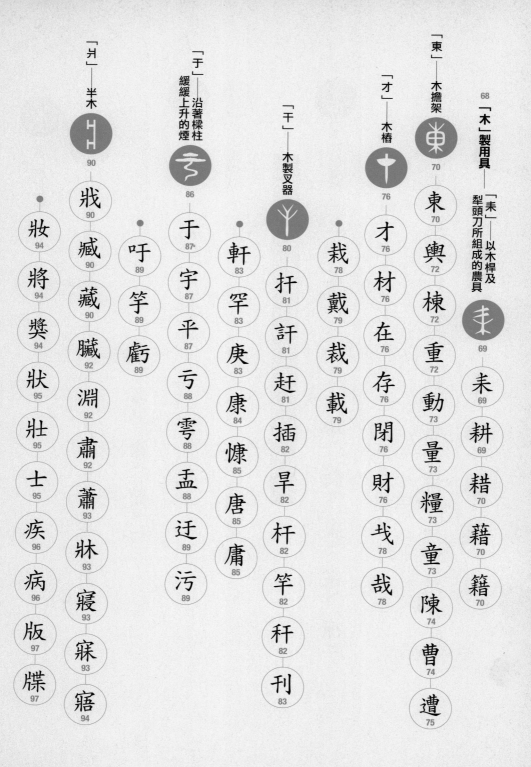

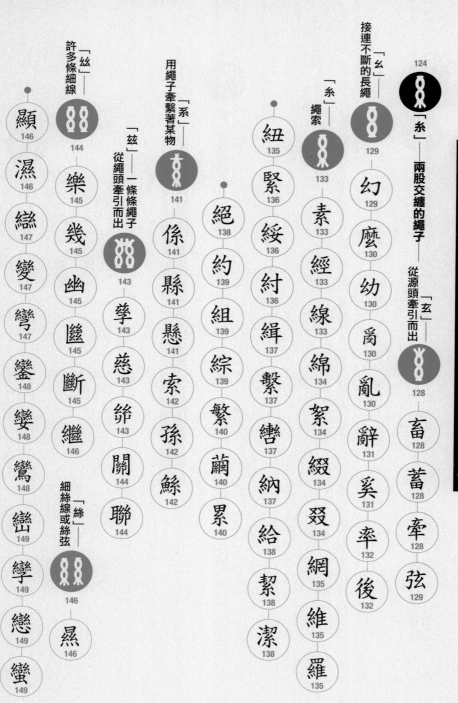

第六章 魚

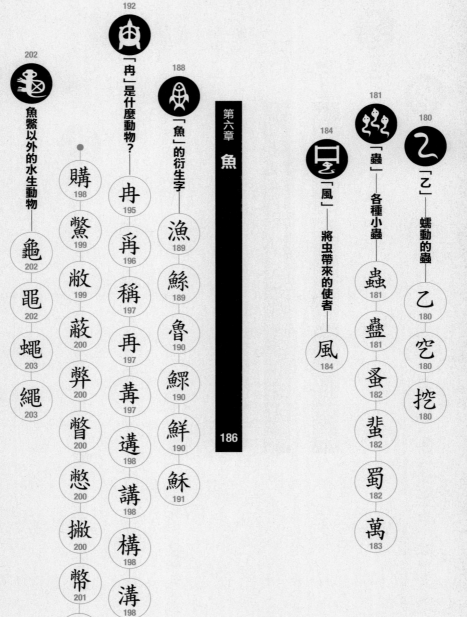

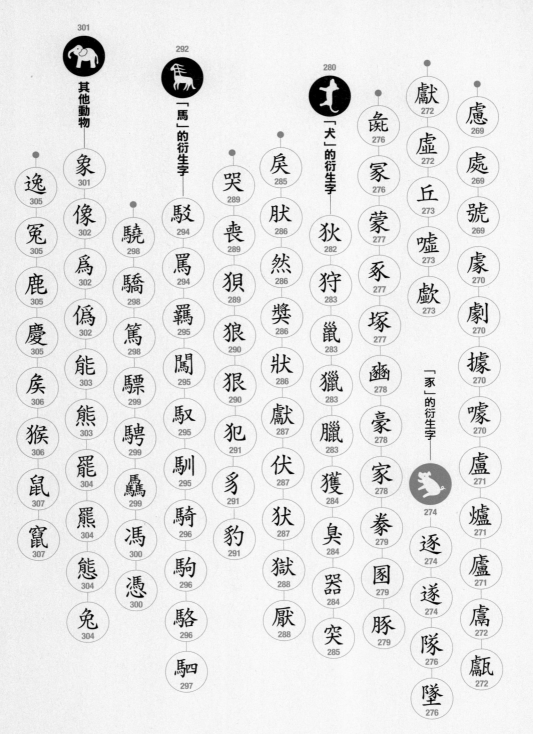

與植物相關的漢字

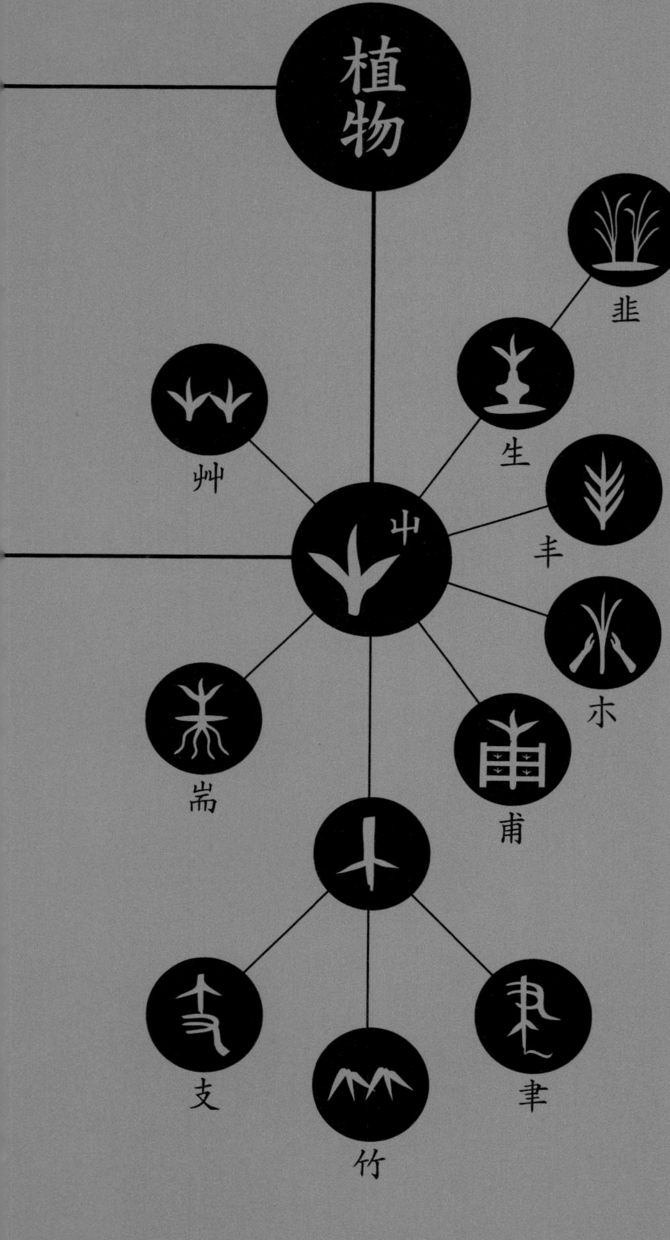

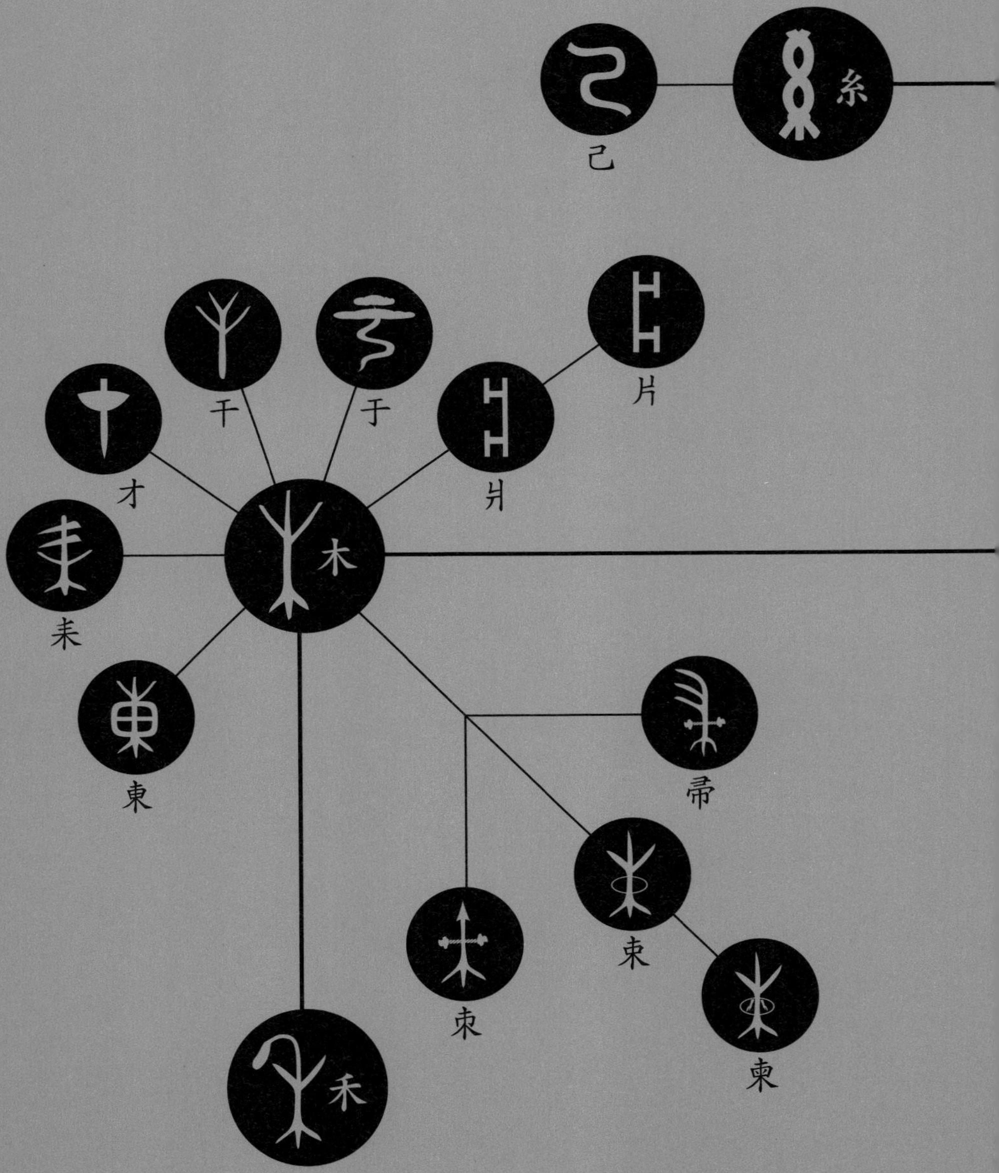

己
糸
干
于
片
才
爿
耒
木
東
帚
束
朿
柬
禾

與植物相關的基礎構件

示意圖	楷書	構字本義	衍生的常用漢字
	屮	有莖葉的植物	
	艸 艹	小草	卉茻若芻奔莫莽葬慕幕墓等
	丰	枝葉茂密的植物	豐奉彗夆邦封青毒素孛等
	生	從土裡長出小草	姓性牲星產隆甦不韭等
	韭	從土裡長出一叢細長莖葉	韱籤殲纖孅等
	朩	將植物的莖一絲絲地分散	散麻摩魔磨麼等
	甫	在農田裡培育小苗	匍苗圃專傳博敷等
	竹	竹子	等策籍筆笑筋筍竽籥箏筑算筮等
	聿	手持竹筆書寫	筆書畫晝盡建律肇肄肆肅等
	支	手持竹子枝條	鼓肢枝翅技技歧等
	耑	植物的上下兩端	端揣瑞惴湍踹
	木	有根、莖的植物	本末朱未果某李杏森林楚樂栽埶干爿禾東朿等

	耒	以木桿及犁頭刀所組成的農具	耕耤籍藉等
	東	木製擔架	東重動量糧陳曹遭童等
	才	木樁	材存在閉財裁哉戴載等
	干	木製叉器	扞訐趕旱桿竿稈乖插軒罕庚唐康庸等
	于	樑柱	宇平
	亏	沿著樑柱升上天空的煙氣	竽盂污迂吁虧夸雩粵等
	爿	木的左半邊，代表床或牆	牀牆戕寢寐寤將妝臧疾病疒淵肅蕭
	片	木的右半邊，代表木片	牌版牒牘牖等
	禾	有根、莖、麥穗的植物	來利秉和黍稻稷麥穀稟秦穆秋科稅齊香等
	束	用繩子將木材捆紮起來	辣賴刺速敕柬揀練煉諫闌欄等
	朿	有根、莖、尖刺的植物	棘刺責棗策等
	帚	一捆可用來掃地的植物	掃婦歸浸侵寢等
	糸	一條兩股交纏的繩子	維網綱紀約紐糾緊素絕繼綴繁
	己	一條彎曲的繩子	弗費夷弔弟紀記改

【第一章】

屮

「屮」的古字代表一棵向上生長的植物，因此，許多與植物有關的漢字構件都包含這個符號。

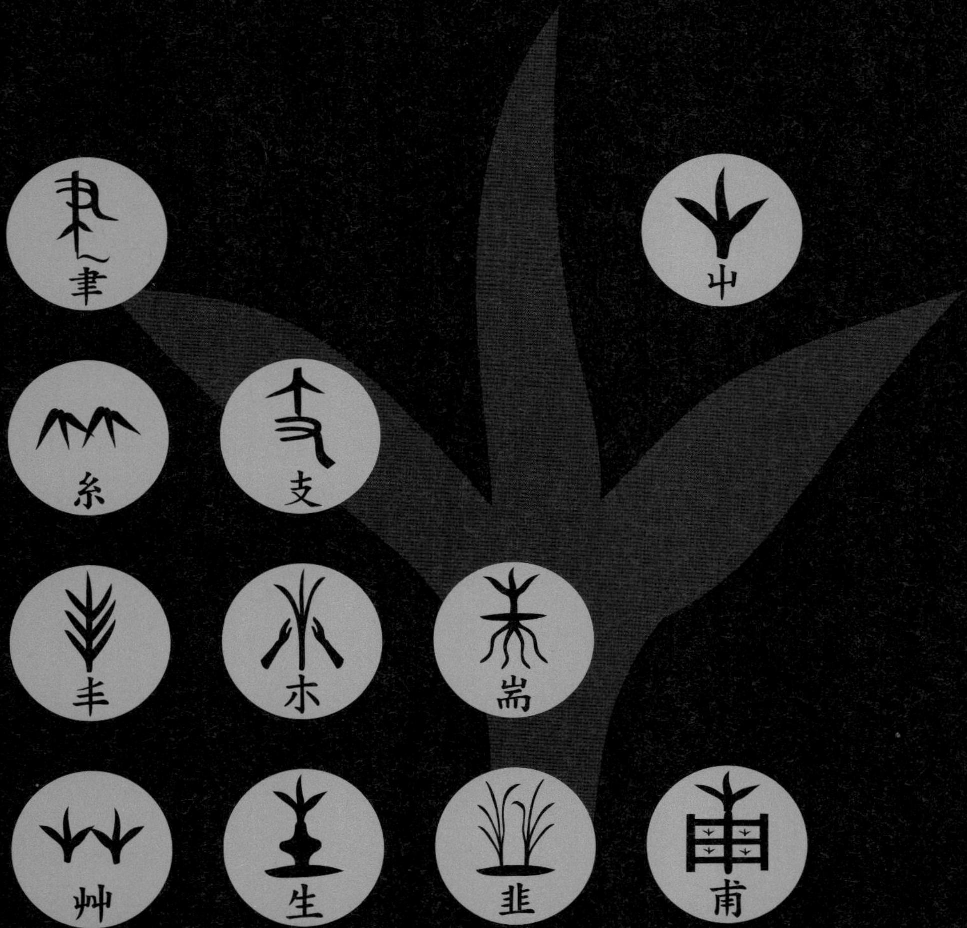
聿
屮
糸
支
丰
朩
耑
艸
生
韭
甫

「屮」的衍生字

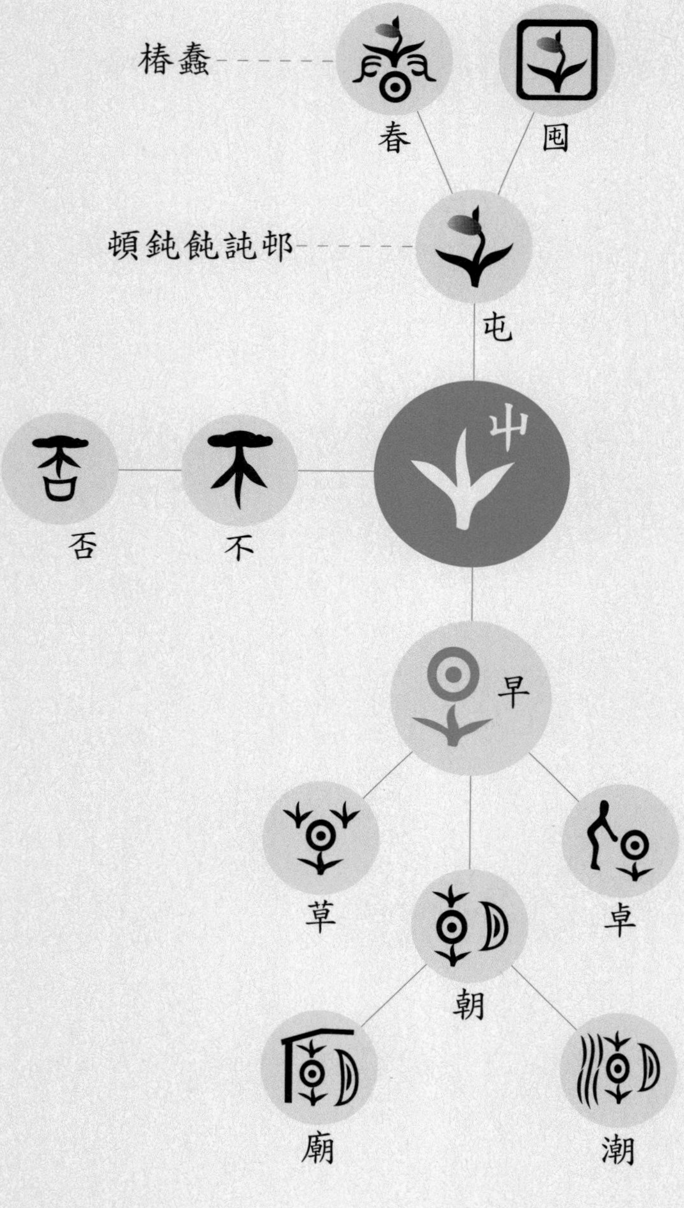

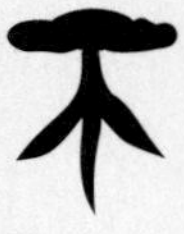

不 ㄅㄨˋ bù

逆天生長的草。

古人觀察植物的生長，發現所有的花草樹木都是朝著天、往上生長茁壯，沒見過哪個植物是倒過來長的。甲骨文呈現一株生長正常的植物，根往下長，但莖幹朝上發展，然而，「不」的甲骨文、、及金文卻是一株倒過來生長的植物，上面的一橫或兩橫代表天，更清楚表明其逆天生長的意涵。古人體會出所有植物都順天而長，絕不逆天而長，所以，人也應順天而行，不能違反天道。有不少古字都是以一橫或兩橫來代表天，像是天、雲、帝、示、辛、不。

甲 

金 

篆 

現代漢字	古字一橫	古字兩橫
天		
雲		
帝		
示		
辛		
不		

否 ㄈㄡˇ fǒu

或ㄆㄧˇ，pǐ。「口」裡（）說「不」（）。

金 

屯 ㄊㄨㄣˊ tún

或ㄓㄨㄣ，zhūn。種子萌發新芽。

春天到了，各種植物的種子破土冒出新芽。甲骨文、金文、代表種子萌發新芽。過沒幾天，小小的種子芽苞綻放出一簇新葉，古人認為，種子在冬天休眠期必定蓄積了極大的能量，芽苞是能量釋放出來的結果，於是，屯便引申出蓄積或聚集的意思，如屯聚、屯兵制等。《玉篇》：「屯，萬物始生也。」「屯」是「囤」的本字，囤（）表示將物品「蓄積」（，屯）在某地（，囗），囤積。

甲 金 篆

春 ㄔㄨㄣ chūn

趁著溫暖陽光（，日）上升時，趕緊用「兩隻手」（，廾）將「發新芽的種子」（，屯）種在土裡。

金文代表在溫暖的日（）光照射下，發新芽的種子（）紛紛長出繁茂的枝葉（）。篆體則有了一點改變，代表在陽光下，兩隻手將含苞待放的新芽種在土裡，似乎有勸人及時播種的教化意義，之後又簡化成，幾乎與現代漢字是一樣的。

金 篆

早 ㄗㄠˇ zǎo

太陽（，日）從草地（，屮）上漸漸升起。

古人刻意用低矮的「草」來形容低空的太陽，因此，代表早晨的漢字如「朝」與「早」都含「屮」（小草）的符號。篆體中的「十」字到底是什麼？雖然尚未發現「早」的甲骨文及金文，但對照「朝」與「卓」的甲骨文就可以發現，「十」是由「屮」簡化而來的。

篆

楷書	示意圖	甲骨文	金文	篆體
朝				
早				
草				
卓				

朝 ㄓㄠ zhāo

或ㄔㄠˊ，cháo。太陽（**，日）已從「草」叢（****）中升起，但「月」亮（****）尚未隱沒，這是清晨的景象。**

甲骨文表示太陽已從草叢中升起，而月亮還在天際。朝的相關用詞如朝陽、朝會等。在周朝，大官必須於「天亮前」就進入王宮，與君王商討國事，所以稱為「上朝」或「早朝」，而一大清早商議國事的地方則稱為「朝廷」。因為一大清早就要去面見君王，所以又稱為「朝見」。

㊙甲  ㊎金 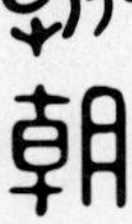 篆

潮 ㄔㄠˊ cháo

「清晨」時（**，朝），「水」位（****）出現變化。**

「潮」是白天的水位出現變化，「汐」是晚上的水位出現變化，合稱為潮汐。

金  篆

草 ㄘㄠˇ cǎo

清「早」（）冒出來的「艸」（）。

甲骨文有中、太陽及月亮三種符號，它是「早、草、朝」分化前的本字。篆體寫成、，是艸與早所組成的會意字。

金 篆

卓 ㄓㄨㄛˊ zhuó

「早」（）起的「人」（）。

由於「清早的太陽」將「人」投射出高大的身影，所以「卓」引申為高大挺拔，相關用詞如卓立、卓越等。甲骨文的右偏旁呈現一個站立的人、小草（）、及太陽（甲骨文○、都是太陽的象形字），金文、及篆體是逐步調整筆劃的結果。古人以「卓」來勉勵人要勤奮早起，不要睡懶覺，才能成大功、立大業。「晨」也有同樣的教化概念，「晨」代表「太陽」升起就前往「河岸邊開墾農田」（請參見「晨」）。

甲 金 篆

「艸」的衍生字

在漢字構件裡，一根草叫做「屮」，兩根草叫做「艹」，三根草叫做「卉」，四根草叫做「茻」。

芻 ㄔㄨˊ chú

以「手」（ ）拔「草」（ ）。

「芻」的本義為拔糧草餵牛羊，引申為糧草，相關用詞如芻秣（供牛羊吃的糧草）、反芻等。「芻」的簡體字為「刍」。

甲 金 篆

莖 ㄐㄧㄥ jīng

「艸」本植物（ ）的「垂直」（ ，巠）枝幹。

篆

花 ㄏㄨㄚ huā

由「艹」（ ）轉「化」（ ）之物。

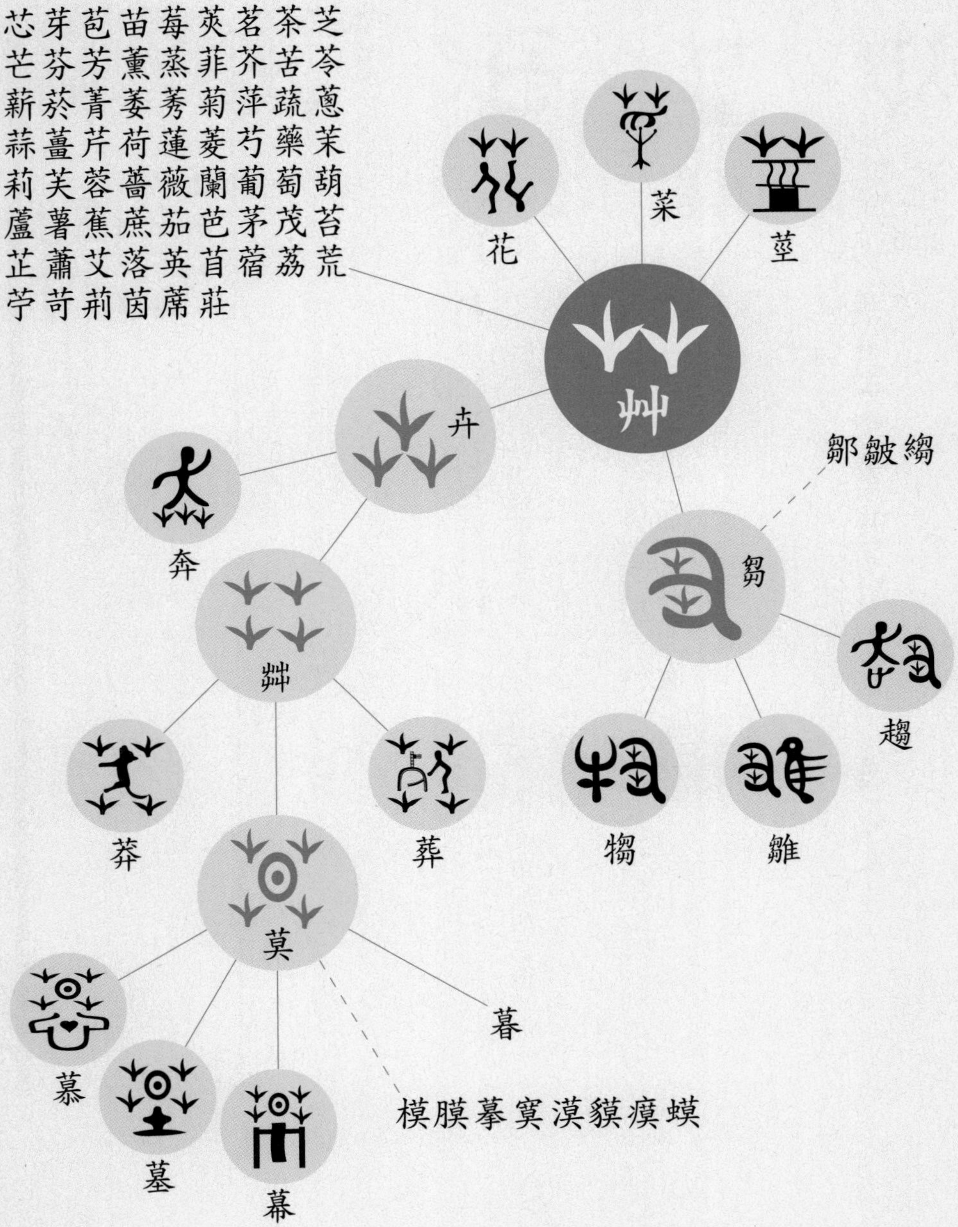
芯芽苞苗莓莢茗茶芝
芒芬芳薰蒸菲芥苦苓
薪菸菁萎莠菊萍蔬蔥
蒜薑芹荷蓮菱芍藥茉
莉芙蓉薔薇蘭葡萄葫
蘆薯蕉蔗茄芭茅茂苔
芷蕭艾落英苜蓿荔荒
苧苛荊茵蓆莊
花
菜
莖
艸
卉
奔
茻
芻
鄒皺縐
趨
犓
雛
莽
葬
莫
暮
慕
墓
幕
模膜摹寞漠貘瘼蟆

菜 ㄘㄞˋ

cài

可以「採」（，采）來食用的「草或葉」（）。

篆

卉 ㄏㄨㄟˋ

huì

眾多草類。

古人以「三」代表多，所以，三根草代表眾多草類。「卉」是「草」的總稱。

金

奔 ㄅㄣ

bēn

在草原（）上快跑的人（）。

相關用詞如狂奔、奔走。

金

篆

茻 ㄇㄤˇ

mǎng

茂盛的野草四處蔓生。

「茻」是「莽」的本字。

篆

莽 ㄇㄤˇ

mǎng

狗（，犬）隱沒在「茻原」（）裡。

「莽」引申為草木又多又深，相關用詞如草莽、莽漢等。

篆

莫 ㄇㄛˋ mò

太陽（ ）隱沒在「茻原」（ ）裡。

「莫」是描寫黃昏時刻，本義為太陽逐漸隱沒，是「暮」的本字，引申為沒有、不要，相關用詞如莫名、莫非、莫怪等。

甲 金 篆

慕 ㄇㄨˋ mù

太陽逐漸「隱沒」（ ，莫）時的「心」情（ ）。

「夕陽無限好，只是近黃昏。」這是李商隱傳誦千古的美麗詩句，道出了人對夕陽的迷戀不捨。「慕」引申為依戀或思念，相關用詞如羨慕、仰慕等。

金 篆

幕 ㄇㄨˋ mù

使景物「隱沒」（ ，莫）的一塊布（ ，巾）。

古代覆蓋車轎或帳棚的布巾稱為幕，相關用詞如簾幕、帷幕、帳幕、幕僚等。

墓 ㄇㄨˋ mù

將人「隱沒」（ ，莫）的「土」堆（ ）。

篆

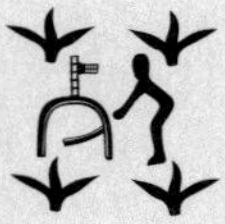

葬 ㄗㄤˋ zàng

把「死」人（ ）隱沒在「茻原」（ ）裡。

讓死人回歸塵土與莽原是古代習俗，即便無法得莽原而葬，也要在埋葬處以草覆蓋。《說文》：「葬，藏也。从死在茻中」。

篆

「丰」的衍生字

、及都是「丰」的古字，具有生長茂盛的意涵。古人以「（屮）」代表向上生長的植物，然後在此植物的兩側再添加幾根枝葉，用以象徵一株生長茂盛的植物。

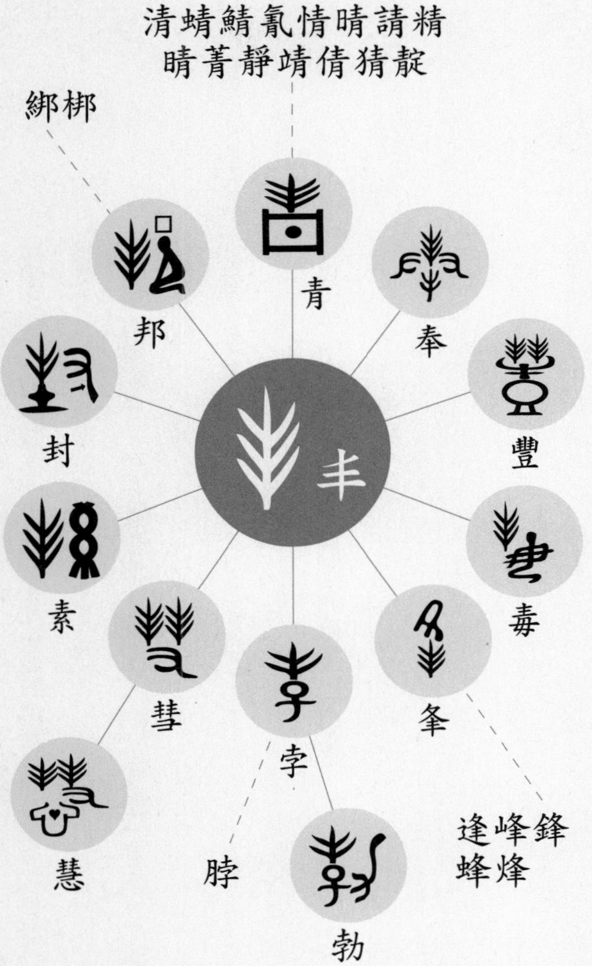

奉 ㄈㄥˋ fèng

眾手（）同心獻上「丰」（）盛的禮物。

古人非常重視秋收後的祭典。為了感謝神賜豐收，於是將所收獲的穀物、果實獻給神。金文表示以雙手（）呈獻「豐盛」（）的禮物，「丰」也是聲符；篆體則又加了一隻手（），表示眾人同心獻上。「奉」引申為恭敬地呈獻，相關用詞如敬奉、奉養、奉命等。

金 篆

彗 ㄏㄨㄟˋ huì

一隻「手」（）將兩支「茂密的植物」（，丰）組合成掃帚。

「彗」的本義為製作掃帚，引申為掃帚，如彗星，又名掃把星，因為彗星靠近太陽時會產生長長的尾巴，形狀猶如掃把。《廣韻》：「彗，帚也」。

金 篆

慧 ㄏㄨㄟˋ huì

一個懂得「製作掃帚」（，彗）者的「心」智（）。

相傳遠古時代有個人名叫杜康，他除了懂得釀酒以外，也發明了畚箕與掃帚，是個有智慧才幹的人。善於利用普通材料製作出有價值的用具，必定是有智慧的人，所以「慧」引申為有聰明才幹，相關用詞如智慧、慧眼等。《說文》：「古者少康初作箕、帚、秫酒。少康，杜康也。」

金 篆

雪 ㄒㄩㄝˇ xuě

「手持掃帚」（）除去「從天降落的東西」（，雨）。

在氣候寒冷的地區，每到冬雪來臨，家家戶戶都忙著掃雪。大雪常造成交通阻塞，但對於古代詩人而言，掃雪卻別有一番韻味，如宋朝詩人陸游《晚春記事》：「日永東齋淡無事，閉門掃雪只焚香。」，「雪」引申為白色的、除去，相

甲 金 篆

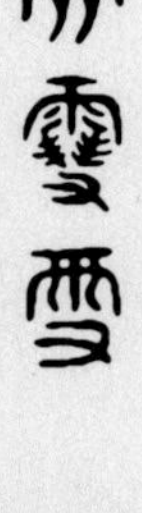

關用詞如雪白、雪恥等。

豐 ㄈㄥ fēng

擊「鼓」(，壴)飲酒慶祝「豐」收(，丰)。

「豐」代表擊鼓飲酒慶祝豐收，引申為多、滿等，相關用詞如豐富、豐收、豐功偉業等。因此，《周頌》說：「豐年多黍多稌……，為酒為醴。」然而，豐的構字演變是相當曲折的。《戰國策》記載，大禹有一個擅長造酒的大臣儀狄，有一天獻酒給大禹，大禹飲後覺得甘甜無比，但他隨後警覺嗜飲美酒必導致亡國，於是與儀狄疏遠。後來大禹的後代夏桀果然因酒亡國。《劉向．新序》記載：「桀作瑤臺，罷民力，殫民財，為酒池糟隄，縱靡靡之樂，一鼓而牛飲者三千人。」一擊鼓，便有三千人一齊舉杯暢飲，可想見當時文武百官縱酒娛樂的場面是多麼盛大。「豐」的甲骨文是由「壴」()及「亡」(、)所組成，顯然這是描寫豐盛之國夏朝，一擊鼓而三千人醉酒，最終導致亡國。「豐」原是古代用來盛裝「罰酒」的酒器，宋．葉庭珪《海錄碎事》詮釋說：「古豐國之君以酒亡國，故以為罰爵。」可是，周朝人漸漸認為酒是上天所賜，是豐收的象徵，於是將「亡」去除，取而代之的是「丰」，所以「豐」的金文及篆體演變成與。「豐」的簡體字為「丰」，擊鼓慶祝的符號不見了。

封 ㄈㄥ fēng

在領「土」()內以「手」()來栽種「植物」(，丰)。

周武王得天下之後，實施「封建制度」，把國土賜給同姓宗親，並讓受封者在受封的領土邊境廣植樹林，做為邦國的國界。《尚書》周康王的文誥說：「皇天用訓厥道，付畀四方，乃命建侯樹屏。」大意是說，皇天上帝將四方的人民交

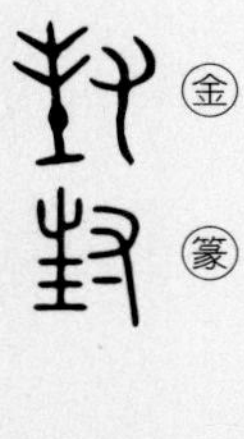

付給我先王，先王於是命令諸侯建立國家，並在國之四圍種樹當作屏障。《周禮》也說：「制其畿，方千里而封樹之。」可見，周朝的京城，外推一千方里之地，都廣植樹林當作屏藩。「封」的金文是指親「手」（、）在領「土」（）上栽種「茂密植物」（）。「封」引申為賜土地或爵位、領地、限制等，相關用詞如冊封、封疆、封閉等。郭沫若說：「古之畿封實以樹為之也。此習於今猶存。然其事之起，乃遠在太古。太古之民多利用自然林木以為族與族間之畛域，西方學者所稱為境界林者是也。」

邦 ㄅㄤ bāng

「境內人民」（，邑）在領土上栽種「植物」（，丰）。

「封」與「邦」的構字裡，都隱含著植林為界的信息。「邦」的金文表示「城內人民」（，邑）在地「土」（）上栽種「植物」（），此構形與「封」的金文相近。

金 

篆 

夆 ㄈㄥ fēng

在長滿「茂盛植物」（，丰）的叢林裡「緩慢前行」（，夊）。

以「夆」為聲符所衍生的字有逢、峰、鋒、蜂、烽等。由「逢」又衍生出縫、篷、蓬等。

甲 

金 

篆 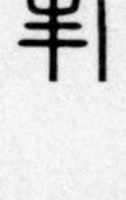

毒 ㄉㄨˊ dú

害人的「茂盛植物」（，丰），「毋」（）碰！

《漢書．西南夷》記載，中國西南夷（雲貴蜀）常常侵犯漢朝，甚至漢朝派使臣尋求和解，也受到輕蔑。他們為何不怕漢朝大軍呢？《漢書》形容他們藏身在「溫暑毒草之地」，常常使得敵軍如入火坑深潭，最後都被消滅。

篆 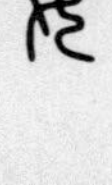

青 ㄑㄧㄥ qīng

顏色像「茂盛植物」（，丰）的「顏料」（，丹）。

金文及篆體都是由「丰」與「丹」所構成的會意字，後來隸書將「丹」訛變成「月」。

金 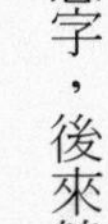

篆 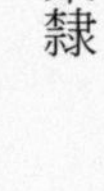

素 ㄙㄨˋ sù

將植物（，丰）纖維編織成絲線（，糸），生絲。

「素」是還未染色的絲線，引申為原來的顏色、天然未加工的，相關用詞如素色、樸素、元素等。金文、是兩隻手將植物纖維編織成絲繩，篆體省略了兩隻手。

金 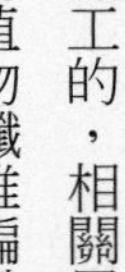

篆 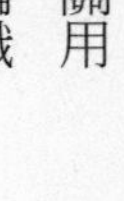

孛 ㄅㄛˊ bó

或ㄅㄟˋ，bèi。孩「子」（，子）像「茂盛的植物」（，丰）般快速生長。

「孛」引申為迅速成長。古人體會出，人的一生就數孩童期的生長速度特別快，於是藉著這個概念創造了「孛」及相關的衍生字。

金 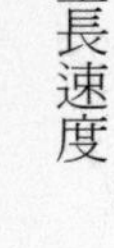

勃 ㄅㄛˊ bó

「孩子像茂盛的植物般快速成長」（，孛）並且變得強壯有「力」（，力）。

「勃」引申為旺盛的樣子。相關用詞如勃發、蓬勃。

悖 ㄅㄛˊ bó

或ㄅㄟˋ，bèi。「迅速成長」（，孛）的野「心」（，忄）。

相關用詞如悖逆。

「生」的衍生字

生 ㄕㄥ shēn

從「土」（）裡長出「小草」（）。

春天一到，枯死的小草又開始發芽生長，如此一代代生生不息的繁殖能力令人驚嘆，「生」就是藉著從「土」裡所冒出的「小草」來表徵。

甲 

金 

篆 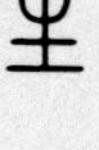

姓 ㄒㄧㄥˋ xìng

從「女」（）而「生」（）。

金文是由「女」與「生」所構成的會意字，表示從女而生。遠古時代，在婚姻制度尚未建立之前，有些孩子不知道父親是誰，但一定認識懷胎十月、把他乳養長大的母親，為了標明其母系族群，於是產生了最早的姓。上古八大姓都是從「女」旁，炎帝（神農氏）姓姜，黃帝姓姬，舜姓姚。

甲 

篆 

隆 ㄌㄨㄥˊ lóng

天子「降」（）「生」（）。

篆體是由「降」（）「生」（）所組成的會意字，意表天子降生，《荀子》說：「天子生則天下一隆。」天帝之子降生，是天大的喜事，所以「隆」引申為崇高、盛大，相關用詞如隆恩、興隆等。

篆 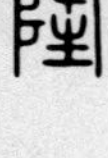

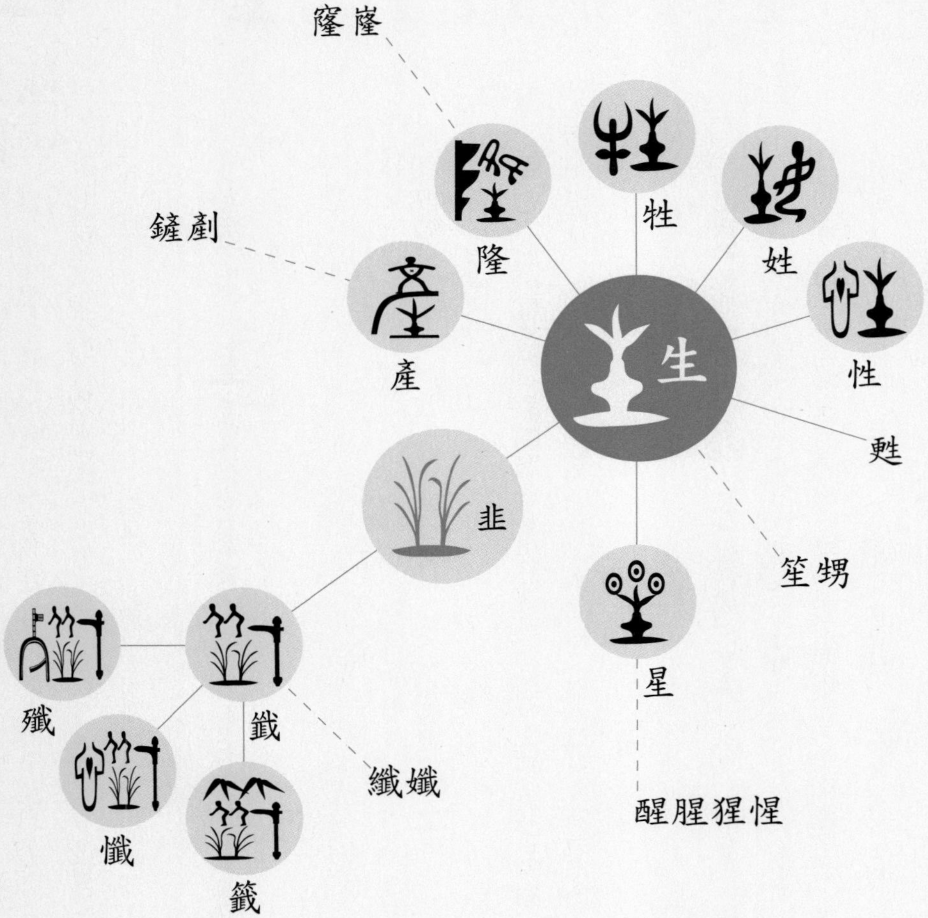
窿㝫
鏟剷
隆
牲
姓
產
生
性
甦
韭
笙甥
星
殲
韱
纖孅
懺
籤
醒腥猩惺

牲 ㄕㄥ shēng

待宰的「生」（）「牛」（）。「生」也是聲符。

《周禮》說：「膳用六牲」，可見「牲」是準備宰來用餐的家畜。那麼，「畜」與「牲」有什麼差別呢？《庖人註》：「六畜，六牲也。始養之曰畜，將用之曰牲。」也就是說：「豢養的叫做畜，待宰的叫做牲」。「犧牲」就是用來祭祀的牛或羊。

金 篆

性 ㄒㄧㄥˋ xìng

從出「生」（）就具有的「本質」（，忄），意指天生本質。

《中庸》：「天命之謂性」。

產 ㄔㄢˇ chǎn

以峭壁（，厂）上的紋彩（，文）來製造（，生）出各種有用的東西。

古人對峭壁岩石上的艷麗色彩很好奇，他們發現峭壁的各種礦石有著不同的顏色，若是取出這些礦石加以研製，就能取出其中的顏料，作為染料或其他用途。像是丹砂之類的礦石就能提煉出紅色染料，染在布料上，便能做出紅色的衣服。

星 ㄒㄧㄥ xīng

由數顆散佈的星星（，晶）組合成（，生）一個完整星座。

「曐」是「星」的本字。甲骨文、是由散布的星星及「生」所組成，代表數顆散落的星星會定期聚集而生成一個完整星座。周人就已經有星座的概念，他們不但有系統地歸納出二十八宿星，並藉此訂出各種節氣。以「星」為聲符所衍生的字有醒、腥、猩、惺等。

甲 金 篆

晶 ㄐㄧㄥ jīng

三顆明亮的星星。

古人以「三」代表多，所以「晶」泛指天上眾多明亮的星星。「晶」衍生出一些與星星有關的漢字。

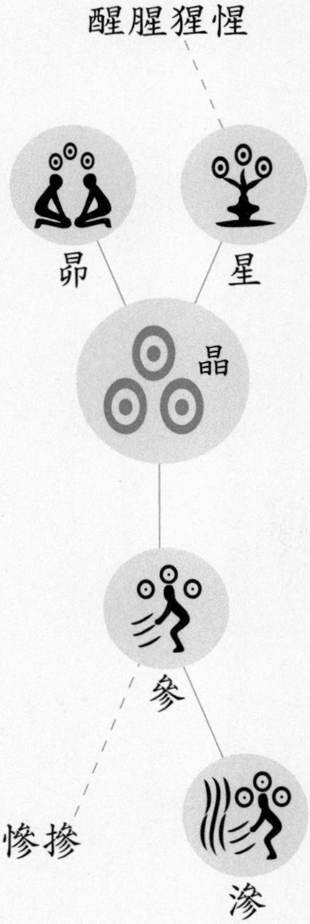

甲

金

參 ㄘㄢ cān

三顆星（，晶）所發出的「光彩」（）與某「人」（）的命運產生關聯。

冬天的夜晚，天空中有三顆極為明亮的星星排成直線，這是獵戶座中最耀眼的三顆星，代表獵人的腰帶。古人將這三顆星稱之為「參宿」，又稱為福、祿、壽三星。金文代表三顆星所發出的光彩（），金文、、及篆體、是由人（）及三顆連在一起的星星所組成，代表某人（或君王）的命運與這三顆星有關。古代星象家相信星宿的變化會對人的命運產生影響，如《後漢書》：「三星合軫為白衣之會。（三星會合表示君王家將出現喪事。）」「參」除了代表「三」之外，也具有「並列、加入」等意義，這是象徵許多星星共同組成一個星宿，相關用詞如參加、參與、參觀、參見等。

甲
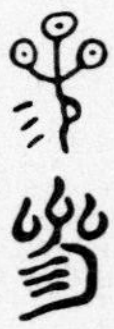
金

滲 ㄕㄣˋ shèn

有「水」（）「加進來」（，參）。

昴 ㄇㄠˇ mǎo

「聚在一起」（，卯）的白虎「星座」（）。

《說文》：「昴，白虎宿星。」

甲

篆

韭 ㄐㄧㄡˇ jiǔ

從土裡長出一叢細長莖葉，韭菜的象形文。

篆

戔 ㄐㄧㄢ jiān

用武器（，戈）殺死許多人（，从）。

「戔」是「殲」的本字，代表將敵人殺光。甲骨文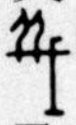及篆體代表「一戈」殺「二人」。如何表示殺死許許多多的敵人呢？古人常割取韭菜食用，一根根細嫩的韭菜叢生在一起，一刀下去，就能割取一把。俗話說「殺人如麻」，還不如說「殺人如韭」。所以，後人將「戔」添加「韭」來代表殺了很多人，再添加「歹」以代表死亡，就演變成現代的「殲」了。

甲

篆

韱 ㄒㄧㄢ xiān

將「韭」菜（）全數割取（，戈）。

「韱」本義為割取許多韭菜，引申為纖細、眾多。

篆

殲 ㄐㄧㄢ jiān

像收割韭菜般（，韱），將敵人全數殺「死」（，歹）。

戰國時期，秦國大將軍白起戰功彪炳，無人能及，但是一將功成，背後是他一生殲滅六國超過一百六十萬名士兵，可說是殺人如割韭菜！殲的相關用詞如殲滅、殲敵等。

懺 ㄔㄢˋ chàn

為殺人無數（，韱）而「心」生懊悔（，忄）。

白起雖然為秦國立下輝煌戰功，後來卻因違抗秦昭王的命令而被賜死。臨死前，他非常懊悔，但他不是因為違抗命令懊悔，而是為生前殺人無數懊悔。臨終前，白起想起與趙國的長平之戰，他俘虜了四十萬趙軍，卻擔心難以管理，於是設計坑殺所有降軍。一幕幕殘忍殺人的場面不斷湧上心頭，白起對自己的罪惡深重懊悔不已。

籤 ㄑㄧㄢ qiān

許多根纖細「竹」棍（），長得像一大把收割的韭菜（，韱）。

「籤」是細長的竹棍，相關用詞如竹籤、牙籤等。

篆

「朩」的衍生字

古人製作麻衣之前，需要經過收割麻莖、剝皮、打散、晒乾、搓揉、抽麻線、染色及織布等程序，《禮記》說：「治其麻絲，以為布帛。」由朩（ ）的衍生字，便得以窺知古代的治麻文化。

朩 ㄆㄧㄣˋ
pìn

分（ ，八）離麻類植物的莖（ ），這是描寫剝麻的景況。

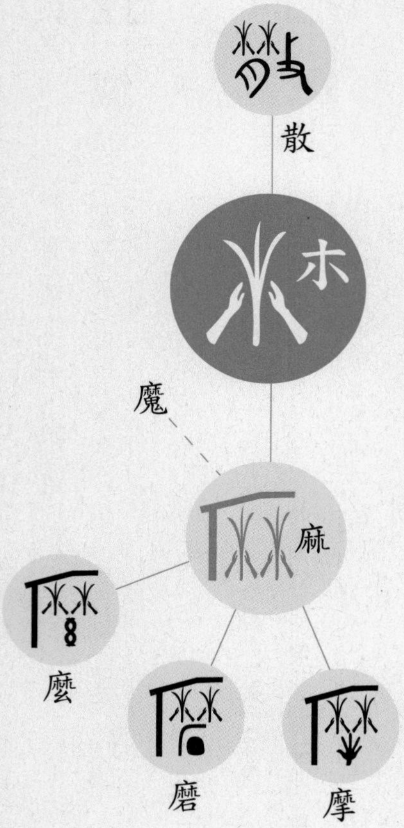

麻 ㄇㄚˊ má

在「屋簷下」（，广）將「麻類植物的莖一根根分離出來」（，朩），剝製麻纖維。

古人使用大麻、黃麻、亞麻或苧麻等麻類植物的纖維來進行紡織或編繩，因此，常可見到家家戶戶於農閒期間在家門前剝製麻纖維的情景。由於每一根麻所能抽取之纖維極多，所以引申出密密麻麻、殺人如麻等義。

另外，「摩、磨與麼」也是在描寫古代治麻的情景。磨（）是以表面粗糙的「石」（）頭磨去苧「麻」的硬皮，剝麻皮是治麻的第一個步驟；摩（）意表以「手」（）搓揉使「麻」纖維分離；麼（）則代表以「麻」纖維製作成「絲繩」（，幺），相關用詞如這麼、那麼、多麼等。

散 ㄙㄢˋ sàn

或ㄙㄢˇ，sǎn。「手持工具」（，攴）將祭「肉」（）一條條分割，再以「麻絲」（，朩）繫著分割後的祭肉，進行分配。

周朝以牛羊獻祭，祭典結束後，太官會將祭肉分給參與祭典的大夫。分祭肉的習俗甚至留傳至清朝，清朝的王府於每日天未亮時，宰殺一頭豬祭祀，祭祀完後的豬肉便分贈給親朋好友享用，稱之為「散福」。春秋時期還有一段令人遺憾的分祭肉故事，春秋時期，魯王送玉玦給孔子以表明疏遠之心，更在郊祭結束後，沒有依禮把祭肉分給孔子。孔子在失望之餘，只好率領眾弟子辭官離開魯國。金文代表手持工具（）以分離麻絲（）。篆體添加了一塊肉，代表分祭肉。「散」引申義為分布出去、不集中、凌亂，相關用詞如分散、散布、散會、散亂、散步等。

篆

甲

金

「竹」的衍生字

筮 ㄕˋ shì

「巫」（　）人占卜所用的「竹」（　）器。

甲骨文（　）表示「巫」（　）人「兩手」（　）拿著「竹」（　）器進行占卜，相關用詞如卜筮、筮人等。

金 

篆 

筆 ㄅㄧˇ bǐ

手持「竹」（　）桿製成的「筆」（　，聿）。

秦朝大將軍蒙恬以一小撮羊毛插在竹管上寫字，意外發明了毛筆。為了有別於傳統的硬筆「聿」，蒙恬稱它為「弗聿筆」。自此之後，「筆」成為文人喜愛的寫字工具，後人逐漸以「筆」來代替「聿」。另一個篆體（　）（笔）則表示羊「毛」（　）插在「竹」（　）桿上的東西，這個構形更寫實地詮釋秦朝蒙恬所造的毛筆，以「竹」製桿，以羊或狼「毛」做筆頭。「筆」的簡體字為「笔」。

篆 

等 ㄉㄥˇ děng

「前往」（　，之）「辨理」（　，寸）「竹」簡（　）的事。

北京清華大學典藏一套戰國竹簡，裡面記載中國最早的史書——《尚書》。「等」就是以竹簡製作書冊作為造字背景。一部古書常常要用到

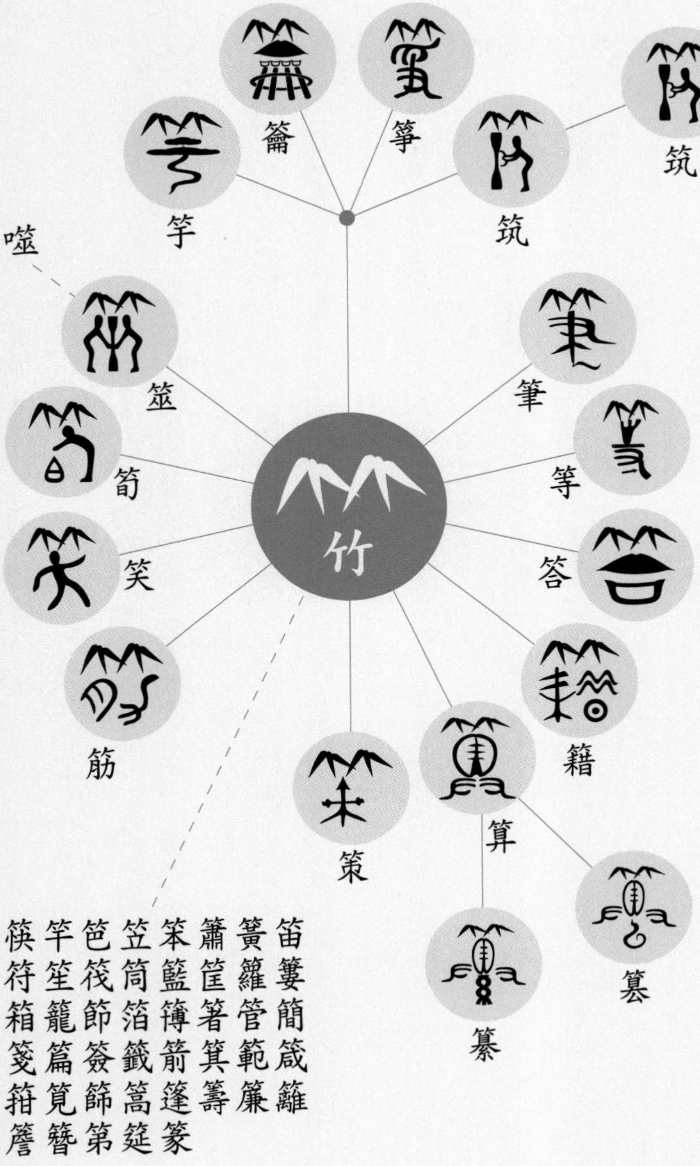
竹
竽
籥
箏
筑
筑
噬
筮
筆
笥
等
笑
答
筋
籍
策
算
篡
纂
笛簍簡箴籬
簧籮管範簾
簫筐箸箕籌
笨籃簿箭篷篆
笠筒箔籤篙筵
笆筏節簽篩第
竿筌籠篇筧簪
筷符箱箋箝簷

數百支等長的竹簡，製作竹簡需要經過選材、去青、防變型、防腐、打磨、切齊、連片、撰寫等繁複程序。因此，「等」引申出好幾項意涵，一個是「等待」，因為製作一冊竹簡書往往需要耗費不少時日；一個是「相等」，因為每一片竹簡的長度都相同；第三個是「等級」，因為竹簡所使用材料品質好壞有不同的級別。《說文》：「等，齊簡也。」

算 ㄙㄨㄢˋ suàn

使用細「竹」棍（）來計數「雙手所捧的錢」（，具）。

「竹算籌」是古代計算的工具，是算盤的前身。竹算籌為等長的細竹棍，透過縱橫交替擺放的方式，就可以擺出任意的數字，如橫放代表五，直放代表一。各個數字的加減法同樣是採逢十進位，原理與算盤一樣。用竹算籌進行計算的方法，稱為「籌算」。考古學家在湖南長沙出土戰國時代竹算籌四十根，每根長十二公分。《前漢．律歷志》：「算法用竹，徑一分，長六寸，二百七十一枚而成六觚，為一握。」「算」引申為計數、推測、承認等，相關用詞如算數、算盤、計算等。《說文》：「算，數也。從竹從具。」

篆

篡 ㄘㄨㄢˋ cuàn

「口發氣息」（，厶）「算」計（）他人。

「篡」引申為不當奪取。相關用詞如謀篡、篡位、篡改等。

篆

纂 ㄗㄨㄢˇ zuǎn

計「算」（，算）竹簡數量後，再以「絲繩」（，糸）串聯成一書冊。

「纂」引申為匯集、編訂，相關用詞如纂輯、編纂等。

篆

筍 ㄙㄨㄣˇ sǔn

在「竹」（ ）林下，「彎身」（ ，勹）拔取「筍子」（ ）。

篆

笑 ㄒㄧㄠˋ xiào

笑得東倒西歪的人（ ，夭），宛如風吹「竹」子（ ）所呈現彎曲搖擺狀。

有趣的是，竹子被吹彎時，還會發出「喀喀喀」的聲音，很像人的笑聲。李陽冰如此解釋：「竹得風，其體夭屈如人之笑。」

筋 ㄐㄧㄣ jīn

傳達「力」量（ ）的「器官」（ ），它的紋理像「竹」纖維（ ）一般。

相關用詞如筋骨、腳筋。

篆

答 ㄉㄚˊ dá

兩人以「合」（ ）「竹」（ ）進行一問一答。

「合竹」就是將兩片破開的竹子再合起來，典籍記載古人以合竹作刀柄，合竹為樸，合竹做杖，可見合竹的應用極廣，另外，「情如合竹」則是形容兩人親密的關係。「劄」是古代書寫用的竹片，也就是破開後的「半竹」，而「答」則在描寫教師以左半竹書寫上聯（或問題），學生用右半竹書寫下聯（或答案），合起來成為一對句。相關用詞如應答、回答等。

篆

箏 ㄓㄥ zhēng

「爭」（）奪而得的「竹」（）製樂器。

「箏」是一種以竹片撥弦的樂器。相傳秦朝風俗惡薄，有父子倆人爭奪一個二十五弦的瑟，在互不相讓之下，只好切成兩半，各具十二弦與十三弦，稱之為箏。原文出自於《集韻》：「秦俗薄惡，有父子爭瑟者，各入其半，當時名為箏」。然而，這個傳說的真實性令人懷疑，因此，《釋名》認為箏是因為弦音急促高亢而得名。（箏，施絃高急，箏箏然也）。

篆

籥 ㄩㄝˋ yuè

由許多「竹」（）管所組成的「編管樂器」（，龠）。

甲骨文 是把兩根空心管子捆紮在一起，管子上頭露出管「口」（）以便吹奏；金文 則在管口處加了一張「閉合的嘴巴」（亼），表示含著樂器吹奏。篆體 再加了「竹」，更清楚表明是一件竹製樂器。

甲 金 篆

筑 ㄓㄨˊ zhú

「竹」（）製「打擊」（，巩）樂器。

戰國時期，荊軻的好友高漸離就是一位頂尖的擊筑高手，即使眼睛被秦始皇刺瞎，仍能彈奏出美妙音樂。「巩」的金文 是描繪一個人雙手握緊（，丮）夯杵（），引申為敲擊。《史記．荊軻傳》：「高漸離擊筑，荊軻和而歌於市中。」

篆

「耑」的衍生字

耑 ㄉㄨㄢ duān

植物的根（ ）與末梢（ ，屮）。

「耑」是「端」的本字。甲骨文 由植物的根及「之」所組成，代表植物的生長是由根部往上走，引申為事物的開端；金文 呈現植物的根及末梢莖葉，代表植物的頭尾兩端。

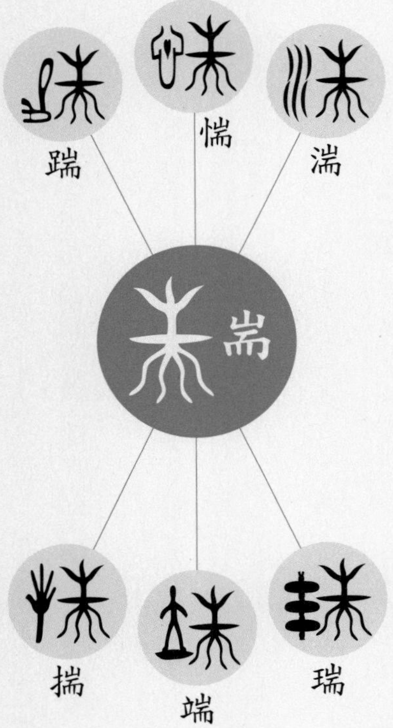

端 ㄉㄨㄢ duān

頭尾「兩端」（，耑）都豎「立」（）起來。

「端」的本字為「耑」，本義為端點，如開端、末端。添加「立」之後，就引申為正直，相關用詞如端正、端莊等。《說文》：「端，直也。」

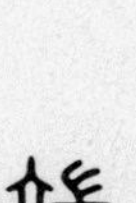

揣 ㄔㄨㄞˇ chuǎi

手（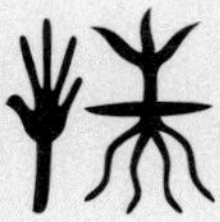）摸著「兩端」（，耑），估量長度。

相關用詞如揣度、揣摩、揣想等。

瑞 ㄖㄨㄟˋ ruì

將「玉」（）切成兩半，兩人各執一「端」（，耑）以做為信物。

古人將一整塊玉切分成兩半，使兩人各執其中一半當做信物。這種讓人各執一端的玉，稱之為瑞玉。所謂的「班瑞玉」或「班瑞」就是將玉切成兩半，兩人各執一端以做為信物。《尚書》記載，舜繼位之後，就頒發作為信物的瑞玉給各諸侯國的國君，後來，這種「班瑞玉」的儀式，就成了周朝任命各級官員的儀式。天子將瑞玉頒給諸侯及大臣，之後，諸侯及大臣若要回朝晉見，必須手持此瑞玉作為信物，守門人見此信物便准予入朝。依據《禮記》記載，若某位大臣有過失，他的瑞玉是會被收回去的，待改正過失或將功贖罪，才能領回。擁有瑞玉就代表平安吉祥，瑞玉可說是古代官員的吉祥物。因此，「瑞」就引申為幸運，相關用詞如祥瑞、瑞雪、瑞霞等。

篆

篆

篆

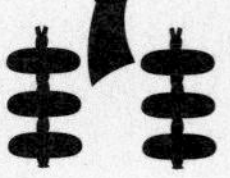

班 ㄅㄢ bān

用刀（）切成兩塊玉（，玨）。

被任命的官員依照等級順序前來領取瑞玉，因此，「班」引申為分賜、等級、次序、按職務編成的組織，相關用詞如班賜（頒賜）、班次、排班、班級、一班人馬等。另外，由於此兩半玉合併後就可以還原成一塊完整的玉，所以引申為回歸，如班師回朝。《說文》：「班，分瑞玉。」《尚書》：「班瑞于羣后。」

金

篆 

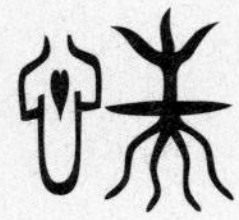

惴 ㄓㄨㄟˋ zhuì

人「心」（，忄）在善惡「兩端」（，耑）之間爭戰。

人心總在善惡兩端之間爭戰，因此要存戒慎恐懼之心，處處謹慎，這就是董仲舒於《春秋繁露》所說：「謹善惡之端。」《詩經》也說：「溫溫恭人、如集于木。惴惴小心、如臨于谷。戰戰兢兢、如履薄冰。」相關用詞如惴惴不安、小心。

篆

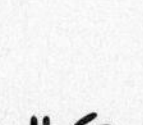

湍 ㄊㄨㄢ tuān

上下「兩端」（，耑）之間的流「水」（）。

古人深知水流速度取決於兩端之間的落差，落差愈大，流速也愈大，因此，有高低落差的深淵瀑布，水流總是特別急促。「湍」引申為急流，相關用詞如湍急、湍流、湍瀨等。《淮南子》：「湍瀨旋淵。」

篆

踹 ㄔㄨㄞˋ chuài

從上「端」（，耑）往下用力踐踏（，足）。

相關用詞如踹腳、踹踏、踹開等。《淮南子》：「追者至，踹足而怒。」

【第二章】木

在漢字中，「木」的構件主要有三個意涵，首先是代表樹木，其次是木製用品，或是代表木材或柴薪。

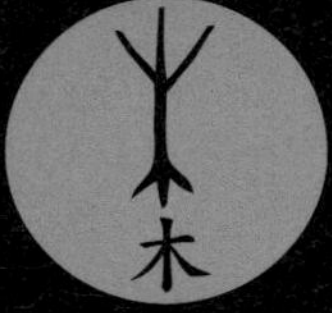
木

亏于

干

爿

才

片

耒

東

東

「木」——樹木

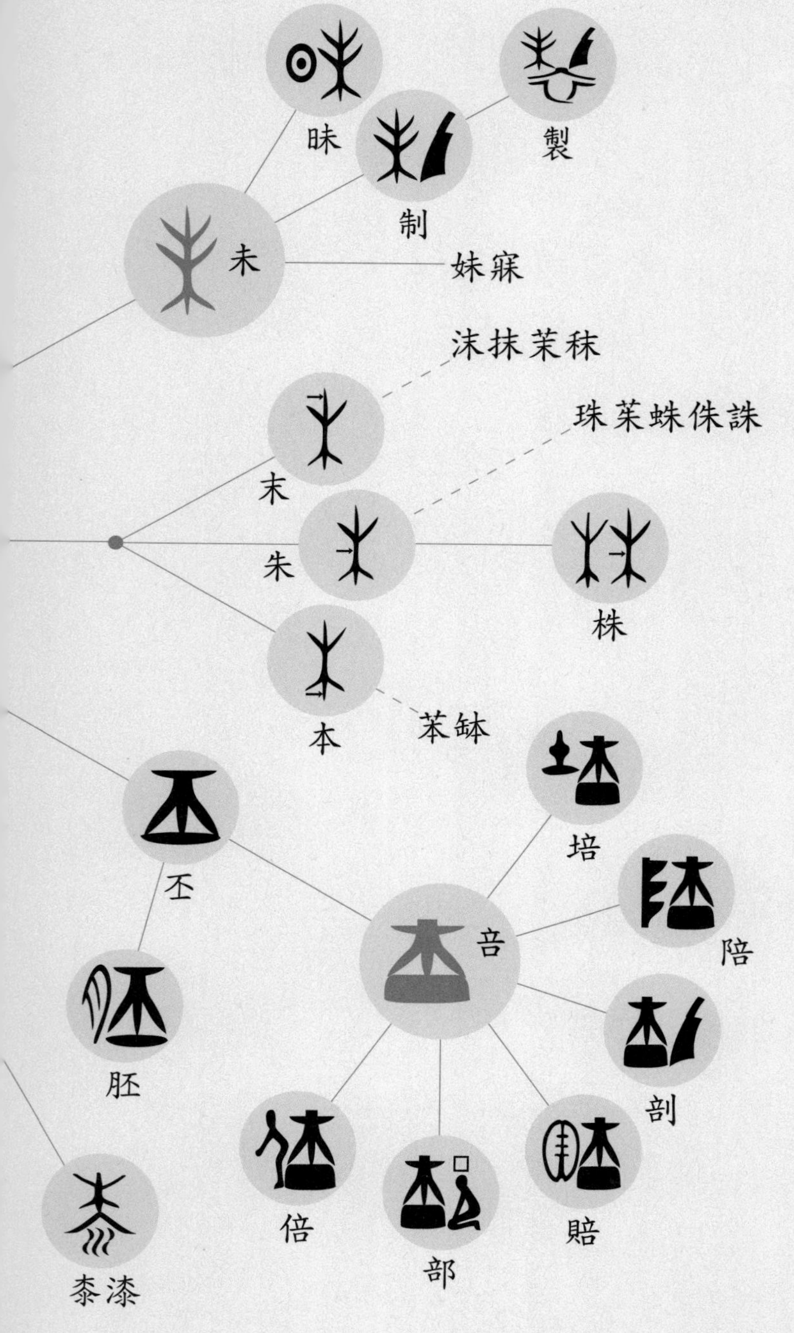

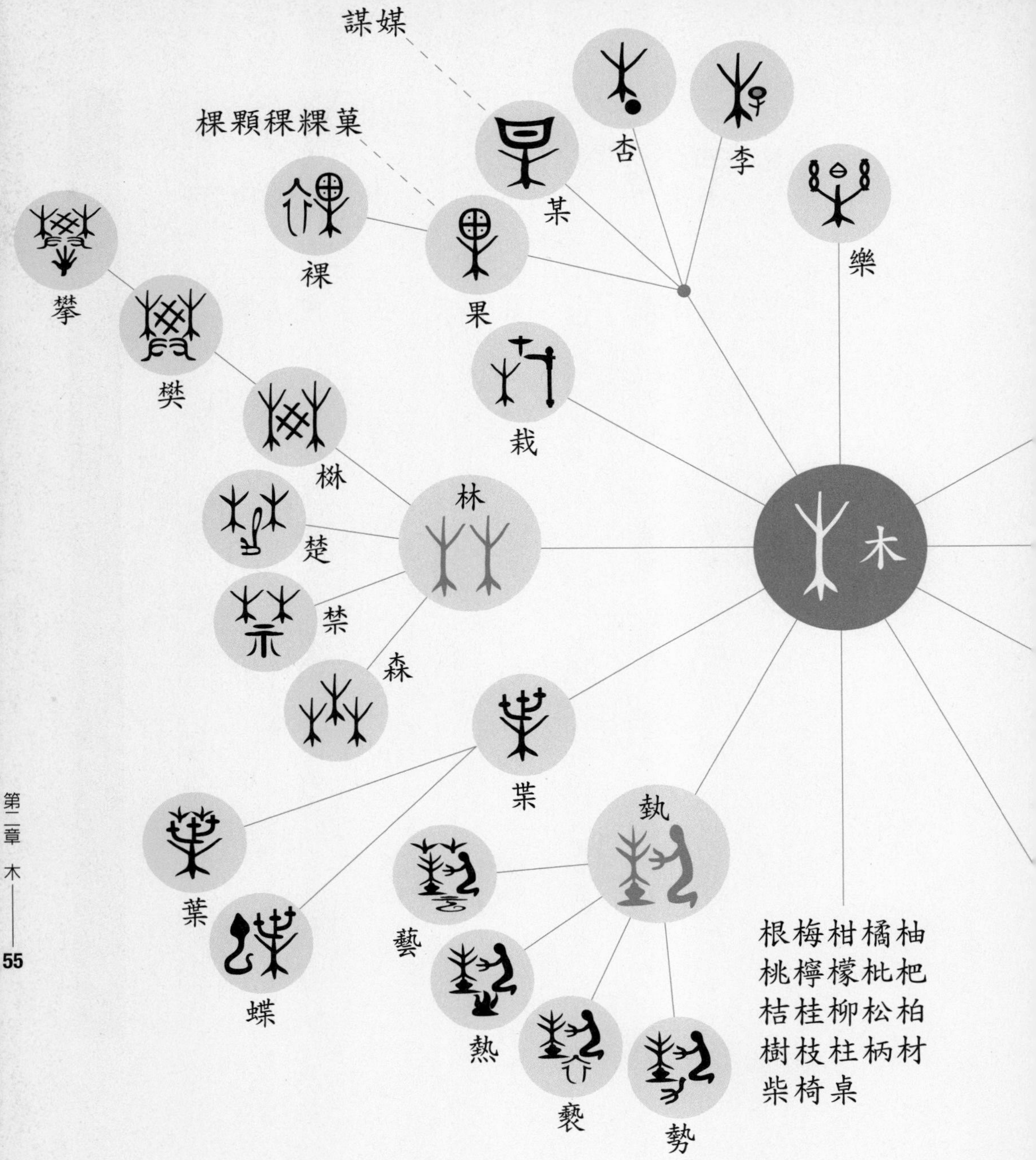
謀媒
粿顆踝粿菓
杏
李
某
樂
裸
果
攀
樊
栽
楙
林
楚
木
禁
森
枼
葉
埶
蝶
藝
熱
褻
勢
根梅柑橘柚
桃檸檬枇杷
桔桂柳松柏
樹枝柱柄材
柴椅桌

示意圖	楷書	甲骨文	金文	篆體	構字意義
	本				樹根
	末				樹梢
	朱				樹幹
	未				枝葉茂密等待結果的樹木
	果				樹上結滿了果實
	杏				樹上結出圓形果實
	李				樹上結出幼小的果實
	某				樹上結出甘甜的果實
	枼葉				樹上的三十株艸

本 ㄅㄣˇ
běn

樹根。以指事法在木（）底下添加一橫來標示一棵樹的根部。

(金) 

(篆) 

末 ㄇㄛˋ
mò

樹梢。以指事法在木（）之上添加一橫畫來標示一棵樹的末梢。

(金) 

(篆) 

朱 ㄓㄨ
zhū

樹幹。以指事法在木（）之中段添加一橫畫來標示一棵樹的樹幹。

「朱」的本義為樹幹，後來改作株，相關用詞如植株、守株待兔等。或許是古人看見週遭許多樹幹的樹皮或木質部呈現紅色，所以，「朱」又引申為紅色。

(甲) 

(金) 

(篆) 

未 ㄨㄟˋ
wèi

「枝葉茂盛」卻還沒有結出果實的樹「木」（）。

「果」的甲骨文為，而「未」的金文為，可見，「未」代表等待結果的樹。

(金) 

(篆) 

昧 ㄇㄟˋ
mèi

太陽（）尚「未」（）出來。

「昧」引申為昏暗，相關用詞如昏昧、愚昧等。

(金) 

(篆) 

制 ㄓˋ zhì

「裁剪」（，刀）尚「未」（）完成的衣服。

制是製的古字，本義為製衣，如《詩・豳風》：「制彼裳衣」。「制」引申為設立規章、規範，相關用詞如制度、制服、控制等。

金 篆

製 ㄓˋ zhì

正在裁剪「制」做（）的「衣」服（）。

相關用詞如製作、製造等。妹與寐是以未為義符的會意字，「妹」可意會為尚「未」成熟或出嫁的「女」子；「寐」可意會為躺在「室」內的「牀」上尚「未」醒來。

篆

果 ㄍㄨㄛˇ guǒ

樹「木」（）「結滿了果實」（）。

「果」的甲骨文是在（未）之上添加許多果實，金文則改成「」、的合體，其中，是「周」的甲骨文，代表田中插滿了秧苗，在此代表結滿果實。

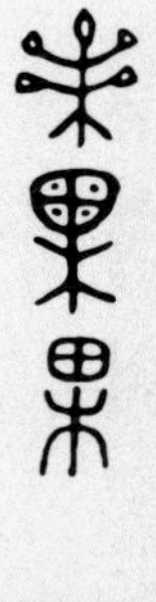

甲 金 篆

裸 ㄌㄨㄛˇ luǒ

「果」實（）的外「衣」（），果皮。

「裸」引申為光溜溜，如赤裸、裸體等。

杏 ㄒㄧㄥˋ xìng

結出圓形果實（●）的樹（）。

「杏」的本義為杏樹或杏果。西安等地所產的杏果大如桃子。

金 篆

李 ㄌㄧˇ

lǐ

結出小果「子」（）的樹（）。

金文（）為一象形文，上構件為木（），下構件為帶有枝葉的果實。篆體（）將果實改為「子」（），代表小果子。「李」的本義為李樹或李子。

金 篆

某 ㄇㄡˇ

mǒu

果實「甘」甜（）卻不知名稱的樹「木」（）。

如何描寫某一種果實甘甜的樹呢？在沒有統一命名的情形下，說話的人只好用各樣的比喻來說明所見過的某種植物，使聽話的人能明白。「某」是用來形容一種果實甘甜、卻不知名稱的樹木，後來，「某」被廣泛代表不知道名稱的人或物，如某人、某甲、陳某等。以「某」為聲符所衍生的常用字有謀、媒、煤等。

金 篆

桼 ㄑㄧ

qī

或漆。將樹「木」（）所流的汁液融「入」（）「水」（）裡調配成染料。

世 ㄕˋ

shì

走過了（，止）「三十」（，卅）年。

古人認為世代交替以三十年為一期，稱之為一世或一代，父子相承為一世。金文（）及篆體（）是「止」（）與「卅」（）的合體，代表走過了三十年。以下為與「世」有關的構字對照表。

金 篆

楷書	甲骨文	金文	篆體	構字意義
十				十
廿				二十
卅				三十
世				走過了三十年
枼				樹上長的三十片東西
葉				樹上長的三十株艸

枼 ㄧㄝˋ yè

樹上（，木）長的「三十」（，世）片東西。

「枼」是「葉」的本字。甲骨文及金文是由「卅」（、）及「木」所組成，代表「三十」片樹葉。後來，「卅」被改寫成「世」。無論是三十或者是一世代，對於古人而言都算是個完整的大數字，因為一世代就可以生出不少後代子孫，所以用這個符號來形容眾多的樹葉。

甲  金  篆 

葉 ㄧㄝˋ yè

樹上（，木）的「三十」（，世）株艸（）。

篆 

蝶 ㄉㄧㄝˊ dié

長得像樹「葉」()的「蟲」()。

翩翩飛舞的蝴蝶，它的翅膀看起來像繽紛的落葉，因此，古人便以「樹葉」來形容蝴蝶。

篆

培養根基

丕 ㄆㄧ pī

樹根()的底基()。

在先秦典籍裡，丕基是指根基，丕丕基是指巨大的基業，通常是指國家和帝位。如《尚書》：「天明畏，弼我丕丕基！」「率惟謀從容德，以並受此丕丕基。」《逸周書》：「丕維周之基。」唐張紹詩：「赫赫烈祖，再造丕基。」「丕」的本義是指根基，引申為偉大、遵奉，相關用詞如丕變、丕業、丕訓等。在構字裡，丕在大樹的根部底下加一橫，表示根基。丕的金文是「木」底下加一橫，表示樹的根基，但為了凸顯根部，所以將根部放大，而將樹幹上的枝條縮小或省略，篆體更只有描寫地面下的樹根與基底，完全省略了地面上的部份。

許慎認為丕是「不、一」的合體字，因此，後代學者多將「丕」視為「不」，其實，這兩字的字義相去甚遠。在古籍中，「丕」常寫成「音」而非「不」，因為音是「丕」所衍生。為了探求原意，我們雖然找不到丕或音的金文獨體字，但我們可以從含有丕或音的金文合體字著手，如箁的金文是由「竹()、丕()、口()」所組成，而「音」又由「丕、口」所合成，所以這個字可視為「竹、音」的合體字，寫成箁，代表培養竹子生長。由此字可發現，

金

篆

丕的金文是「木」底下加一横，代表樹木的根基。此外，漢字「本」的金文是描寫樹木的根，戰國楚簡寫成，代表將樹木的根（）放進臼（）中，意味著緊緊咬住樹根使其穩固。以上這些古字都是古人描寫根基的概念。

胚 ㄆㄟ pēi

身體器官（，肉）的根基（，丕）。

嬰兒是從受精卵開始，受精卵會慢慢分裂成初具生物型態的胚胎。初步成形的胚胎在母腹裡被古人視為根基，不斷給予營養後就會逐漸長大成為嬰兒。「胚」引申為初期發育的生物體，相關用詞如胚胎、胚芽、胚盤等。《說文》：「胚，婦孕一月也。」

咅 ㄆㄡˇ pǒu

用大土團鞏固（，口）大樹的根基（，丕），意即額外添加土壤以擴張根基。

「咅」是「培」與「倍」的本字，引申為擴張或額外加增。周朝人善於耕種，他們明瞭植物若要長得強壯，栽種時就必須使它的根部有足夠的土團，軟硬適中的土團可以使其生長穩固，又能供應生長所需的養分，《呂氏春秋》記載：「稼欲生於塵，而殖於堅者。慎其種，……於其施土，無使不足，……必務其培。」《禮記》也說：「故栽者培之。」所謂的「培土」就是在植物根部額外施土，使它的根部穩固並能充分得到滋養。咅具有滋養根部及加增土壤的意義，是培與倍的本字。咅與丕相通，前者是鞏固根基，後者是巨大根基，意義相近。連帶的，培與坯也相通，如《禮記》：「墳墓不培。」《大戴禮記》：「墳墓不坯。」

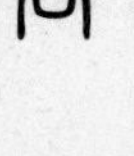

培 ㄆㄟˊ péi

在植物根部加增「土」壤（）以擴張根基（，音）。

在古籍中，「培」與土壤堆積有關，除了《呂氏春秋》的培土概念之外，《逸周書》也記載，冬天來臨前，昆蟲會用土堆積在洞口四周，以便封住洞口準備冬眠，稱之為「蟄蟲培戶」，語出《逸周書》：「秋分之日，雷始收聲，又五日，蟄蟲培戶。」此外，所謂的「培墓」是指清明掃墓時，加增土壤來修補墳墓，語出《禮記》：「喪不過三年，苴衰不補，墳墓不培。」培的本義是在植物根部加增土壤，引申為額外給予滋養、保固，相關用詞如培養、栽培、培育等。

㉄

倍 ㄅㄟˋ bèi

擴張（，音）「人」數（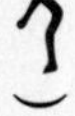）。

在古籍中，天子增加諸侯的封地，稱之為「倍敦」，有時寫成「培敦」或「陪敦」，可見，「倍、培、陪」三字當中的共同符號「音」具有加添或加倍的意義。如《逸周書》：「分之土田倍敦。」《說文》：「培敦。土田山川也。」

㉄

陪 ㄆㄟˊ péi

為鞏固城牆基座所擴增（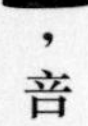，音）的「牆」（，阜）。

「陪」又稱為「陪牆」，是在牆的內側再砌一道矮牆以鞏固牆的基座，因此，湖北人稱內牆為陪牆。陪本是指在城牆內側再添加一道牆，引申為重疊、伴隨，如古籍中，「陪鼎」是指加鼎，也就是加菜；「陪臣」是指大臣家裡的臣子，也就是諸侯家裡的臣子。其他相關用詞如陪伴、奉陪、陪襯等。《左傳》：「宴有好貨，飧有陪鼎。」《史記》：「周室微，陪臣執政。」

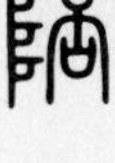
㉄

剖 ㄆㄡˇ pǒu

或ㄆㄡ，pōu。**額外加增（，音）幾「刀」（）**。在已死的屍體上，額外添加幾刀，是為了將屍體分解，引申為分解，相關用詞如解剖、剖析、剖白等。

篆

賠 ㄆㄟˊ péi

用加「倍」（，音）的「錢財」（，貝）償還受害者。日劇《半澤直樹》的「加倍奉還」大快人心，而在古代，在法律上加重損害賠償，其來有自。古代犯竊盜罪者，除了受處罰以外，還要加倍償還受害者的損失，如《太平預覽》：「盜者流，其贓兩倍征之。」「盜物倍還其贓。」依據漢朝時期的扶餘國法律，竊盜罪甚至要賠償十二倍。《尚書》：「其罰惟倍。」「賠」的本義是加倍付出錢財給受害者，引申為請求原諒、耗損，相關用詞如賠罪、賠償、賠本、賠錢等。

部 ㄅㄨˋ bù

人民「倍」增了（，音），就要往外開拓新城「邑」（）。組織變大了，就要分成許多部門來管理；人民倍增了，就要往外開拓新城鎮。「部」引申為佈署，相關用詞如分部、部門、部屬等。《廣韻》：「部，署也，六卿之署曰六部。」

篆

埶 ㄧˋ yì

或ㄕˋ，shì。一個人伸手（**）將尚「未」長大成熟的樹（****）種在「土」（****）裡。**

甲骨文、、金文、都是表示一個人在種樹，「埶」是「藝」、「勢」的本字。《說文》：「埶，種也」。

甲 金 篆

褻 ㄒㄧㄝˋ xiè

「種樹」（**，埶）時所穿的「衣」服（****）。**

「褻」引申為私人的、隨便的，相關用詞如褻衣、褻瀆。《說文》：「褻，私服。」

金 篆

勢 ㄕˋ shì

「種樹」（**，埶）時，使出「力」氣（****）的樣子。**

「勢」引申為姿態、樣式，相關用詞如姿勢、態勢、權勢等。周朝經典用「埶」。

熱 ㄖㄜˋ rè

「種樹」（**，埶）以抵擋「火」（****）熱的太陽。**

藝 ㄧˋ yì

「教導」（**，云）他人「種植樹木」（****，埶）及花「草」（****）。**

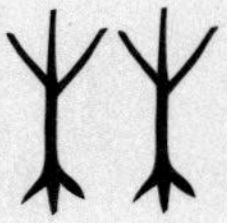

林 ㄌㄧㄣˊ lín

許多樹木生長的地方。

甲 金 篆

禁 ㄐㄧㄣˋ jìn

林（）中有「神」（），禁止進入。

古代君王若是見到山上的林木榮美，便以為林中有神，於是將那個地方劃為聖地並設下祭壇，嚴禁人民進入，就連經過的人也要下車快速離去。這就是劉向《新序》所說：「苟山之見其榮者，君謹封而祭之。距封十里而為一壇，是則使乘者下行，行者趨，若犯令者罪死不赦。」古代經典多處記載，商湯在位第七年出現大旱災，他便前往桑林向上天認罪祈禱，終於感動天，帶來了一場恩雨。商湯為何前往桑林祈禱呢？因為，他相信桑林中有神，桑林後來也成為商朝祖先的聖地。「禁」引申為阻止、限制，相關用詞如禁止、禁忌、禁區等。

篆

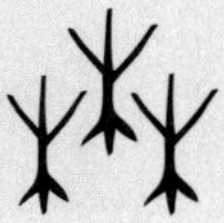

森 ㄙㄣ sēn

有許多樹木的地方。

古人以三代表多，三木代表極多的樹木。《說文》：「森，木多貌，從林從木」

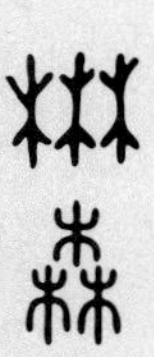

金 篆

楚 ㄔㄨˇ chǔ

腳（，疋）踏荊棘叢「林」（）。

甲骨文表示「走」到（）長滿「荊棘叢」（三株有尖刺的植物）的「國家」（）。商周時代的「楚國」遍地荊棘，所以又稱為荊國，位於湖南湖北一帶；金文及篆體表示「腳」踏「荊棘叢林」。「楚」的本義為「荊棘」，古時稱為牡荊，是用來責打學生的枝條，所以引申為痛苦、明白（責打使其明白），相關用詞如苦楚、清楚等。

甲 金 篆

棥 ㄈㄢˊ fán

將兩樹間（）的樹枝交錯（）成圍籬。

《廣韻》：「棥，藩屏也。」

金 篆

樊 ㄈㄢˊ fán

以兩手（）編織兩樹間的樹枝（，棥）。

「樊」的本義是編織圍籬，引申為圍籬，相關用詞如樊籬（籬笆）、樊籠（鳥籠）。

金 篆

攀 ㄆㄢ pān

手（）抓「籬笆」（，棥）往上爬。

相關用詞如攀登、攀附等。

篆

木製用具

樹木可以用來製作許多有用的器物，例如農耕器具「耒」，或搬運重物所用的木擔架「東」，抑或者是與建築物有關的牆、床等。

示意圖	楷書	構字本義	衍生之常用漢字
	耒	以木桿及犁頭刀所組成的農具	耕耤籍藉等
	東	木製擔架	東重動量糧陳曹遭童等
	才	木樁	材存在閉財栽哉戴載等
	干	木製叉器	扞訐趕旱桿竿稈乖插軒罕庚唐康庸等
	于	樑柱	宇平竽盂污迂吁虧夸雩粵等
	爿	木的左半邊，代表床或牆	牀牆戕寢寐寤將妝臧疾病疒淵肅蕭
	片	木的又半邊，代表木片	牌版牒牘牖等

「耒」——以木桿及犁頭刀所組成的農具

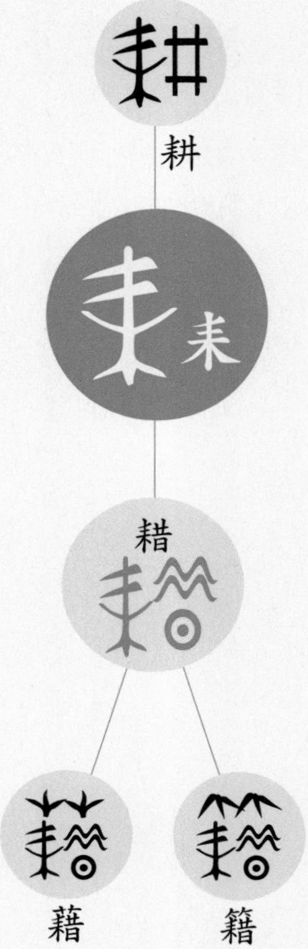

耒 ㄌㄟˇ lěi

以「木」桿（ ）及「犁頭刀」（ ）所組成的農具。

金文（ ）是耒耜的象形文，是由「木桿」（耒）及「犁頭」（耜）兩部分所組成。篆體（ ）則以「木」來表示木桿，並以「三橫畫」來表示可以刻劃出犁溝的犁頭刀。《白虎通》記載，耒是神農氏所發明的，把犁頭刀（或鏟土頭）綁在一根木棍上，可以在地上挖出一條條犁溝。

金

篆

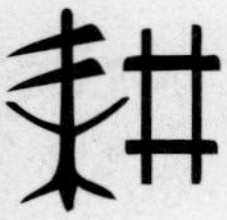

耕 ㄍㄥ gēng

在「井」（ ）田裡以「耒」（ ）來犁田。

篆

耤 ㄐㄧˊ jí

或ㄐㄧㄝˋ，jiè。「昔」日（）農夫依靠「耒」（）來耕田。

「耤」的甲骨文（）是一個人伸手握住耒耜，這是描寫犁田的象形文，此象形字所畫的耒耜形狀與河姆渡文物幾乎一模一樣。「耤」的篆體改作（），代表從前（，昔）的人藉助「耒」（）來犁田。

甲　金　篆

藉 ㄐㄧㄝˋ jiè

「昔」日農夫依靠「耒」（，耤）將雜「草」（）攪拌進土壤裡。

「藉」引申為依靠、雜亂，相關用詞如憑藉、杯盤狼藉等。

篆

籍 ㄐㄧˊ jí

以「竹」簡（）將農夫耕作（，耤）之事記錄下來。

周朝官府都會將農人耕種之事記載於官方的簡冊上，以便收取稅捐，「籍」引申為登記入冊、書本，如戶籍、稅籍、書籍等。

篆

「東」——木擔架

東 ㄉㄨㄥ dōng

「木」（）製「擔架」（）。

「車」與「東」的構字概念相近，有時甚至可互換，例如「輿」的甲骨文是（），但篆體卻寫成（）。「車」與「東」的構字都是以（）來表示可載送人或貨物的板架。「東」的甲骨文（）、（）及金文（）、（）在「木」（）上

甲　金　篆

添加一個「板架」（日），此乃描寫一具可運送重物的木擔架。因此，東所衍生的字，如重、動、童、陳、曹、遭等，都與搬運重物有關。商周時期，東邊的陳國、曹國等人擅長以木擔架搬運重物，所以以木擔架「東」的形象代表東方。

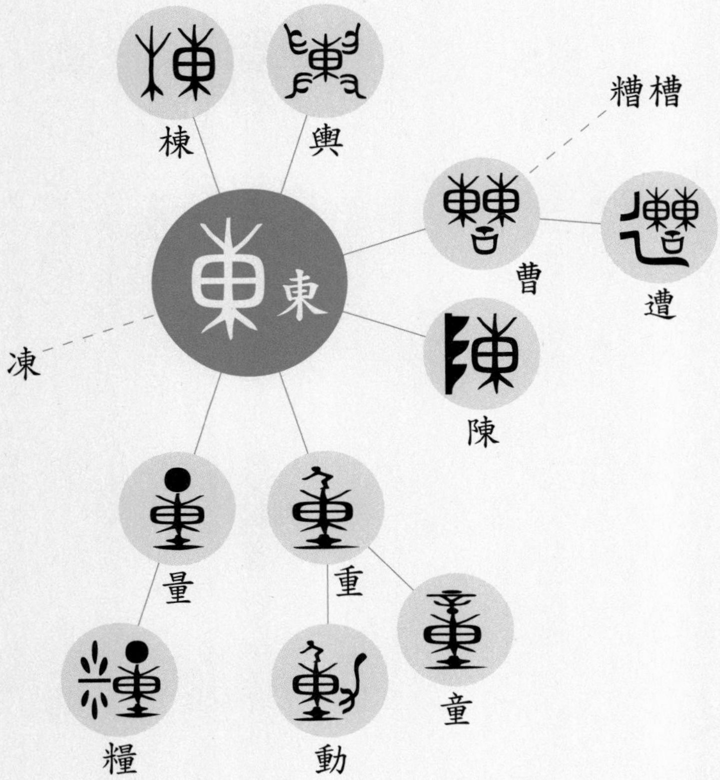

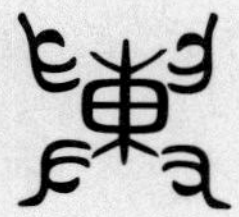

輿 ㄩˊ yú

「四人」（）同抬「木擔架」（），抬轎。

篆體（）代表「四手」（）同抬一「車」（）。令人不解的是，車子既然有輪子可以行走，又何需扛抬呢？原來，它的甲骨文（）是四手同抬一個「木擔架」（，東），木擔架可以用來抬重物，但若是用來抬人則成了轎子。由於，車子與木擔架的功能是相同的，都是用來運輸的，因此，篆體（）將「東」改成「車」。輿的另一種篆體（）是一個可四面扛抬的轎子，而篆體（）則添加了聲符「与」。輿的本義是抬轎或轎子，但後來廣泛成為陸上交通工具的總稱，又引申為眾人的（取其多人扛抬護駕的意義）、地理（取其車子所經道路的意義），相關用詞如乘輿、輿論、地輿等。轎子的記載最早出現在《尚書》：「予乘四載，隨山刊木。」其中的「四載」，就是四個人扛抬的轎子。

甲 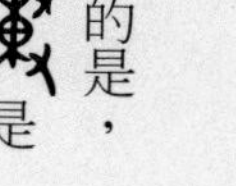

金 

篆 

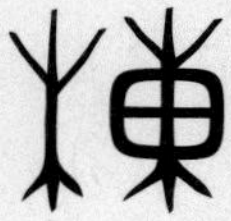

棟 ㄉㄨㄥˋ dòng

可用來扛抬「擔架」（）的橫「木」（）。

扛抬木擔架所使用的木材必須夠堅韌才足以承受重物，故引申為強固的橫木，也就是橫樑，如棟樑。

篆 

重 ㄓㄨㄥˋ zhòng

或ㄔㄨㄥˊ，chóng。「人」（）肩扛「木擔架」（）以運「土」（）。

甲骨文（）是一個人在木擔架上面，應是代表坐在轎子上的人，但金文（）、（）卻像是一個人肩扛木擔架，篆體（）添加了「土」，代表人以木擔架扛土，古代的許多建築工程，不是挖土、填土、燒土，就是夯土，因此常常需要搬運大量泥土。總之，無論是抬人或抬土，對於扛抬的人而言，都是極重的負擔。

金 

篆 

動 ㄉㄨㄥˋ dòng

用「力」（ ）推「重」（ ）物，才能將它移動。

極重的石頭擋在前面，於是卯足全力，奮力一推，石頭終於動了起來，這樣的情景似乎是古代人常有的經驗，於是激發了古人創造這個有趣的漢字。

量 ㄌㄧㄤˊ liáng

或ㄌㄧㄤˋ，liàng。測測看「物品」（ ）有多「重」（ ）。

甲骨文 、 及金文 代表將某一「物體」放在木擔架（ ）上，讓扛抬的人感受它的重量。後來，篆體 將其中的「東」改成「重」，代表測測看「物品」有多「重」。

甲　金　篆

糧 ㄌㄧㄤˊ liáng

測「量」（ ）「米」（ ）的重量。

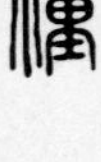
篆

童 ㄊㄨㄥˊ tóng

搬運「重」（ ）物的年輕「罪犯」（ ，辛）。

金文 表示站「立」的人（ ）提「重」物（ ），篆體 則是由「辛」與「重」所組成的會意字，表示「罪犯」（ ）搬運「重」物（ ）。《說文》：「男有辠曰奴，奴曰童，女曰妾。」

金　篆

陳 ㄔㄣˊ chén

用「木擔架」（）搬運泥「土」以建造「城牆」（，阝）。

陳國是春秋時代的諸侯國，建都宛丘（今河南淮陽），宛丘的意思就是一塊四圍有土坡環繞的地區，也就是今日所謂的盆地地形，《詩經》中有一首詩《陳風．宛丘》描寫出它的地形：「坎其擊鼓，宛丘之下，……坎其擊缶，宛丘之道。」陳氏祖先陳滿受封後，便在宛丘四圍築起高大城牆，牆外並有護城河守護，於是將陳國建造成一個富庶又堅固的國家。《呂氏春秋》記載有關陳國的高大城牆：「荊莊王欲伐陳，使人視之。使者曰：『陳不可伐也。』莊王曰：『何故？』對曰：『其城郭高，溝壑深，蓄積多，其國寧也。』」「陳」的金文、及篆體代表「手持工具」（，攴）鏟土，並以木擔架（）搬運泥「土」（）以建造「城牆」（），這似乎是描寫古代陳國人民在四圍築城挖溝的景況。「陳」的本義為佈建城牆，引申為整齊地排列，相關用詞如陳列、陳設等。

金 

篆 

曹 ㄘㄠˊ cáo

兩組人馬以木擔架（）運送重物，前進時發出整齊的聲音（，曰）

軍隊在行進的時候，常常會喊出「一、二、一、二……」的聲音，金文是木擔架兩兩前進的會意字，金文及篆體則添加了具有說話意義的「曰」，因此是以口號來達到有次序前進的目的。《楚辭．招魂》所說的：「分曹並進。」就是指隊伍有次序的分批前進。曹的引申義為群、輩，如我曹、爾曹、官曹等。篆體、、是逐步簡化的結果。

金 

篆 

遭 ㄗㄠ zāo

一同扛抬重物（，曹）在路上行走（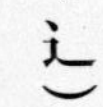，辶）。

「遭」引申為承受、不幸際遇、走一回，相關用詞如遭受、遭遇、走一遭等。

㊮

有學者認為（東）是兩頭結紮的大袋子或層層圍捆的包裹，就構形而言，的確有幾分相像，但這個看法不合理之處在於，麻袋都是只有一個開口而不是兩個開口，因為兩個開口的麻袋是很難使用的。更何況，代表麻袋的象形字是「西」而非「東」。另外，在古字裡，東與土兩符號常同時出現，意表用「東」來運「土」，若東代表圍捆的包裹，那豈能包土而不漏土呢？況且運土前還得要將它層層包裹，不是很沒效率嗎？

才 ㄘㄞˊ cái

一支穩固紮在「地土」裡（　）的「木樁」（　）。

甲骨文、、金文及篆體、代表一支根部緊緊札在土裡的木樁或梁柱。「才」的本義是木樁或可供建築用的良材，是「材」的本字，引申為有用之人或物，相關用詞如才能、人才等。

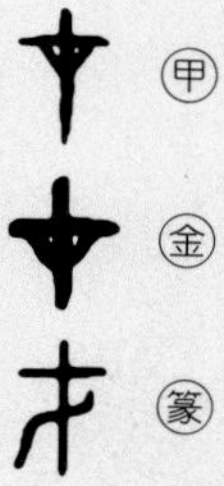

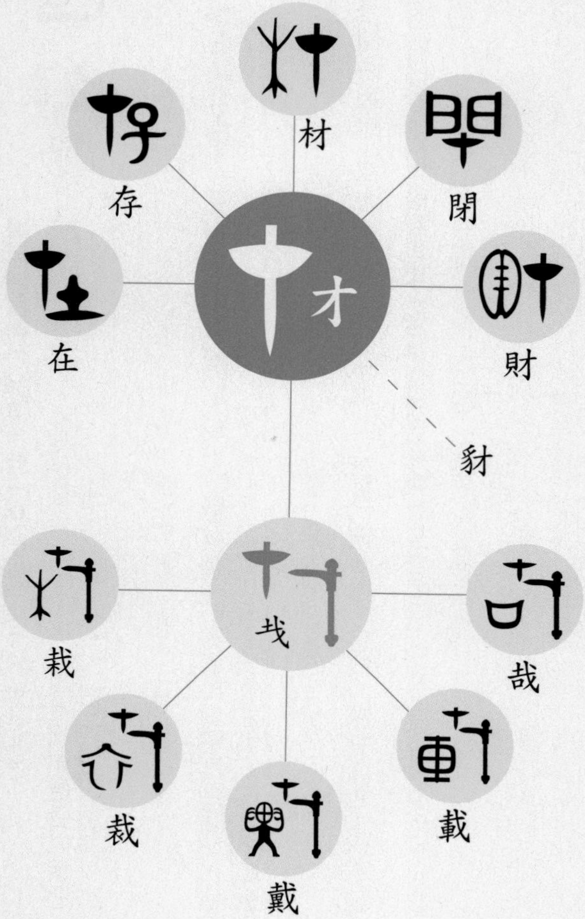

材 ㄘㄞˊ cái

能穩固札在土裡（，才）的堅實「木」頭（）。

在 ㄗㄞˋ zài

木樁穩固地札在（，才）某一塊「土」地（）上。

「在」本義是把木樁敲進地裡，引申為生存於某地，相關用詞如存在、在場。《說文》：「在，存也。」

存 ㄘㄨㄣˊ cún

孩「子」（）像一根「穩固札在地土」裡的木樁（，才）。

古代有許多孩子未長大即夭折，而「存」具有穩定生長的引申意涵，相關用詞如生存、存活、保存、存在等。

閉 ㄅㄧˋ bì

將橫木緊緊插在（，才）「門」鞘（）裡，閂門。

財 ㄘㄞˊ cái

將「尖棒插進」（，才）「貝」殼（）裡打孔，便可成為錢幣。

夏商時期流通的貨幣稱為貝幣。金文是由「對、貝」所組成，代表手拿鑿子去鑿貝殼，這是描寫製作貝幣的過程，因為古代的貝殼需經過鑿孔、打磨的過程才能成為錢幣。

（金）
（篆）

（篆）

（金）
（篆）

（篆）

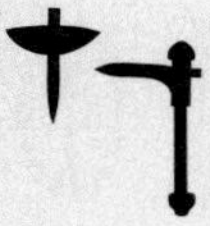

𢦏 ㄗㄞ zāi

將戈頭「𢦏」(，才)牢牢插在長柄()之上。

完整的戈()包括戈頭()、柲()和鐏()。柲是一支木製長柄，戈頭與鐏皆為青銅製，分別安裝在木製長柄的前端與尾端。戰國時代的戈頭有(、)兩種，前者是直接套進去，後者是需要用繩子綁住。甲骨文、、金文及篆體都是由「才」與「戈」所組成，代表將「戈頭」「牢牢安插」在長柄上。值得注意的是，這些象形字都是將「才」放在「戈頭」的部位，意在強調將戈頭插進去。「𢦏」是「哉」的本字，本義為安插戈頭，引申為牢牢地安裝。

甲 金 篆

哉 ㄗㄞ zāi

「戈」頭()牢牢插進(，才)長柄()之後所發出的「感嘆聲」(，口)。

「哉」的本字是「𢦏」，例如「載」也寫作「[illegible]」，其中的「哉」與「𢦏」是通用的。「哉」字裡的「口」，原是指戈頭的接口，表示安裝戈頭時必須對準接口。但因從此義的「哉」與「𢦏」相同，所以改作感嘆用字，相關用詞如哀哉、美哉。

金 篆

栽 ㄗㄞ zāi

將「木」樁()「牢牢地插進」(，𢦏)土裡。

《左傳》記載一段「里而栽」的典故。春秋時代魯哀公元年，楚國圍攻蔡國，無奈蔡國的城牆高大又堅固，城牆外還有護城河保護，因此久攻不下，只好派人向首都柏舉報告此困境。楚國的大臣子西於是獻九日築壘圍城的策略，首先，先在蔡城的方圓一里外圍，打下木樁，然後沿著木樁豎起大片木板，形成一道擋土牆，接著倒入泥土，夯實，短短九晝夜，就堆起一座簡易的土牆。這道土牆圍堵了蔡國的所有出入

金 篆

口，土牆上還有楚國的弓箭手，射殺出城的人。蔡國人民坐困愁城，眼看糧食就要耗盡，一片哀聲，最後只好豎起白旗，打開城門。城內居民為了保全性命，分成男女兩隊，左右列隊出城，迎接敵人進城以示臣服。自此，蔡國被消滅，人民被遷往長江與汝水之間。《左傳》如此記載這段故事：「楚子圍蔡，報柏舉也，里而栽，廣丈，高倍，夫屯，晝夜九日，如子西之素，蔡人男女以辨，使疆于江汝之間。」《說文》：「栽，築牆長版也。」可見「栽」的本義是插椿築牆，引申為種植樹木，相關用詞如栽種、栽培等。

戴 ㄉㄞˋ dài

雙手將面具（，異）「穩妥地套進」（，戈）頭部。

「戴」引申為套進、擁護，相關用詞如配戴、擁戴等。

裁 ㄘㄞˊ cái

使「衣」服（）能「穩妥地套進」（，戈）他人身上

裁縫師傅製作衣服，必先為客戶量身，然後依照尺寸剪布製衣。唯有如此，客戶才能穿得合身。「裁」的本義是量身製作衣服，引申為剪去多餘的布、合宜地製作、合宜地處置，相關用詞如裁縫、裁判等。

載 ㄗㄞˋ zài

將貨物「穩妥地安設」（，戈）在「車」內（）。

車子行走的時候會搖搖晃晃，因此，必須將載送的貨物用繩子牢牢綁在車上。古代運酒的車子，都有特製的酒甕座，目的是安置酒甕使得運送過程中不至於撞破。載引申義為運送，相關用詞如承載、載客等。

篆

篆

金

篆

「干」——木製叉器

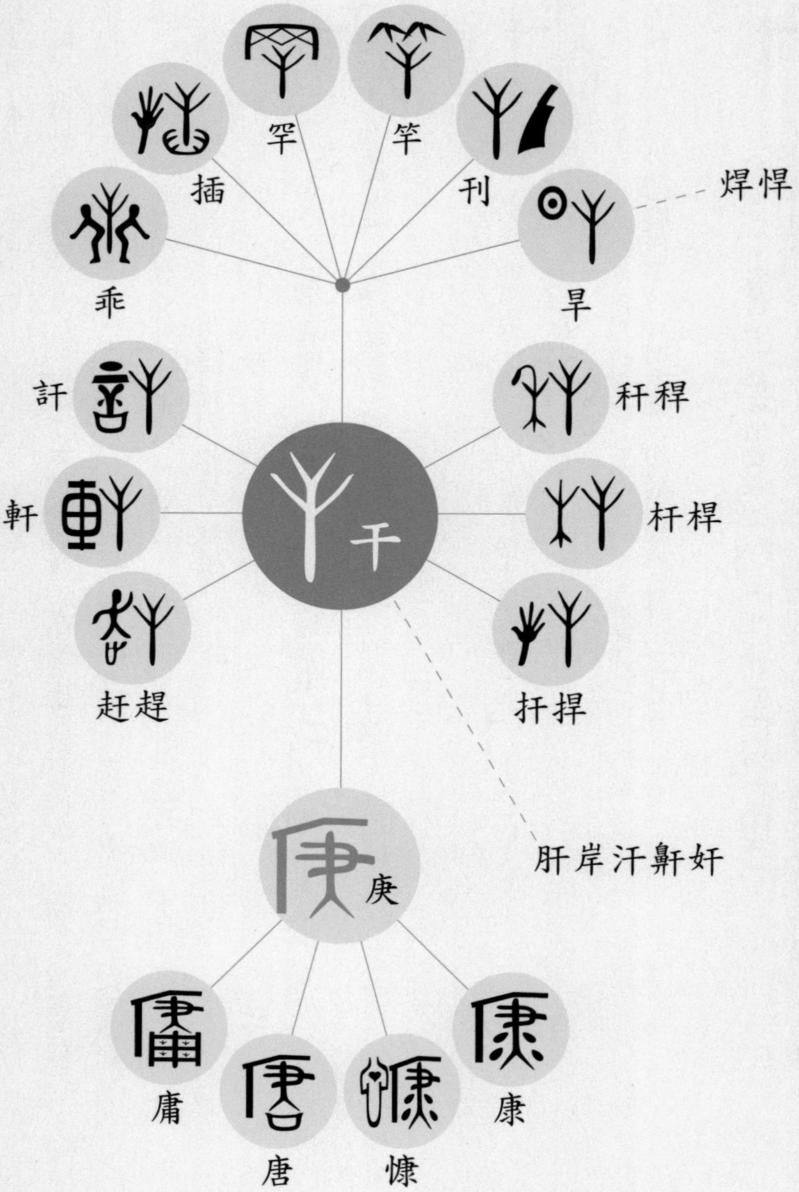

古人從樹上截取一支左右分岔的樹枝，將其曬乾，使變得堅硬，不但可以成為最簡便的防衛武器、捕獵用具，也可以當作農杈。「干」是古代的叉型武器或農叉。庚的甲骨文、、、及金文、、代表「兩隻手」拿著兩齒叉、三齒叉、四齒叉及五齒叉的象形文，小篆代表「雙手」持「干」，可見「干」就是多齒叉器。「干」的本義是叉器，引申為武器、侵擾、招惹等，相關用詞如干戈、干犯、干涉等。此外，干還有一種用途，當高處的東西搆不到，就可以用長干來撥，因此，「干」也引申為「向上請求」，如干求、干祿等。

扞 ㄏㄢˋ

hàn

或捍。「手」（）執「干」器（，干）防衛。

相關用詞如扞衛、扞格不入。

訐 ㄐㄧㄝˊ

jié

用「言」語（）「干」（，干）犯他人。

相關用詞如攻訐、詰發等。

赶 ㄍㄢˇ

gǎn

或趕。手持「干」器（，干）趨「走」（）敵人。

金文及篆體是干與辶或走的會意字，這是描寫拿著叉型武器驅逐敵人的景況，相關用詞如追趕、趕跑等。隸書將「赶」改成「趕」，而簡體字又將「趕」還原為「赶」。

篆 

篆 

金 

篆 

插 ㄔㄚ chā

用「手」（**）將「干」器（****）置入「臼」（****）中。**

相關用詞如插花、插畫等。

 篆

旱 ㄏㄢˋ hàn

或ㄍㄢˇ，gǎn。經過「太陽」（**，日）曝曬過的「樹叉」（****，干）。**

「旱」本義為曬乾的樹枝，引申為乾燥、久不下雨，相關用詞如乾旱、旱災等。古人從樹上截取分岔的樹枝，必須先經過曬乾，才能成為堅實耐用的叉器。在古字中，干與旱是通用的，如赶與趕、杆與桿、秆與稈都是一樣的。

 篆

杆 ㄍㄢˇ gǎn

或桿。「木」製（**）長「干」（****）。**

「桿」的簡體字為「杆」。

竿 ㄍㄢ gān

「竹」製（**）長「干」（****）。**

 篆

秆 ㄍㄢˇ gǎn

或稈。麥「禾」（**）的長「干」（****）。**

篆體、都是代表長長的禾莖。

 篆

刊 ㄎㄢ kān

以「刀」（）削去多餘支條以製作「干」器（）。

「刊」的本義是削去不必要的部份，引申為削去、修正，相關用詞如隨山刊木、刊正、刊物等。《廣雅》：「刊，削也。」

篆 

軒 ㄒㄩㄢ xuān

有長「干」（）架頂的敞篷「車」（）。

「軒」引申為有頂棚的大車。「軒」為古代華麗的車轎。

篆 

罕 ㄏㄢˇ hǎn

捕鳥的「長柄」（，干）「網」子（，网）。

「罕」是一支用來捕鳥的長柄網子。由於落網的鳥很少能逃脫，所以引申為鮮少，相關用詞如罕見、稀罕等。「罕」與「畢」的構字概念相當接近。《廣韻》：「罕，鳥網」。《史記·天官書》：「畢曰罕車，爲邊兵，主弋獵。」

篆 

持農叉忙秋收

《詩經·豳風》如此描寫周朝的秋收：「九月築場圃，十月納禾稼」。意思是說九月整理打穀場，十月曬穀納入糧倉。庚、康與唐這幾個字就是描寫秋收的情景。

庚 ㄍㄥ gēng

手（）持「農叉」（）在屋前廣場（，广）處理收割後的穀物。

「干」是古代的叉型武器或農叉。「庚」的甲骨文、、、及金文、、代表「兩隻手」拿著兩齒叉、三齒叉、

甲 金 篆 

四齒叉及五齒叉的象形文，小篆代表「雙手」持「干」，可見，「干」就是多齒叉器。「庚」表示「雙手」持「干」（農叉）處理收割後的穀物，引申為秋收季節、年歲（因為北方小麥一年一穫）。《說文》：「庚，象秋時萬物庚庚有實也。」每到秋收季節，農民將收割後的麥禾，經過打穀（thresh）、曬穀、簸穀（winnow）等程序才能得到可食用的小麥。打穀是為了將麥粒與禾桿分開，農夫先以農具捶打地上的麥禾，使得麥粒一顆顆落在下層，接著農夫用農叉將上層已無麥粒附著的禾桿取走，留下一堆麥子。「庚」的古字構形到了隸書產生變革，添加了「广」（代表屋前的打穀場），持叉的雙手簡化成單手，四齒農叉簡化為兩齒農叉。連帶地，庚的衍生字「康、唐、庸」也都出現同樣的變化。

楷書	變化前	變化後
庚		
康		
唐		
庸		

康 ㄎㄤ kāng

在屋前廣場手持農叉（，庚）以揚起穀物，「糠秕」（）隨風飄散。

在古代，沒有鼓風車，農夫都是以農叉來揚穀去糠。當秋風吹過曬穀場的時候，農夫用叉子將曬乾的麥子向上拋起，糠批隨風飛散，留下飽滿的麥粒。「康」是「糠」的本字，本義是揚穀去糠，引申為安樂、富裕，充分表達秋收季節的歡樂景象，相關用詞如康樂、安康、健康等。「簸」與「康」具有相近的構字概念，揚穀去糠就是所謂的「簸穀」，

甲 金 篆

簸（）表示以畚「箕」（）揚穀去「皮」（）。《說文》：「康，穅或省作康。」

慷 ㄎㄤ kāng

揚穀去糠（，康）時的「心」情（，忄）。

「慷」是描寫秋收時的心情，引申為興奮激動、熱情大方，相關用詞如慷慨激昂、慷慨大方等。

甲

唐 ㄊㄤˊ táng

在屋前廣場手持農叉（，庚）揚穀去殼時開「口」（）說話。

在早年的台灣農村裡，常可見到鼓風車揚穀去糠的情景，稻子曬乾之後，農夫就將稻穀送進轉動的鼓風車裡，這時候，家家戶戶都會趕緊把門窗關好，免得令人發癢的糠粃、穀毛飛進屋子裡。曬穀場上的人都是全身包緊且閉緊嘴巴不敢說話。這個景象早在周朝就出現了，周朝人藉著「唐」來警戒人揚穀去糠時不要隨便開口。甲骨文、金文及篆體都是表示在揚穀去殼（）時開口（）說話。在揚穀去殼時實在不太適合說話，不但需要很大聲，而且穀殼到處飛舞，開口也不太衛生。所以，「唐」引申為魯莽、說大話，相關用詞如唐突。另外，唐也是朝代名稱。《說文》：「唐，大言也」。

甲 金 篆

庸 ㄩㄥ yōng

在屋前的農田（，用）裡，手持農叉努力耕作（，庚）。

「庸」引申為平凡、苦勞，相關用詞如平庸、酬庸等。

金 篆

「于」——沿著樑柱緩緩上升的煙

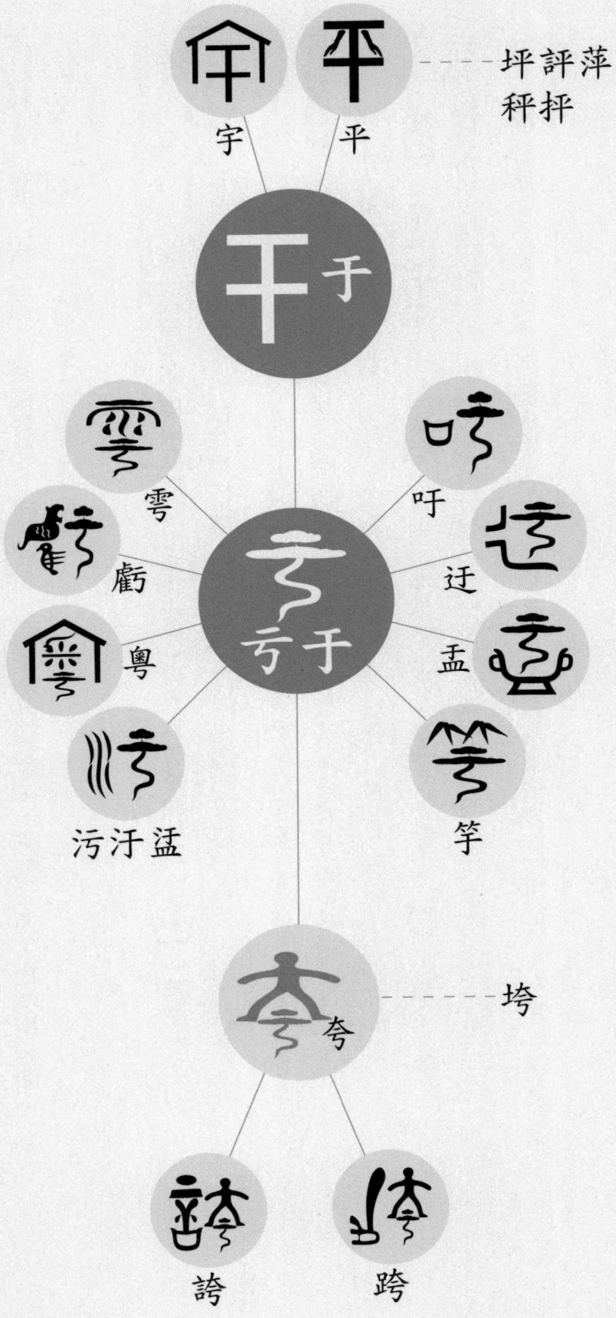

于 ㄩˊ yú

上下兩根橫樑（二）及一根垂直柱（丨）所組成的梁柱。

「于」的甲骨文干、金文干及篆體于代表上下兩根橫樑及一根垂直柱所組成的梁柱，上梁支撐屋頂，而下樑支撐人居住的地板，這個構形與河姆渡文化的干欄式建築是吻合的。浙江餘姚河姆渡遺址上發現大規模的干欄式建築，距今超過六千年。干欄式建築是為了防止洪水及野獸侵襲所發展的一種高架式木造建築。建造者首先在土中打入木樁，接著在木樁上架起橫梁並鋪起厚厚一層木板，上層供人居住，下層為開放式空間。由干所衍生的漢字當中，有不少是與房屋建築有關，如平、宇等。

甲 金 篆

宇 ㄩˇ yǔ

房屋（宀，宀）梁柱（干，于）下的活動空間。

《易經》記載，上古之人居住在洞穴，後來則創建所謂的「上棟下宇」的宮室居住，以避風雨。這裡所說的「上棟下宇」應是指兩層式干欄式建築，「上棟」是指上層人所居住的華麗屋室，而「下宇」則是指下層的開放空間，宋 袁文《甕牖閑評》將它詮釋為庭宇、院宇、宇下。下層的開放空間不但是工作空間，也是休閒空間，還可以用來飼養動物。「宇」引申為寬敞的活動空間，相關用詞如院宇、宇宙、屋宇等。《易經》：「上古穴居而野處，後世聖人易之以宮室，上棟下宇，以待風雨。」

甲 金 篆

平 ㄆㄧㄥˊ píng

必須左右均「分」（八）地安置「樑柱」（干，于）。

建造房屋時，安放梁柱是一個非常重要的程序。放置橫樑時，非常講究水平，否則「上梁不正下樑歪」。「平」的金文平、平及篆體平都是在「橫樑」兩側添加八（「分」的本字），表示上下兩根橫梁均分在垂直柱之上，藉以

金 篆

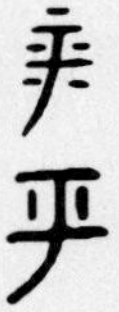

表明這個房舍的橫樑是經過水平校正過的。相關用詞如平衡、平面、平坦、公平等。

亏 ㄩˊ yú

或　。升「上」天空（　）的「煙氣」（　）。

古人在屋樑下生火煮飯時，煙氣就會沿著垂直柱、橫樑，再沿著屋簷散至室外。「亏」的甲骨文　及金文　是描寫「煙氣」　沿著「樑柱」（　）緩緩上升的情景。後來作了一些變化，篆體　則是描寫盤旋而「上」（　）的「煙氣」。「亏」是由「于」所衍生的字，兩者的意義相近卻不相同，但兩千多年來都被視為異體字，互為通用。「亏」的本義是沿著樑柱上升的煙氣，引申為往、於、在等，相關用詞如之子于（亏）歸等。

甲　金　篆

雩 ㄩˊ yú

求「雨」（　）的祭祀「煙氣達於上天」（　，于、亏）。

甲骨文　代表向「神」（　、　，示）求雨（　）。後來，另一個甲骨文　、金文　及篆體　將「示」改成「于」，代表祭神求雨的煙氣直達天上。商周時期，若遇旱災，就會舉行煙祭，並命巫祝跳祈雨舞，呼求上天降雨。《周禮》：「若國大旱，則帥巫而舞雩。」

甲　金　篆

盂 ㄩˊ yú

上升的煙氣（　，于）從「皿」（　，皿）內散溢出來。

盂是古代盛湯、酒、尿、痰等液體的容器，相關用詞如痰盂等。這些液體的氣味濃厚，常常瀰漫於室內，令古人印象深刻，於是造出這個饒富趣味的漢字。《史記・滑稽傳》：「酒一盂」。

甲　金　篆

迂 ㄩ

yū

上升的煙氣（，于、亏）四處遊走（，辶）。

「迂」引申為彎曲而行，相關用詞如迂迴、迂腐等。

污 ㄨ

wū

或汙、洿。「水」（）中發出惡臭的「煙氣」（，于、亏）。

篆體代表尿「盆」（，皿）裡的「水」發出「煙氣」，後來簡化為，引申為骯髒的，相關用詞如污穢、污染等。污、汙、洿三者為異體字，意義與發音都相同。

吁 ㄒㄩ

xū

「口」裡吐出（）「煙氣」（，于、亏）。

「吁」引申為長長的嘆息聲，相關用詞如長吁短嘆、氣喘吁吁。

竽 ㄩˊ

yú

「氣流」（，于、亏）經過「竹」管（）而發聲。

金文呈現四個符號，分別為口含（，亼）、竹管、氣流（）及握竹管的手，是一個吹奏竹管的象形文。「竽」是古代的竹製吹管樂器。

虧 ㄎㄨㄟ

kuī

「鳥」（，隹）鬥不過「虎」（，虍），最後一命嗚呼（，于、亏）。

黑龍江東北虎林園區是一座保護野生東北虎的聖地。到了餵食時間，管理員都會丟進許多活雞，滿地只見奔逃的雞及大享朵頤的老虎。虧的相關用詞如吃虧、虧欠等。

篆

篆

金

篆

金

篆

「爿」——半木

「爿（ㄑㄧㄤˊ，qiáng；ㄔㄨㄤˊ，chuáng）」的甲骨文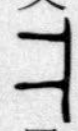是「木」（）的左半邊，後來又添加底座而成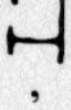，像是一張床的床面與腳座。古人將樹木從中劈開，破開的半棵樹，簡稱「半木」。元朝周伯琦認為左半木為「爿」，右半木為「片」。

「爿」——以半木作牆

戕 ㄑㄧㄤˊ qián

拿著「武器」（，戈）破「牆」（，爿）而入。

「戕」引申為將人殺害，如戕害。

(甲)  (金) 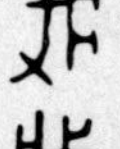 (篆) 

臧 ㄗㄤ zāng

極好的東西，必須安藏在有「牆」（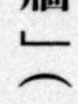，爿）屏障之處，除了隨時「注視」（，臣）之外，還要用「武器」（，戈）護衛。

「臧」引申為美善之物，相關用詞如臧否等。《爾雅．釋詁》：「臧，善也。」

(篆)

藏 ㄘㄤˊ cáng

或ㄗㄤˋ，zàng。將「好東西」（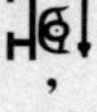，臧）用「草」（）掩蓋。

相關用詞如藏匿、寶藏等。

(篆)

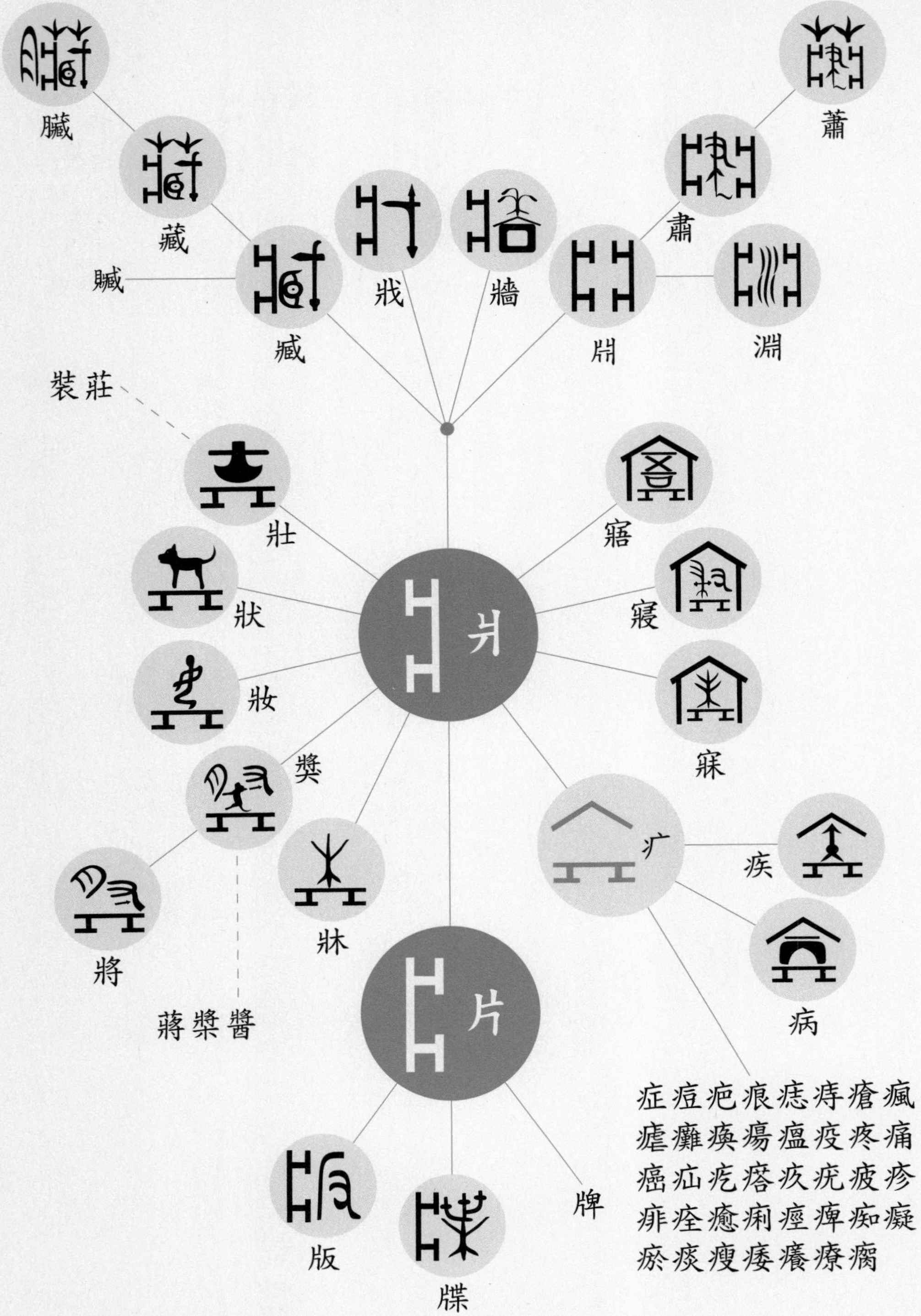
臟
蕭
藏
肅
戕
牆
贓
臧
𣶒
淵
裝莊
壯
寤
狀
寢
爿
妝
獎
寐
疒
疾
將
牀
病
片
蔣槳醬
症痘疤痕痣痔瘡瘋
瘧癱瘓瘍瘟疫疼痛
癌疝疙瘩疚疣疲疹
痱痤癒痢痙痺痴癡
瘀痰瘦痿癢療瘸
牌
版
牒

臟 ㄗㄤˋ zàng

隱「藏」（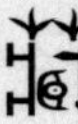）的「身體器官」（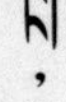，月）。

淵 ㄩㄢ yuān

左右高牆（，爿片）間的深谷溪水（，氵）。

簡帛體是兩面高牆，中間有水流的象形字，這是古人對深淵的描寫。

金

篆

肅 ㄙㄨˋ sù

在「左右牆垣」（，爿片）隔離下，專心「書寫」（，聿）謀劃。

所謂的「蕭牆」，本作「肅牆」。古人在書寫或辦事時，為了避免受到直接干擾，因此設立此屏障，外人求見則須先在屏風外通報。這道屏障也設在君臣之間，因此東漢鄭玄說：「蕭之言肅也；牆謂屏也。君臣相見之禮，至屏而加肅敬焉，是以謂之蕭牆。」可見，所謂的「蕭牆」就是指宮室內為了隱私或隔離干擾所設立的牆垣或屏風。而「蕭牆之禍」就是指宮廷內部爭鬥所引起的禍害，如《論語》：「吾恐季孫之憂，不在顓臾，而在蕭牆之內也。」「肅」本義是指隔離用的牆垣或屏風，引申為恭敬、靜穆等，相關用詞如肅靜、嚴肅等。另一個篆體表示一個跪坐的人（）在專「心」（）「書寫」（）謀劃。《說文》：「肅，持事振敬也。」「爿」代表木製的牆。

蕭 ㄒㄧㄠ xiāo

生長在「荒涼」之地（，肅）的野「草」（，艹）。

艾蒿，又稱為蕭艾，味苦，後人將它運用在針灸術中，艾蒿點燃後可用來薰蒸穴道。「肅」的本義是有高牆隔離的地方，在此引申為人煙稀少的荒涼之地。「蕭」引申為蕭條淒涼的草地，相關用詞如蕭瑟、蕭條。

「爿」——以半木作牀或長板凳

牀 ㄔㄨㄤˊ chuáng

「木」（）製的「床」（，爿）。

篆

寢 ㄑㄧㄣˇ qǐn

「手」（，又）持掃「帚」（）清理「房間」（，宀）後再上「牀」（，爿）睡覺。

篆

寐 ㄇㄟˋ mèi

躺在「室內」（，宀）的「牀」上（，爿）而尚「未」（）醒來。

金文是一個人躺在床上的象形文，其中「未」是修飾符號，用以形容此人尚未睡醒。

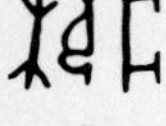

金

篆

寤 ㄨˋ wù

從屋內（，宀）的牀（，爿）上醒來「說出有條理的話語」（，吾）。

「寤」是描寫一個人睡醒後，神智清楚的狀態，引申為睡醒，「寤寐以求」是指日夜祈求。《說文》：「寐覺而有言曰寤。」

篆

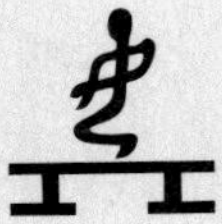

妝 ㄓㄨㄤ zhuāng

「女」人（）坐在「牀」（，爿）上梳理打扮。

相關用詞如梳妝、化妝、嫁妝等。

甲 金 篆

將 ㄐㄧㄤ jiāng

「手」（，寸）拿「肉」（，月）坐在「長板凳」（，爿）上享用的人。

首領也，可驅使他人者也。相關用詞如將軍、將領等。

篆

獎 ㄐㄧㄤˇ jiǎng

坐在「長板凳」（，爿）上，「手」（，寸）拿「狗」（，犬）「肉」（）享用。

在古代，狗肉比羊肉與豬肉更有價值，常被用來獎勵有功的戰士。春秋時期甚至還有用狗肉獎勵生育的趣事。越王勾踐為了復仇，實施獎勵生育的政策，若婦女生下男孩就能獲得狗肉作為獎賞，若生女孩仍能得到豬肉的獎賞。除此之外，狗肉也是獻給神的美物，如《禮記》記載：「凡祭宗廟之禮：牛曰一元大武，……犬曰羹獻。」

篆

狀 ㄓㄨㄤˋ

zhuàng

陳屍在「長板凳」（，爿）上的「狗」（，犬）。

士兵們盯著烤好的狗肉，完整的陳列在長板凳上，無不垂涎，然而，只有勇士能享此美味。「狀」引申為樣式、功績，相關用詞如形狀、獎狀等。現今，越南河內等地仍有商家在販售整隻烤狗，這是傳統文化所遺留的習俗。《說文》：「狀，犬形也。」

篆

壯 ㄓㄨㄤˋ

zhuàng

手持大斧的「審判官」（，士）坐在「長板凳」（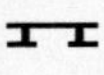，爿）上。

「壯」的本義是握有生殺大權的審判官，引申為威猛，相關用詞如強壯、壯士等。古代男子年過三十，稱為壯年。

金 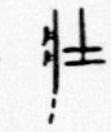

篆 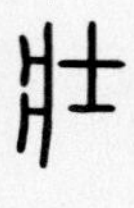

士 ㄕˋ

shì

手持「青銅大斧」的審判官。

皋陶是中國歷史上第一位審判官，智慧充足，善於透過邏輯推理以揭穿詭詐不法之情事。《尚書》記載舜吩咐皋陶說：「皋陶，汝作士。」西漢孔安國說：「士，理官也。」可見，「士」就是「理官」，也就是掌管刑事案件的「審判官」，而青銅斧就是審判官的權力象徵。金文、的構形與「王」極為相近，也是一個斧刃向下的青銅大斧。青銅鉞本是君王的象徵，表示擁有最高審判權，但君王也會將象徵殺頭之刑的斧頭交付給審判官，因此，漢字便由「王」字分化出「士」。「士」的本義為有智慧的審判官，引申為各級官員、有學問的人，相關用詞如卿士、學士、男士等。古代「士農工商」四種職業，士就是指當官的或努力讀書準備當官的人。

金 

篆 

〈「疒」——臥病在牀

「疒」俗稱「病字頭」，它的構字本義是「臥病在牀」，包含這個符號的漢字幾乎都與生病有關，如症痘疤痕痣痔瘡瘋瘧癱瘓瘍瘟疫疼痛癌疝疙瘩疚疣疲疹痱痤癒痢痙痺痴癡瘀痰瘦痿癢療瘸等形聲字皆是。

疾 ㄐㄧˊ jí

受「箭」傷（，矢）而「臥病在牀」（〈，疒）。

古代爭戰不斷，身受箭傷是極為常見之事，因此箭傷便成為「疾、病」的造字背景。疾的甲骨文、金文及篆體）是一個受箭傷而臥病在床的人。「疾」是描寫突然而來的箭傷，所以引申為生病、快速、痛恨、缺失，相關用詞如疾病、疾風、疾（嫉）惡如仇等。

甲 金 篆

病 ㄅㄧㄥˋ bìng

因「爐火」（，丙）在體內燃燒而「臥病在牀」（〈，疒）的人。

甲骨文是一個人生病臥床的象形文。由於古人發現，生病常常會伴隨發燒現象，尤其，有箭傷之「疾」的人，必然會引起發炎、發燒，因此，篆體將臥床的「人」替換成「丙」，表示有「爐火」（，丙）在體內燃燒，顯然這受到細菌感染的結果。

甲 篆

「片」——木片

甲骨文及金文未發現「片」字，而且依據所有含「片」構件的古字來看，可以發現「片」是由「爿」衍生出來的，用來代表木片。

版 ㄅㄢˇ bǎn

將木「片」（）「反」轉（，反）過來，「反」也是聲符。

甲骨文（）代表兩手將半木反轉，使平整可用的一面朝向自己，「版」引申為扁而平整的木材，相關用詞如版畫、版面等。

牒 ㄉㄧㄝˊ dié

像樹「葉」（，枼）大小的木「片」（）。

「牒」引申為書寫用的簡扎，相關用詞如金牒、通牒。（枼是葉的本字。）其他以「片」為義符的字有牘、牖、牌等，牖（）代表以木片交織而成的窗戶，牘（）代表可供閱「讀」或寫字的「木片」，「牌」代表識別用的木片，其中的卑是聲符。

甲

篆

篆

「束」——捆柴

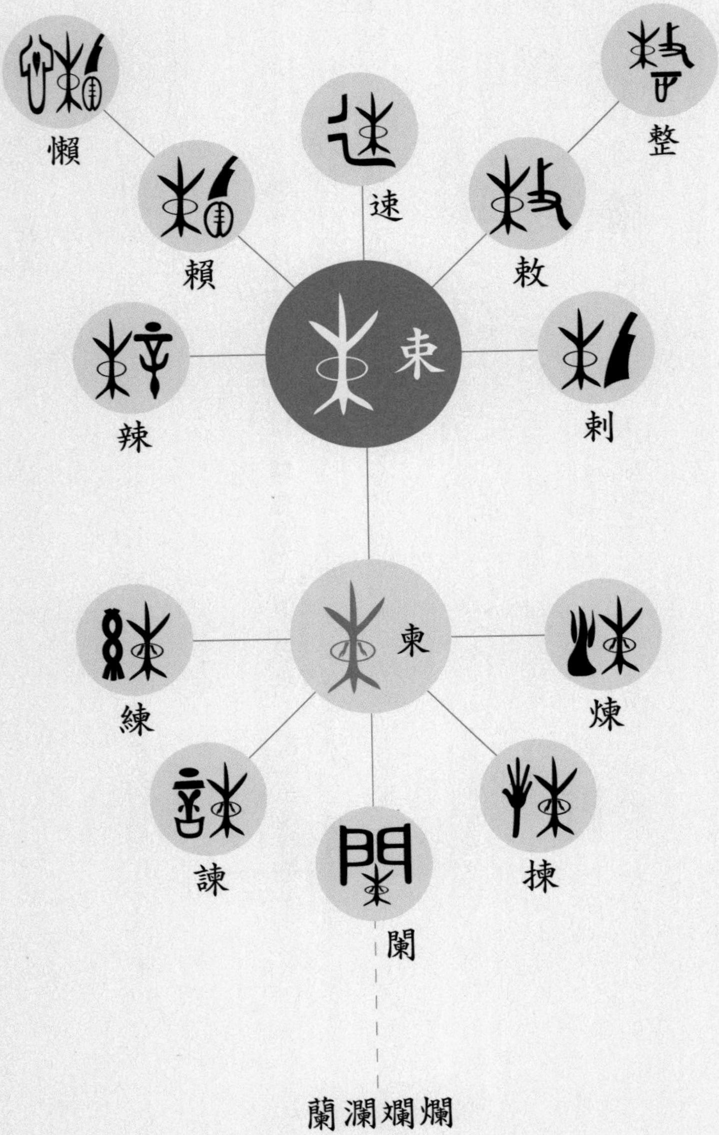

束 ㄕㄨˋ shù

用繩子將「木」材（）「捆紮」（）起來。

「束」的甲骨文是將稻「禾」（）捆紮起來，這是描寫秋收之後，農人將禾桿捆紮成束的情景。金文則是將稻禾改作木，代表將木（）材捆紮起來，這是描寫樵夫將一根根的木材捆紮成一大束的情景。另外，、是束的異體字，更清楚地描寫出以「手」將木材一束束捆起來的意象。

捆紮木材時，首先要以刀具削去枝葉，再將木材修整成長短一致，（剌，ㄌㄚˋ）代表用「刀」修整所捆紮的一「束」木材，捆紮好後，還要用木槌將突出的木材敲進去，使整捆木材的兩頭齊平，（敕，ㄔˋ）代表手持工具（，攴）整治所捆紮的一「束」木材，引申為整頓、告誡，如皇帝敕諭天下。整治完成後，便是一束整齊的木材，（整）代表手持工具將木材修整捆紮（），使其整齊一致（，正）。

甲 金 篆

速 ㄙㄨˋ sù

樵夫背著一「束」木柴（），快速地在路上行走（，辶）。

篆

賴 ㄌㄞˋ lài

一「束」（）錢（，貝）與一把「刀」（）。

「金錢」與「武器」是人賴以為生的兩種最重要物品。漢字「賴」充分表現出這種價值觀，篆體代表一袋「束」緊（）的「錢財」（），另一個篆體、則添加了刀（），整體意表一束錢與一把刀，引申為依靠，相關用詞如依賴、信賴等。

懶ㄌㄢˇ

lǎn

「心」裡（，忄）總是想依「賴」（）他人。懶惰的人，遇事往往心存依賴。

「懶」的相關用詞如懶散、慵懶等。

辣ㄌㄚˋ

là

一「柬」（）有「辛」辣味（）的植物。

相關用詞如辣椒、辛辣等。

 「柬」——挑選

柬ㄐㄧㄢˇ

jiǎn

將木材「分」類（，八）後再捆「束」（）起來。

「柬」引申為挑選、分類。「柬」是「揀」的本字。《說文》：「柬，分別擇之也。」

揀ㄐㄧㄢˇ

jiān

用「手」（，扌）挑選一捆木材（，柬）。

金

篆

練 ㄌㄧㄢˋ liàn

學習以「繩索」（，糸）捆紮木材（，柬）。

相關用詞如練習。

諫 ㄐㄧㄢˋ jiàn

以「言」語指導他人（）捆紮木材（，柬）。

「諫」引申為規勸他人改正行為，相關用詞如進諫、諫官等。

煉 ㄌㄧㄢˋ liàn

以「火」燒盡（）一捆捆木材（，柬）。

「煉」引申為長時間加熱使物質趨於純淨，相關用詞如冶煉、鍛鍊等。

闌 ㄌㄢˊ lán

或：月（）亮出來時，挑選一捆捆木材（，柬）擋在大「門」（）前以防止牲畜及外人誤侵。

古人在大門外設立柵欄，用以攔阻夜間因不慎而闖入的動物。金文是由月、門、柬所組成的會意字，另一個金文及篆體則將月省略，主要是描寫古人在夜晚設立屋外的柵欄，引申為夜晚、欄杆、任意闖入，相關用詞如門闌（任意破闌而入的人）等。「闌」是「欄」與「攔」的本字，如《滿江紅》：「怒髮衝冠憑闌（欄）處。」《戰國策》：「有河山以闌（攔）之。」

篆

金

篆

篆

金

篆

第三章

禾

「禾」的甲骨文及金文是一株有根、有莖葉、有穗的植物，禾是黍、麥、稷、稻等穀類植物的統稱，代表禾穀或禾苗。透過「禾」的衍生字，我們大致可以窺知夏、商、周時期的穀物文明已進展到系統化造酒、以工具耕種與收割、建立公有穀倉、繳納稅租的地步了。

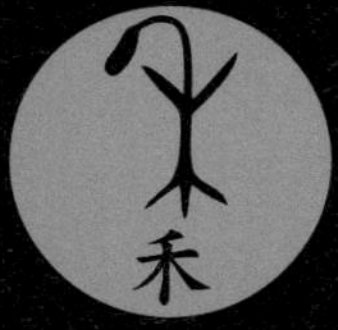
禾

朿

帝

「禾」的衍生字

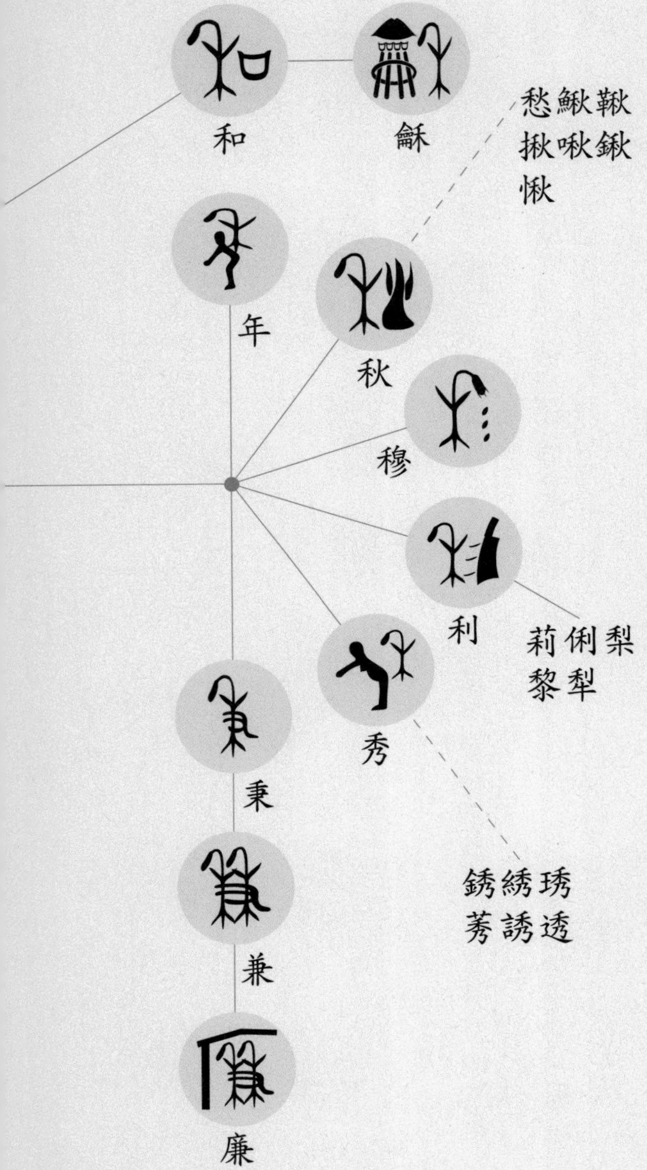

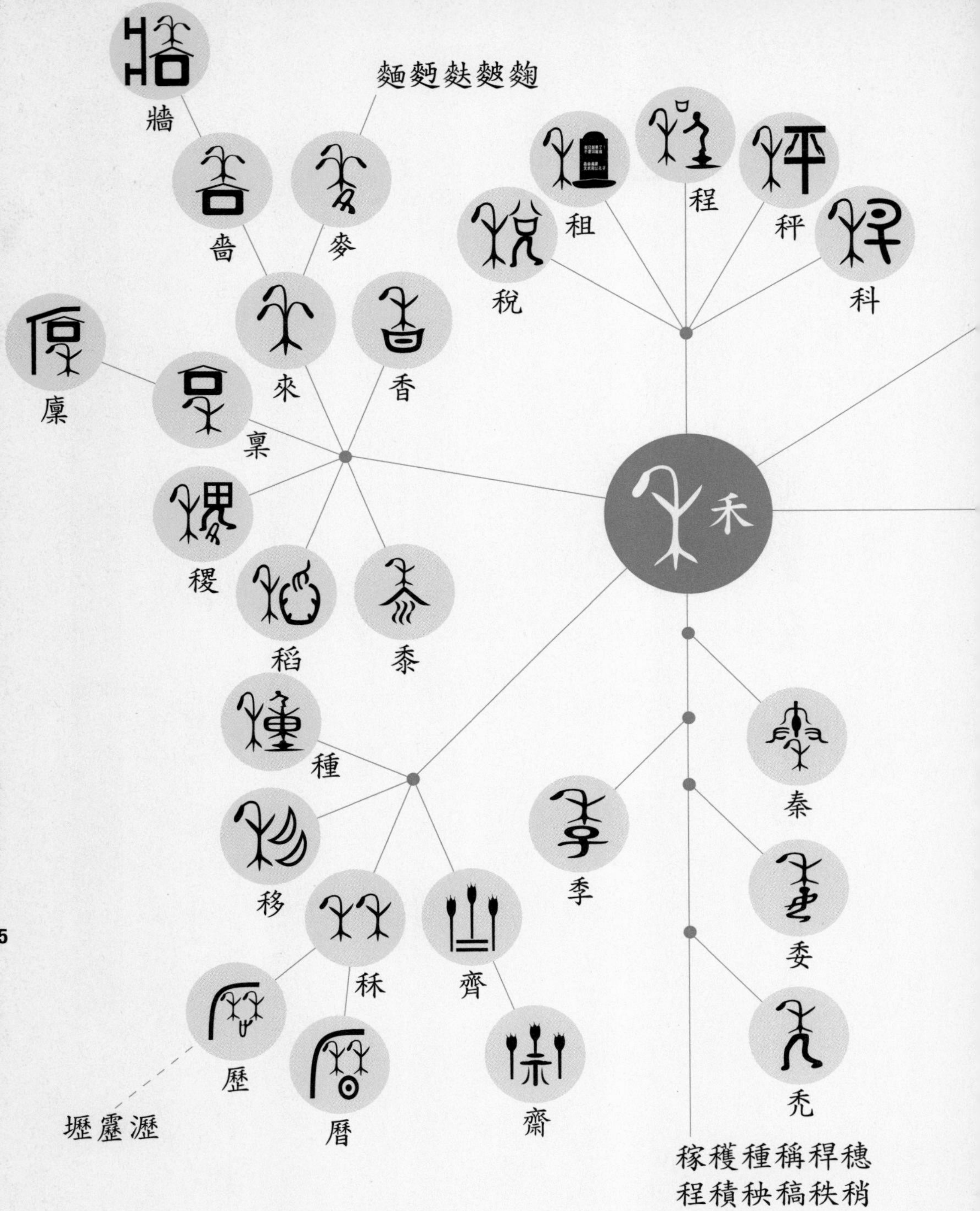
禾
牆
嗇
麵麪麩麬麴
麥
來
香
廩
稟
稷
稻
黍
稅
租
程
秤
科
種
移
秝
齊
歷
曆
齋
壢靂瀝
秦
季
委
禿
稼穫種稱稈穗
程積秧稿秩稍

黍 ㄕㄨˇ shǔ

浸「入」（ ）「水」（ ）中就可變成酒的「禾」穀（ ）。

黍是一種小黃米，長時間浸泡在水裡就會發酵成酒，是古代製酒的重要原料。由於黍耐寒、耐旱又耐貧瘠，很適合在中原地區栽種。考古發現河北磁山新石器遺址就已存留黍的籽實，距今約九千年，可見種植年代久遠。「黍」的甲骨文是一棵有根有枝葉的植物，另一個甲骨文則代表籽實落入水（ ）中，這是將黍米投入水中造酒的象形文。《呂氏春秋》裡有一段關於黍酒的故事，話說春秋時期，楚國的大將軍司馬子反與晉軍大戰，口渴返回軍營要水喝，隨從豎陽穀為了討好主人，竟然奉上「黍酒」，酷愛飲酒的司馬子反，欲罷不能，自然是喝得酩酊大醉，導致敗戰，最終遭到處死。《說文》：「黍可為酒，禾入水也。」

甲

金

篆

稻 ㄉㄠˋ dào

抓（ ）取「禾」穀（ ），然後放進「臼」（ ）中以搗出米粒。

金文呈現手抓稻穗放進臼中的符號，顯示在商周以前就出現了以杵臼搗米的文化。

金

篆

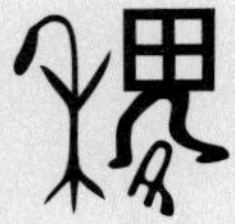

稷 ㄐㄧˋ jì

一個人（ ，儿）的腳踩（ ，夊）在田（ ）裡，辛勤耕種禾穀（ ）。

「稷」的古字、是由禾、田、人（或儿）、夊所組成的會意字，代表耕種禾穀。稷也是五穀的總稱。周的祖先「后稷」顧名思義就是指導人民耕種五穀的首領。《孟子》說：「后稷教民稼穡。樹藝五穀，五穀熟而民人育。」

來 ㄌㄞˊ lái

麥穗。

甲骨文及金文表示有許多「麥穗」落在「禾」（）上；篆體則是調整筆順後的結果。「來」的本義是結穗的小麥，因為周朝人相信麥穗是上天送來的禮物，所以引申為從遠方到此，相關用詞如來臨、往來、回來等。《說文》：「來，周所受瑞麥來麰，一來二縫，象芒朿之形，天所來也。」在古代，小麥叫做「來」，大麥叫做「麰」，皆為上天所賜，因此《詩經》說：「貽我來麰。」

甲 金 篆

麥 ㄇㄞˋ mài

緩緩行（，夊）來的「麥穗」（，來）。

以「麥」為義符所衍生的字有麵、麪、麩、麬、麴等。《說文》：「麥，芒穀……，從來有穗者，從夊。臣鉉等曰：『夊，足也，周受瑞麥來麰，如行來，故從夊』。」「麥」的簡體字為「麦」。

甲 金 篆

香 ㄒㄧㄤ xiāng

「甘」甜（）的「禾」穀（）。

煮熟的禾穀，在口裡細細咀嚼後，便會產生一股香甜的味道。可惜，隸書將其中的「甘」訛變為「日」，以致失去了原意。以「香」為義符所衍生的形聲字有馨、馥等。

篆

稟 ㄅㄧㄥˇ bǐng

儲存「禾」穀（**）的「糧倉」（****，亩）。**

「亩」是「稟」、「廩」的本字，代表糧倉。「亩」的甲骨文呈現屋頂與厚牆，另一種甲骨文則在屋頂上添加了防潮的透氣蓋。到了篆體則將左右兩側的厚牆改成四圍環繞的「回」字形，於是形成了。商朝就出現大規模的糧倉，《史記》記載周文王打敗商紂王，打開鉅橋的糧倉以賑濟災民，贏得人民擁戴。「稟」本義為糧倉或發放糧食，引申為給予，相關用詞如稟糧（供給糧食）、稟報、稟賦（上天給予的才能）。

金 

篆 

廩 ㄌㄧㄣˇ lǐn

在「屋棚下」（**）發放「糧倉」（****）裡的「禾」穀（****）。**

周朝掌管糧食賑濟、公家配穀的官稱為廩人。《國語》：「廩協出，……廩人獻餼。」

嗇 ㄙㄜˋ sè

將「成熟的麥子」（**，來）送入「糧倉」（****）。**

「嗇」引申為過分節儉、農事、糧倉，相關用詞如吝嗇、嗇事。

甲 

金 

篆 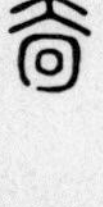

牆 ㄑㄧㄤˊ qiáng

糧倉（，嗇）的「牆壁」（，ㄐ）。

為了防止盜糧，糧倉的牆壁都是緊密厚實的。

金 篆

治理禾田

歷 ㄌㄧˋ lì

「前往」（）巡視並整理「河岸」（）邊的「禾」苗（）。

古代先民圍繞在黃河流域開墾農地，辛勤的農夫每天都會到田裡巡視一番。甲骨文表示「前往」（）巡視並整理「禾田」（）。金文及篆體表示「前往」（）巡視並整理「河岸」（）邊的「禾田」（）。「歷」引申為巡遍、以往的（已走過的），相關用詞如經歷、歷練、歷史等。

「秝」（ㄌㄧˋ）的金文及篆體以兩棵排列整齊的「禾」苗（）來表示「禾場」或「禾田」。厤（，ㄌㄧˋ）表示「河岸」邊的「禾田」。以「厤」為聲符所衍生的字有壢、曆、靂、瀝等。《說文》：「歷，過也，傳也。」「歷」的簡體字為「历」。

甲 金 篆

種 ㄓㄨㄥˇ zhǒng

或ㄓㄨㄥˋ，zhòng。有「重」（）量的成熟「禾」穀（）。

唯有精壯的種子，才能生產出結實的下一代，因此，農夫挑選種子時，會在一堆麥子中找尋最飽滿且最有重量的成熟穀粒。相關用詞如種子、種植等。

篆

移 ㄧˊ yí

「禾」苗（ ）「多」（ ）則移植。

稠密生長的禾苗無法獲得足夠養分，難以結出成熟飽滿的果實。農夫在苗圃上撒種後，發芽的禾苗會密集生長，這時必須把禾苗移植到田裡，這個過程就是所謂的「插秧」。

篆

齊 ㄑㄧˊ qí

眾多禾麥「齊」平地（ ）生長（ ）。

農夫必須控制禾穀的生長使它們依照整齊劃一的步驟，才能產生最好的收成。從秧苗一直到吐穗，麥子們的生長都維持著整齊的節奏。到了秋天收割的時候，每個稻穗幾乎都是成熟的。「齊」的甲骨文（ ）與金文（ ）是描寫三支同時吐穗的麥子，篆體（ ）添加了（ ）（二），在構字裡，（ ）是相等長度的兩筆畫，具有相等的意義。整體而言，齊代表三支等長的麥子，引申為平整、整治完備，常用詞如整齊、齊全、齊家等。《說文》：「禾麥吐穗，上平也。」

甲 金 篆

齋 ㄓㄞ zhāi

「齊」心（ ）向「神」（ ，示）祈禱。

金文（ ）篆體（ ）是由「齊」（ ）與「示」（ ）所構成的會意字，代表齊心向神祈禱。古人在重大祭祀之前，為了表示由衷的恭敬，通常會沐浴更衣、禁戒飲食、不行房等，這種克苦己心的敬虔行為稱之為齋戒。中國早在商湯以前就有齋戒習俗，《韓詩外傳》記載：「湯乃齋戒靜處，夙興夜寐，弔死問疾，赦過賑窮。」到了周朝，齋戒更為頻繁，齋戒活動由太宰負責，率百官警戒，天子甚至還有專屬的齋戒處所，稱為齋宮，每逢重大祭典或災禍時，天子就會到此齋戒，如《墨子》記載：「天子有

金 篆

疾病禍祟，必齋戒沐浴。」各種宗教幾乎都實行齋戒，只是禁戒方式有所不同，如基督教、猶太教與回教是採用禁食禱告來度過齋戒期，而佛教則是採用禁食酒肉的素食作法，無論如何，他們的目的都是為了表達全心全意的敬意。

收割禾穀

秉 ㄅㄧㄥˇ bǐng

以「手」（）持「禾」（）。

收割時，農夫一手抓著稻禾，一手揮砍著鐮刀。「秉」引申為執、持，相關用詞如秉持、秉燭等。

甲

金

篆

兼 ㄐㄧㄢ jiān

單「手」（）持「兩禾」（）。

「兼」引申為同時取得或涉及兩件事物，相關用詞如兼備、兼併等。

金

篆

廉 ㄌㄧㄢˊ lián

可讓人「單手取兩禾」（，兼）的「店」家（，广）。

同樣的價格，卻能得到兩倍的收穫，的確是很划算。「廉」引申為便宜、不貪心等，相關用詞如廉價、廉讓等。「广」本義為屋棚下，在此代表「店」家門前的屋棚。

篆

利 ㄌㄧˋ lì

揮「刀」（ ）收割「禾」穀（ ）。

「利」的古字是快速收割禾穀的象形字，甲骨文代表「手」握「刀」割取「土」上的「禾」穀，後來將手與土兩符號省略，甲骨文、，金文改成由「禾」與「勿」所組成，表示揮刀割取禾穀，篆體則將「勿」改成「刀」。「利」的本義是揮刀收取禾穀，引申為鋒利的刀、得到好處，相關用詞如銳利、順利、利益等。

甲 金 篆

秀 ㄒㄧㄡˋ xiù

含著「飽滿」稻穗（ ，乃）的「禾」（ ）草。

「乃」（ ）具有大肚子或飽滿的意涵，如「孕」的甲骨文及篆體描寫一個挺著「大肚子的人」（ ）懷著一個兒「子」（ ）。

篆

穆 ㄇㄨˋ mù

飽滿下垂的麥穗（ ，禾）。

金文在麥「禾」（ ）的末端有一下垂的圓滾麥穗，麥穗周圍有芒刺，其中，代表一粒粒掉落的麥子。整體意表許多成熟飽滿而下垂的麥穗。古時宗廟制度，父居左為「昭」，子居右為「穆」，因此，兒子在父親面前必須掩藏自己的光芒，顯出安靜恭謹的樣子。「穆」引申義為謙卑恭敬，相關用詞如肅穆、靜穆等。

金 篆

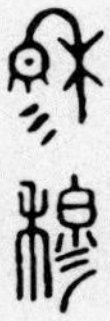

秋 ㄑㄧㄡ qiū

「禾」穀（ ）成熟呈現如「火」（ ）的顏色。

秋天到了，樹葉漸漸變紅了，田裡的麥子也呈現一片金黃色的榮景，此番黃與紅，不正是火的顏色嗎？

年 ㄋㄧㄢˊ nián

一個人（）背著「禾」捆（），收割五穀回家儲藏的季節。

住在北方黃河流域的人，禾穀一年一熟，四季農耕生活，循著春耕、夏耘、秋收、冬藏的規律，「年」就是描寫冬天到了，趕快儲存穀物以度過嚴寒的冬季。相關用詞如年歲、年度等。

甲 

金 

篆

繳納稅租

科 ㄎㄜ kē

必須繳納若干「斗」數（）的「禾」穀（）。

古代農民繳納稅租時，以「斗」為容量單位，一千「勺」（）為一「斗」（）。「科」的本義是依照法律進行課稅，引申為繳稅、衡量、分類、法律條文，相關用詞如科稅、科目等。

秤 ㄔㄥˋ chèng

測量「禾」穀（）重量的天「平」（），

「秤」引申為測量重量的工具，如磅秤。周朝人用繩子量長度，秤重量則用權衡，就是現代人所稱的天平，因權衡的原理在於「平」衡，所以後人又稱之為「秤」。《禮記》：「繩取其直，權衡取其平。」

程 ㄔㄥˊ chéng

將徵得的「禾」穀（）一層層向上「呈」遞（）。

人民繳納禾穀以供養君王及各級官員，因此，地方所徵得的禾穀必須向中央層層呈遞，引申為按一定順序進行的事務，相關用詞如程序、路程、前程、課程等。

祖 ㄗㄨ zū

借他人使用「祖」田（，且）以收取「禾」穀（）為報酬。

在構字裡，「且」是「祖」的本字，包含「且」的字都具有祖先的意涵。

稅 ㄕㄨㄟˋ shuì

「兌」現（）所應繳的「禾」穀（），相關用詞如所得稅。

相傳夏商周時期，實施十一而稅，也就是十分之一的所得稅率。成周時期所實施的「徹法」可以說是井田制度下的十一稅法。《春秋穀梁傳》：「古者稅什一。」《春秋繁露》：「十一而稅。」《春秋公羊傳》：「什一者天下之中正也。」

用禾稈吹出美妙樂音

龢 ㄏㄜˊ hé

由許多長短不一的「禾」桿（），便能組成音色和諧的「編管樂器」（，龠）。

「龢」引申義為調和、和諧的。《說文》：「龢，調也。」《廣韻》：「龢，

金

篆

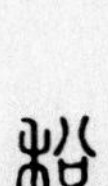
篆

篆

諧也，合也。」《左傳》：「如樂之龢。」「龢」與「和」是兩個具有相同意義及發音的異體字，「和」也是「龢」的簡寫，兩者通用。

和 ㄏㄜˊ hé

或ㄏㄢˋ，hàn。「口」（ ）吹「禾」桿（ ）所組成的編管樂器。

古人將數支長短不一的禾桿排列在一起，組成編管樂器，能發出和諧悅耳的聲音，因此，古人藉此聯想，不同的人或物若能像此樂器一樣，便能和諧相處，相關用詞如調和、和諧、和平等。

金 篆

以禾草養馬

秦 ㄑㄧㄣˊ qín

兩隻手（ ，廾）拿「禾」（ ）草餵養「馬匹」（ ，午），養馬的人。

西周時期，秦非子（原名趙非子）善於養馬，無論是馬匹的繁殖、調養、訓練及疾病防治等都有專精，把周朝王室龐大的馬群照料得極為精壯，於是受封於秦地，成為秦國的開國君主。秦的構字本義，指的就是「養馬人」。甲骨文 、金文 及篆體 代表「兩隻手」拿「禾」（ ）草餵養「馬匹」（ ，午）。篆體 則是調整筆劃的結果。《論衡》：「午、馬也。」《史記》：「非子居犬丘，好馬及畜，善養息之。犬丘人言之周孝王，孝王召使主馬于汧渭之閒，馬大蕃息。……邑之秦，使復續嬴氏祀，號曰秦嬴。」

甲 金 篆

委、禿、季這些字是以「禾」為修飾符號，用來形容女人、男人及孩子。

委 ㄨㄟˇ

wěi

「女」（　）子的頭低垂如稻穗（　，禾）一般。

人的頭何時會像稻穗一樣低垂呢？通常是表示順從、受了委屈或拜託他人的時候，所以「委」引申為曲折、勉強順從、拜託，相關用詞如委屈、委婉、委託等。

禿 ㄊㄨ

tū

頭髮稀疏如「禾」（　）苗的「人」（　）。

篆

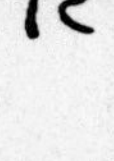

季 ㄐㄧˋ

jì

孩「子」（　）幼小如「禾」苗（　）。

「季」引申為最年輕、最末。古人以孟、仲、季來表示三兄弟的排序，但若為四兄弟，則以伯、仲、叔、季排序，無論怎麼排，季都是代表最年幼的。

甲 金 篆

「朿」的衍生字

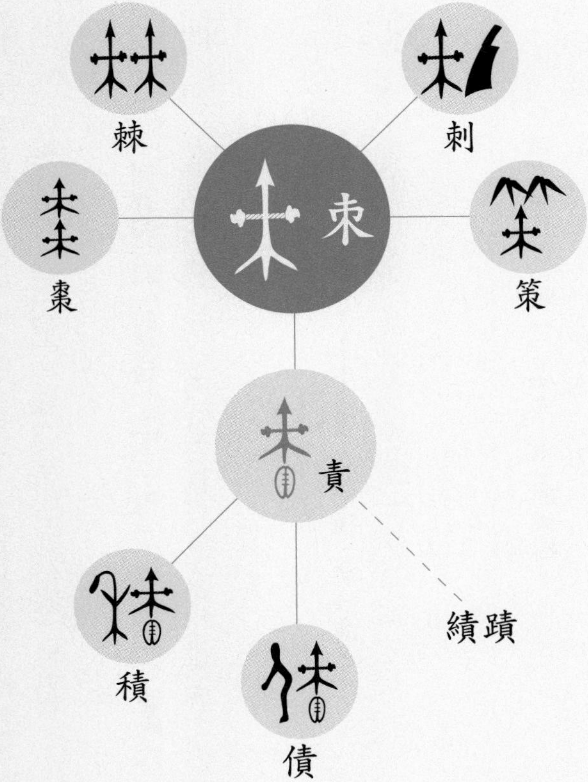

束 ㄘˋ cì

一捆（）有尖刺的植物（）。

「束」是「刺」的本字。古人造字常以兩頭結紮的符號「」來表達綑綁的概念，如「帚」（）是用來打掃的一梱植物。

甲 

金 

篆 

刺 ㄘˋ cì

一捆有尖「刺」的植物（，束），像「刀」（）一樣傷人。

在「刺」的構字裡，「刀」是修飾符號，是用來形容「束」的傷人特性。

篆 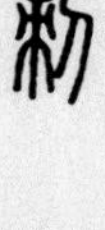

棘 ㄐㄧˊ jí

一大欉有「刺」（，束）的植物，荊棘灌木。

造字者以並列的兩個束來表達一大叢的意義。

篆 

棗 ㄗㄠˇ zǎo

高大而有芒「刺」（，束）的果樹。

高大的棗樹，枝幹有刺，能結出許多棗子。造字者以垂直重疊的束來表達高大的意義。《孟子．盡心》提到孟子的父親曾皙愛吃羊棗，那是一種長得像羊屎的酸澀小棗子，當曾皙過世之後，曾子見了羊棗便想起父親，因而不忍吃羊棗。公孫丑問孟子說：「烤肉和羊棗，哪一種好吃呢？」孟子說：「當然是烤肉好吃囉！但羊棗卻是我父親的雅好，我避吃是為了表示對父親的尊敬。」

金 

篆 

策 ㄘㄜˋ cè

有「尖刺」（，朿）的「竹」（）製馬鞭。

「策」引申為駕馭、督促或鼓動，相關用詞如鞭策、策畫等。《禮·曲禮》：「君車將駕，則僕執策立于馬前。」

責 ㄗㄜˊ zé

手拿有刺的荊棘條（，朿），要求他人還「錢」（，貝）。

「責」是「債」的本字，本義是討錢，引申為索取、要求、處罰、應盡義務，相關用詞如責求、責備、責罰、責任等。荊棘（牡荊）條是古代責打學生的枝條，這是對犯錯者的懲罰，因此，荊棘條象徵處罰。戰國時代有一則「負荊請罪」的故事，描寫廉頗為了表示認罪悔改，於是坦露上身，背負荊棘條，親自來到藺相如的家門前，請求責罰。

甲 

金 

篆 

債 ㄓㄞˋ zhài

手拿有刺的荊棘條（，朿），向「人」（）討「錢」（，貝）。

篆 

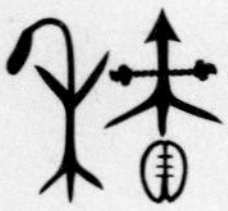

積 ㄐㄧ jī

長期累欠「禾」穀（）的「債」務（）。

佃農應繳給地主的禾穀，因長年收成不好而累欠了許多債務。「積」引申為長久累聚、堆聚，相關用詞如累積、積欠、積存等。

篆 

「帚」的衍生字

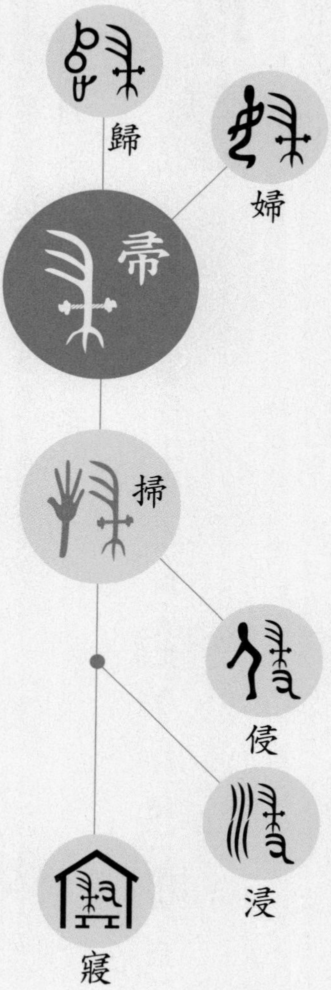

相傳古代杜康（又名少康）除了善於製酒，也發明了掃帚與畚箕。杜康將幾枝長滿枝條的草紮成一綑，就成為最簡單的掃帚。「帚」的甲骨文是一枝可用來掃地的植物，上為枝葉，下為根；金文及篆體在中間添加了束綁的符號，表示將數支植物綁成一束。古人用馬帚草來製作掃帚，《大戴禮記》記載：「荓也者，馬帚也。」馬帚草除了被用來製作馬刷、掃帚之外，還被當作中藥。

掃 ㄙㄠˇ
sǎo

「手」（）持掃「帚」（）清除垃圾。

「掃」的簡體字為「扫」。

篆

浸 ㄐㄧㄣˋ jìn

「手」（，又）持掃「帚」（）沾「水」（）掃地。

遠在周朝，古人就知道一個打掃訣竅，先將掃帚沾水後再掃地，灰塵才不會滿天飛！《禮記》說：「灑掃室堂及庭。」

篆

婦 ㄈㄨˋ fù

手持「掃帚」（）的「女」人（）。

甲骨文、金文及篆體都是由「女」、「帚」所組成的會意字。「婦」本義為灑掃的女人，引申為已婚的女人或掌管家務的人，相關用詞如主婦、婦孺等。

甲 金 篆

歸 ㄍㄨㄟ guī

女人拿起掃「帚」（），「追」隨（）著丈夫的「腳步」（）。

古代女子在出嫁前住在父母家中，但那不是她真正的家，日後所嫁的夫家才是真正的歸屬。因此，女子出嫁成為人婦稱為「歸」，就是說她回到屬於自己的家。

甲 金 篆

侵 ㄑㄧㄣ qīn

「手」（，又）持掃「帚」（）驅趕進犯的「人」（）。

甲骨文表示手（）持掃帚（）驅趕一隻牛（）。金文及篆體則描寫以掃帚驅趕進犯的人。在古代，男人出門在外工作，歹徒趁機侵入民宅，婦女只好拿著掃帚來自衛。「侵」引申為進犯他人的領域，相關用詞如侵略、侵犯、侵占等。

甲 金 篆

第四章

繩索

漢字裡與繩索有關的最重要兩個符號就是「糸」與「己」。「糸」代表一條兩股交纏的繩子，「己」則代表一條彎曲的繩子。

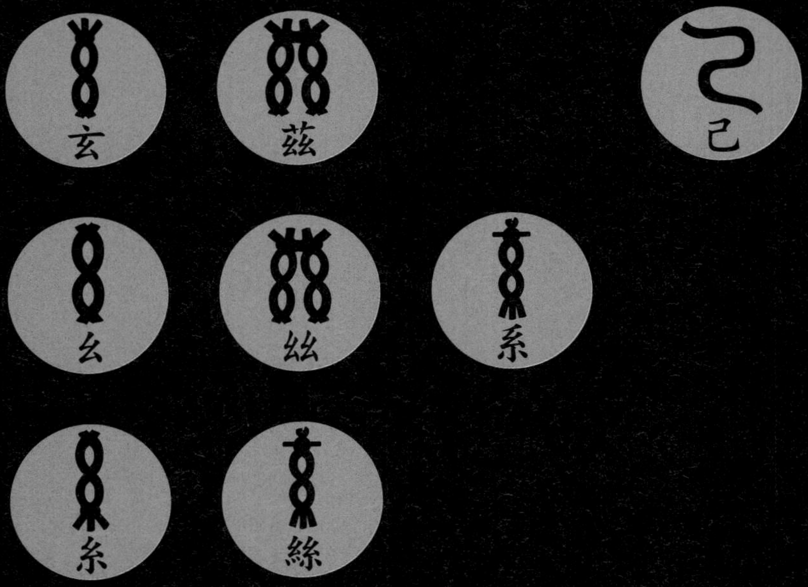
玄
兹
己
幺
丝
系
糸
絲

「糸」兩股交纏的繩子

古人製作草繩時，先打個結當作繩頭，再將它套在固定桿上，接著一邊遞補草桿，一邊扭轉、交纏，草繩於是一節節地延伸出去。當長度足夠之後，便在尾端打個結，一條繩索就完成了。

甲骨文、金文、代表兩股交纏的繩子，不但有頭結，也有尾結。就構字符號而言，玄、幺、糸三者正好代表繩子的三個部位。玄（）是帶有頭結的繩子，因為製繩時都是由繩頭牽引出一條長繩，所以「玄」具有源頭、牽引的意義。幺（）是繩子的中段，也是最細長的部位，製作時必須不斷地將許多草桿銜接起來，所以「幺」具有細長、連接不斷的構字意義。糸（）是帶有尾結的繩子，用來表示一條繩子。

示意圖	楷書	代表部位	引申意義	衍生的常用漢字
	玄	前段（包含頭結）	從源頭牽引而出	牽率畜蓄弦
	幺	中段（繩身）	接連不斷	幻麼幼後奚亂辭
	糸	後段（包含尾結）	一條繩子	維網綱紀約紐糾緊素絕繼綴緊

	系		繩子的一端綁在某物之上	縣係孫索鯀

在漢字表達中，為了區分粗繩與細線，造字者將「幺、玄、糸」複寫，於是產生了「𢆶、茲、絲」等具有「多、細」意義的符號。

現代漢字	示意圖	引申意義	衍生的常用漢字
茲		從源頭繁殖	孳慈𢇇關聯
𢆶		細微	幾幽㡭斷繼樂
絲		細線	䜌變彎鑾鸞孿巒顯溼

紮辮縈紫紅純級紙紛紗紹絡絹綁紡綱
綵綢緯綴緲締緬縱編總綺縞縫纓纖繡
繽繪纜繞繃絆絞綸織繩縮續緒細統續

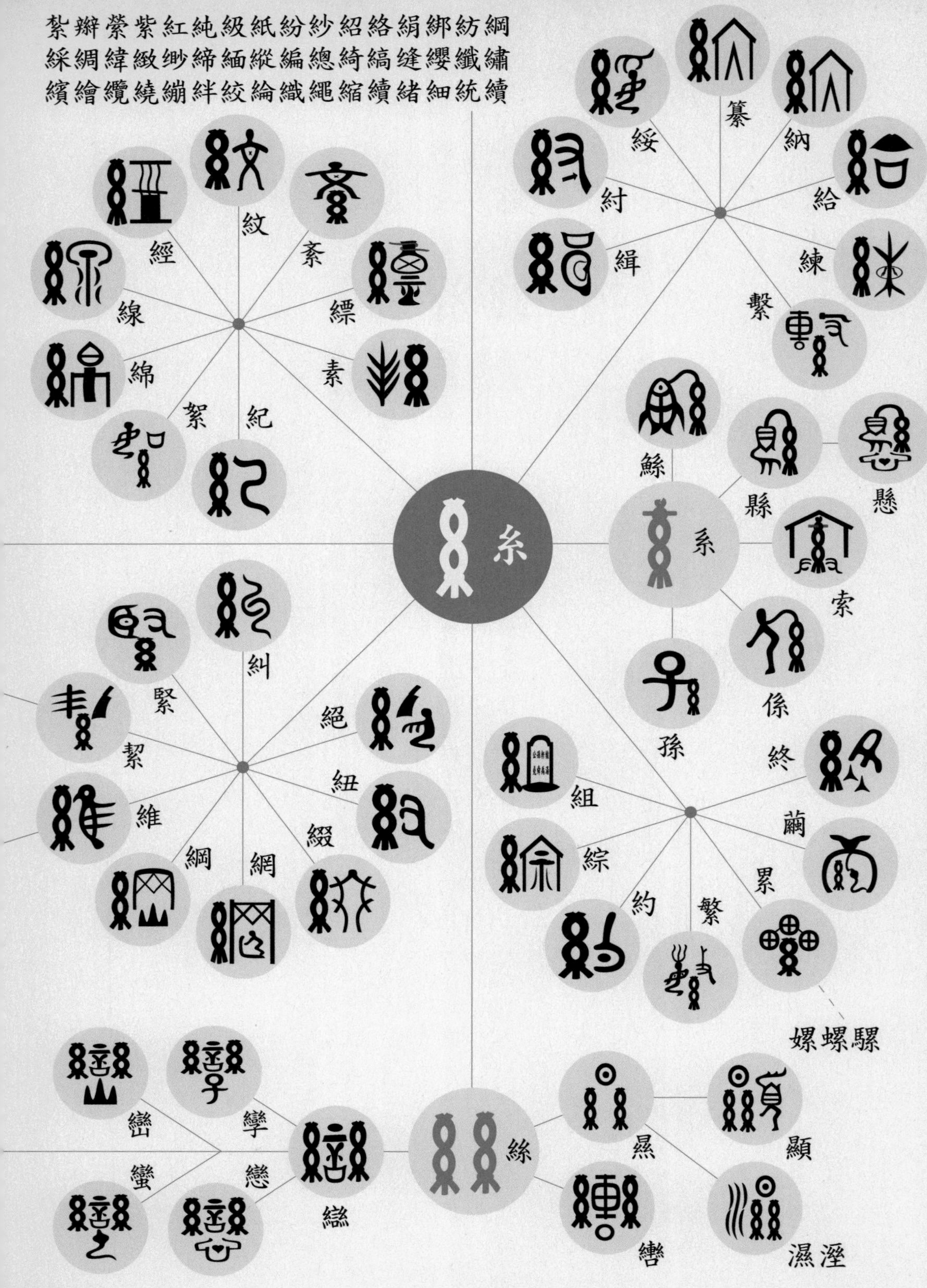

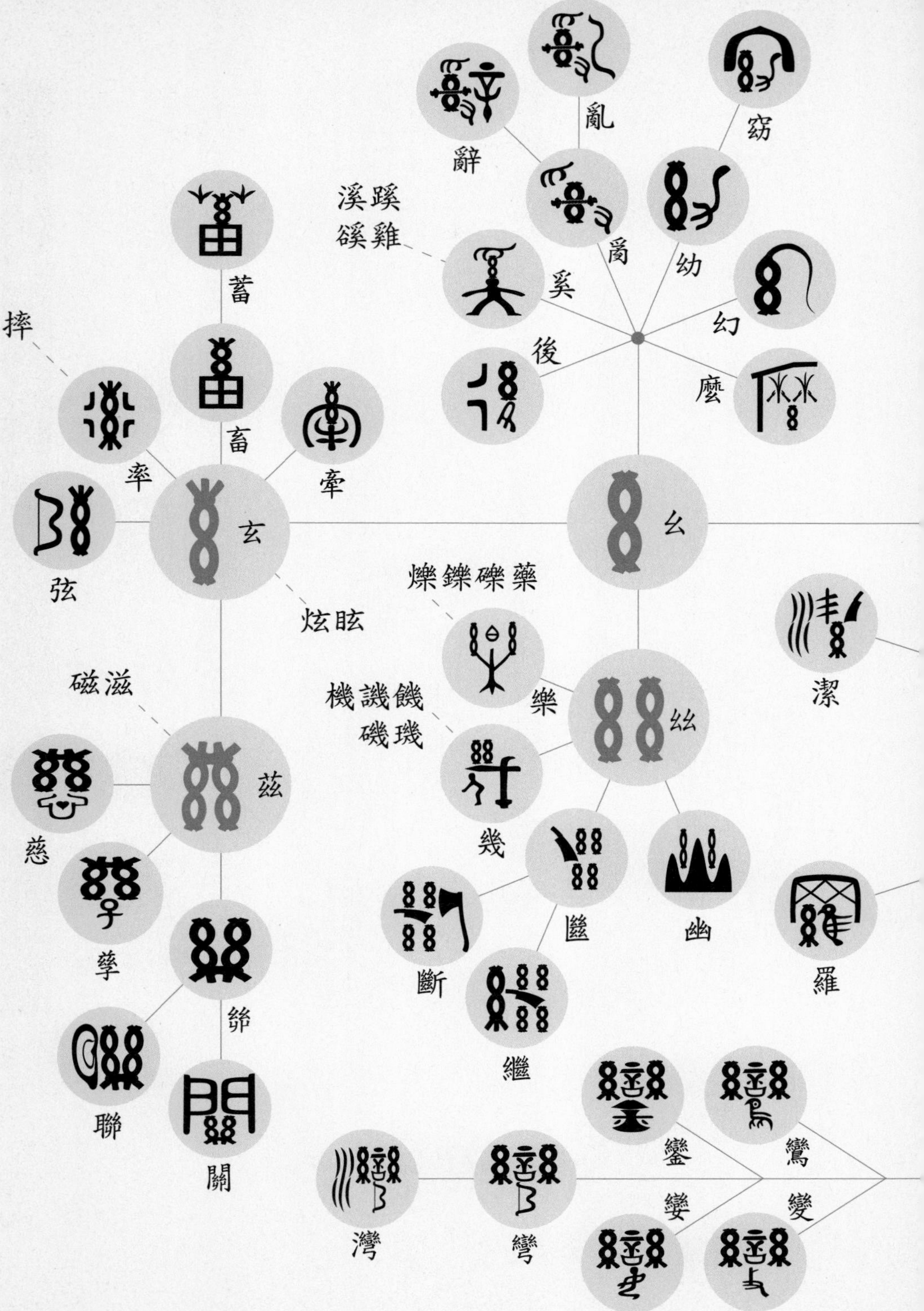

辭
亂
窈
溪蹊
徯雞
𤔔
奚
幼
幻
後
麼
蓄
摔
畜
牽
率
弦
玄
幺
爍鑠礫藥
炫眩
潔
樂
丝
機譏饑
磯璣
幾
磁滋
茲
慈
孳
𢇍
幽
斷
羅
繼
𢇇
聯
關
鑾
鸞
灣
彎
孿
變

「玄」——從源頭牽引而出

「玄」的甲骨文是一個具有繩頭卻沒有繩尾的繩子。「玄」的本義為繩頭牽引著整條繩子，引申為事物的源頭，如所謂的「玄古」即「遠古」，代表歷史的開端。《禮記》說：「萬物本乎天。」天是萬物的本源，所以「玄」又代表「天」，《釋言》：「玄，天也」。篆體是調整筆順的結果。

畜 ㄔㄨˋ chù

或ㄒㄩˋ，xù。以「繩索牽引」（，玄）動物到「田」（）裡牧養。

新石器時代晚期，中國人開始馴養動物。被人馴養的動物都可以稱為「畜」，西周時期將馬、牛、羊、雞、狗、豬合稱為六畜。

甲 

金 

篆 

蓄 ㄒㄩˋ xù

以「繩索牽引」（，玄）動物到「田」（）裡吃草（）。

古人將獵捕的動物放牧到田野裡，養到肥壯後再宰殺食用，所以「蓄」引申為積存，相關用詞如儲蓄、積蓄等。

篆 

牽 ㄑㄧㄢ qiān

以「繩索牽引」著（，玄）一頭「牛」（）進「牛欄」（）。

黃昏時，牧童們準備將牛牽回家。「牽」是由「玄」與「牢」所組成的會意字，代表拉牛進入牛欄。牢的甲骨文、意表牛欄。

篆 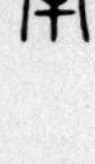

弦 ㄒㄧㄢˊ xián

以「絲繩牽引」（，玄）著「弓」（）的兩端。

古人如何安裝弓弦呢？《韓非子》說道：「夫工人張弓也，伏檠三旬而蹈弦。」大意是說，張弓的工人，先把彎好弧度的弓，放在固定弓的器具裡，等待三十天，一直到弓定型之後，再腳踏著弓將弦裝上。弦本是指拉弓的絲線，後來也指琴弦。相傳，舜發明五弦琴，《禮記》記載：「昔者，舜作五弦之琴以歌南風。」

篆 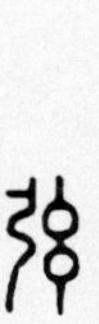

「幺」──接連不斷的長繩

「幺」的甲骨文、金文代表一條接連不斷的繩子，引申為接連不斷、細長。

幻 ㄏㄨㄢˋ huàn

「長長的細繩線」（）懸宕在空中，虛無飄渺。

如何表達似有若無的感覺呢？金文以一條極為細小的絲線來表達。中國古代治絲技術極為發達，馬王堆出土兩千年前的素紗禪衣，都是用極細的透明蠶絲所製成。偌大的一件衣服（面積二點六平方米），重量只有四十九克，可說是薄如蟬翼、輕若烟霧。像這樣一條纖細又透明的蠶絲，懸宕在空中，所產生的虛無飄渺感覺，正是「幻」的寫照。相關用詞如虛幻、幻想、幻滅等。

金

篆 

麼 ㄇㄜ˙ me

或ㄇㄚˊ，má。從「麻」（）中「接連不斷地抽出細長的纖維」（，ㄠ）。

相關用詞如多麼、這麼等。《玉篇》：「麼，細小。」

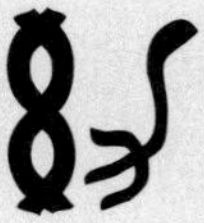

幼 ㄧㄡˋ yòu

編織「長繩」（，ㄠ）所需要的「力」量（）。

「幼」引申為微小，相關用詞如年幼、幼童、幼稚等。

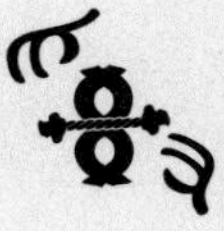

𤔔 ㄌㄨㄢˋ luàn

「兩隻手」（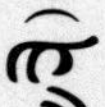）在解開一「綑」（）交纏的「長絲繩」（，ㄠ）。

亂 ㄌㄨㄢˋ luàn

「兩隻手」（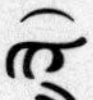）在解開一「綑」（）蜿蜒交纏（）的「長絲繩」（，ㄠ）。

篆體在旁邊添加了一條彎曲的線條，藉以強調繩子的蜿蜒交纏。亂的本義是整理一大綑亂七八糟的繩子，引申為混淆不清、任意地，相關用詞如混亂、凌亂等。

甲 

篆 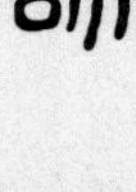

金 

篆 

篆 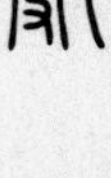

辭 ㄘˊ cí

嫌犯（，辛）努力交代一樁交纏不清的案件（，𤔔）。

春秋時代，鄭國宰相子產善於審理訴訟案件，他先將原告被告分離訊問，然後再反述對方供詞交互詰問，讓兩造說出真相。在面對諸多錯綜複雜的疑點時，嫌犯必須要能將這些疑點解釋得清清楚楚才能全身而退。《韓非子》記載：「有相與訟者，子產離之而無使得通辭，倒其言以告而知之。」「辭」的本義為嫌犯的訴訟言詞，由於嫌犯總是會想辦法脫罪，因此引申為脫離、複雜的言詞，相關用詞如辭職、辭藻等。

篆 

奚 ㄒㄧ xī

主人「抓」（，爪）著一位被「長繩子捆索」（，幺）的「人」（，大）。

甲骨文是一個人頭上有「繩索」且雙手被反綁的象形文，金文表示一個人的頭上綁著連環的鎖鍊（），鎖鍊另一端被一隻「手」拉著，這是描寫古代奴隸的頭頸被鎖鍊或繩索綁縛著的景象。殷商時期俘虜大量外族充當奴隸，頸項上的鎖鏈是為了不讓奴隸逃脫又能騰出雙手服勞役的方法。奚的本義是奴隸或僕役，引申為遭人譏笑、為何，相關用詞如奚落等。以奚（ㄒㄧ）為聲符所衍生的常用字有溪、蹊、雞等。

王莽為了實施貨幣改革，頒布詔令，凡盜鑄錢幣者，五家連坐（左右鄰舍都要一起受罰），全數被抓去充當官府奴婢，押解途中，男子被關在有柵欄的囚車內，兒女跟在後面步行，頸項上繫著鐵鏈，一路押解到掌管鑄造錢幣的官府那裡受審判，總數約有十萬人之多。到場時，夫婦被強迫更換，其中六、七萬人因愁苦而死亡。這就是《漢書．王莽傳》所記載的：「民犯鑄錢，伍人相坐，沒入為官奴婢。其男子檻車，兒女子步，以鐵鎖琅當其頸，傳詣鍾官，以十萬數。到者易其夫婦，愁苦死者什六七。」

甲 金 篆 

的長繩概念，也被用來表示接連不斷的長隊伍，如後、率都具有這種構字概念。當所有的押解犯人被一條長繩索牽引時，率指的是帶頭的人，而後則是隊伍中殿後的人。

率 ㄕㄨㄞˋ shuài

或ㄌㄩˋ，lǜ。以一條「長繩索」牽引（）著一群犯人在路上「行」走（）。

率像是押解囚犯的差役，走在隊伍前頭用繩子拉著一群囚犯，引申為帶領，相關用詞如率領。金文及篆體除了有繩索符號外，還加了一個「行」的符號，代表在路上行走。

甲 金 篆

後 ㄏㄡˋ hòu

在行進隊伍末端緩步前行。

金文及篆體表示被押解的犯人在長繩隊伍（，幺）的末端緩步行走（，夊）在路上（，彳）。表示緊緊相連的繩索。後的相關用詞如落後、退後、後代等。「後」的簡體字為「后」。

金 篆

各色各樣的繩子

素 ㄙㄨˋ sù

將植物（）纖維編織成絲線（，糸），也就是生絲。

「素」是未染色以前的絲線，引申為原來的顏色、天然未加工的，相關用詞如素色、樸素、元素等。縹是指將絲繩染色，紋是指絲繩上的色彩，而紊則是指混雜在一起的各色絲繩。

㊎ 

㊫ 

經 ㄐㄧㄥ jīng

織布機上垂直排列的（，巠）一條條紡線（，糸）。

河姆渡文化留下古代腰機的遺物，這是很早期的織布文明。所謂腰機就是套在腰上操作的織布機。（巠）是描寫一種最原始的織布方式。織布機上的垂直線稱為經線，水平線稱為緯線，經緯交錯便能編織成一匹布。織布機上有三支橫桿，上下兩支固定橫桿是用來安置一條條的垂直紡線，中間的活動橫桿是用來將一條條水平紡線壓齊。織布機的下半段是已織好的布。

㊎ 

㊫ 

線 ㄒㄧㄢˋ xiàn

一條條光滑潔白的細絲繩（，糸）如流瀉的泉水（）。

山泉水順著岩石傾瀉而下時，一絲絲、一縷縷光亮潔白的水線格外細緻整齊，宛若一條條的絲線。同樣地，將一綑白色細線攤垂開來，也可以作出山泉流瀉的效果。

綿 ㄇㄧㄢˊ mián

從白布巾（，帛）抽取出來的細絲線（，糸）。

本義為細軟的絲線，引申為延續不斷，相關用詞如絲棉、綿延等。

篆

絮 ㄒㄩˋ xù

如（）同「絲繩」（，糸）一般的纖維物。

古人稱粗棉為絮。棉與絮都是可製成衣物的柔軟絲線。

篆

編織

綴 ㄓㄨㄟˋ zhuì

針線（，糸）在衣服上（）來回穿梭（）。

引申為縫合、衣邊的裝飾，相關用詞如連綴、點綴等。

篆

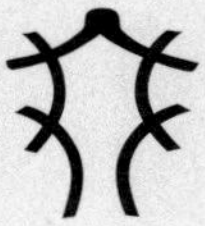

叕 ㄓㄨㄛˊ zhuó

針線在衣服上（）來回穿梭（）。

「叕」是「綴」的本字。說文：叕，綴連也。畷（）意表田與田之間相連接的道路。輟（），中斷。《說文》：「輟，車小缺復合者。」

篆

網 ㄨㄤˇ wǎng

以絲繩（，糸）製成網子（，网）以捕捉逃亡（）者。

維 ㄨㄟˊ wéi

用以捕捉鳥類（，隹）的繩子（，糸）。

相關用詞如纖維、維繫。

羅 ㄌㄨㄛˊ luó

張開以絲繩（，糸）製成的網子（，网）來捕鳥（，隹）。

相關用詞如網羅、張羅、羅列等。

製繩

紐 ㄋㄧㄡˇ niǔ

以手扭轉（，丑）線繩（，糸）。

這是古代製作線或繩的過程。

用繩子綁人

緊 ㄐㄧㄣˇ jǐn

善於做事的人（，臤）製作繩索（，糸），牢固且密合。

金 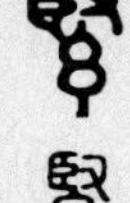

篆 

綏 ㄙㄨㄟ suī

或ㄙㄨㄟˊ，suí。以繩子（，糸）綑紮「妥」（）當。

引申為安定、安撫，相關用詞如綏靖、綏安等。

篆 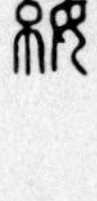

紂 ㄓㄡˋ zhòu

手（，寸）被繩子（，糸）綑綁的罪犯。

篆體代表手肘（）被繩子（）綑綁，另一個篆體代表手腕（，寸）被繩子（）綑綁。整體而言，紂象徵一個應受綑綁的人。「雙手捆綁」是罪犯被押解受審的象徵，用此象徵商紂王，是因為他犯了許多重大罪狀，是周武王伐紂時，首要緝拿的對象。《史記》記載，商紂驕傲蠻橫，好酒淫樂，寵信妲己，大肆建造高大華麗的鹿台，過著極度奢華宴樂的生活。商紂生性兇殘，發明了各種酷刑來殘害忠良，連自己的叔父比干都被他剖心挖肺。總之，在太史公司馬遷的心目中，商紂王可以說是惡貫滿盈！

篆 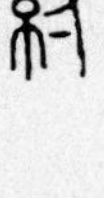

用繩子綁物品

緝 ㄑㄧˋ

qì

因他人「告密」（，咠）而被捉拿「捆綁」（，糸）。

引申為捉拿，相關用詞如追緝、通緝等。「緝」與「報」有相近的構字概念，請參見「報」。

繫 ㄒㄧˋ

xì

用「繩子」（，糸）將「長棍武器」（，殳）綁在戰「車」（）「端子」（）上。

「殳」是古代的長棍武器，在戰爭中，「殳」常會被綁在戰車前端，用於衝撞敵陣。繫，引申為緊緊綁住，相關用詞如繫鞋帶、聯繫等。軎（ㄨㄟˋ）的金文代表車上可綁器物的端子，相關衍生字有繫、擊、轡等。

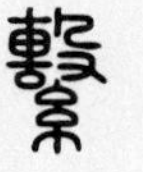

篆

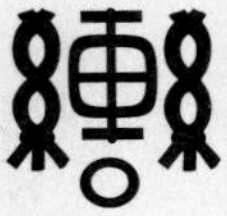

轡 ㄆㄟˋ

pè

繫在馬「車」（）「端子」（）上的繩子（）。

金文代表拉「車」的「繩子」，後來引申為馬轡繩，即車夫用來控制馬匹的繩子。

金

篆

納 ㄋㄚˋ

nà

將物品以「繩子」（，糸）打包再送進屋「內」（）。

納引申為收藏、引入，相關用詞如收納、採納、納貢等。

篆

給 ㄍㄟˇ gěi

或ㄐㄧˇ，jǐ。將禮物蓋「合」（）後，再以「絲繩」（，糸）綁起來。

篆

絜 ㄒㄧㄝˊ jié

將許多「木契」（，㓞）分類「綑綁」（，糸）。

木契是交易紀錄或憑證，必須要分類綑綁以收藏，所以「絜」引申為整齊、束緊。「絜」是「潔」的本字，如《詩經》：「絜（潔）爾牛羊。」《易經》：「齊也者，言萬物之絜（潔）齊也。」《廣雅》：「絜，束也。」《通俗文》：「束缚谓之絜。」

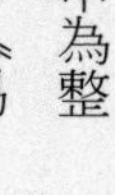

篆

潔 ㄐㄧㄝˊ jié

用「水」（）使環境變得乾淨整齊（，絜）。

古人利用麻繩的粗纖維來刷洗污物，今人則用菜瓜布。

篆

以刀斷繩

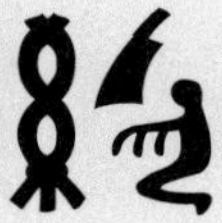

絕 ㄐㄩㄝˊ jué

「巴」人（）持「刀」（）斷繩（，糸）。

篆體（）代表令奴僕（，卩）持刀（）斷繩（）。秦漢時期，巴國被攻陷，巴人因此成為秦漢王朝的奴隸，於是隸書將卩（奴僕）改成巴，這種文字變革也發生在肥、色等字。絕的本義是將繩子砍斷，引申為斷開、中止，相關用詞如斷絕、絕食等。

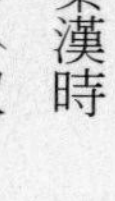

篆

約 ㄩㄝ yuē

以繩子（，糸）及「勺」（）子來限定每人應得的分量。

古代人在進行土地或食物分配時，總少不了繩子與勺子，因為繩子及勺子分別是量長度及容量的用具。「約」以此兩用具來詮釋管制、限定、大概等意涵，相關用詞如約束、約定、節約、大約等。

組 ㄗㄨˇ zǔ

將具有同一個「祖」先（，且）的民族「聯結」（，糸）在一起。

自古以來，具有相同血緣的人，彼此之間總是最能親近，因此，古人便藉著祭祖活動，將相同血緣的人聚集在一起，以達到團結氏族的目的。組的金文代表一隻「手」拿著「繩子」將相同「祖」先的人綁在一起，篆體將手省略。組引申為把性質相近的人事物連結在一起，相關用詞如組合、組織等。「且」是「祖」的古字。古人認為上帝（或天）是萬物的源頭，而祖先是人類的源頭，所以祭祀上帝的時候，也搭配著祭祀祖先。《禮記》:「萬物本乎天，人本乎祖，此所以配上帝也。」

綜 ㄗㄨㄥˋ zòng

藉著「宗」廟（）祭祀，將各族群的人民「聯結」（，糸）在一起。

「綜」引申為將許多人事物有系統地總合在一起，相關用詞如綜合、綜理、綜觀等。

篆
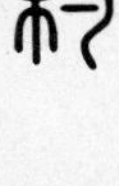

金

篆

篆

表示髮辮

繁 ㄈㄢˊ fán

「手持梳子」（，攴）將「母親的頭髮」（，每）梳理之後，再結成「辮子」（，糸）。

「繁」的本義為結紮成繁複的辮子，引申為多、雜的意思，相關用詞如繁多、繁雜、繁榮等。

篆 

表示蠶絲

繭 ㄐㄧㄢˇ jiǎn

蠶（，虫）吐絲（，糸）結繭（）黏掛在樹枝上。

蠶吐絲結繭，逐步由外往內將自己包在裡頭。《淮南子》：「繭之性為絲，然非得工女煮以熱湯而抽其統紀，則不能成絲。」

篆 

表示連接不斷

累 ㄌㄟˇ lěi

或ㄌㄟˊ，léi。或ㄌㄟˋ，lèi。一連串的隆隆雷聲（），好像繩子（，糸）相連一般。

「累」引申為連接不斷，相關用詞如累犯、累積、連累等。金文、、都是代表連連的雷聲。

金 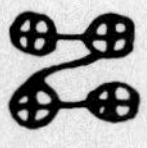

篆 

「系」——用繩子牽繫著某物

「系」的甲骨文、金文是一隻手提著數條繩子的象形文，這是描寫將許多物品有次序地綁成一串串，篆體將它簡化成，代表將繩子綁在某物之上。「系」引申為將相關聯的事物綁成一串，相關用詞如系統、世系、星系等。

係 ㄒㄧˋ xì

在人與「人」（）之間，有一條「繩子牽繫」（，系）著。

甲骨文、代表在人的脖子繫上了一條絲繩。古代押解犯人時，將一干罪犯的脖子用一條長繩子一個個套住，然後連接成一個長長的隊伍。「係」的本義為綁縛，引申為人與人之間的關連性，相關用詞如關係。

金

篆

縣 ㄒㄧㄢˋ xiàn

用「繩子牽繫」（，系）著人頭（，首）倒吊起來，懸的本字。

「縣」是描寫古代縣府將重大罪犯斬首之後，將首級懸掛在衙門前以警戒百姓的習俗。金文及篆體都表示以繩索（）將人頭（）倒吊在樹（）上，篆體則將樹木省略。「縣」引申為有權審判罪犯的地方政府，相關用詞如縣政府、縣令、縣城等。「縣」的簡體字為「县」。

金

篆

懸 ㄒㄩㄢˊ xuán

一顆心（，忄）被倒掛（，縣）起來

相關用詞如懸掛、懸念等。

索 ㄙㄨㄛˇ suǒ

繫繩（，系）在屋子（，宀）的橫桿上，然後編製繩子。

金文 是屋內有兩隻手在編織繩索的象形文。古人製作繩索，先製作繩頭，再將它繫在屋椽的窗桿上，再逐步編織出一條長長的繩子。後來又發明了絞繩的工具，將繩頭套在絞繩器的十字桿上，一人負責以手轉動絞繩器，另一人則左手抓著繩子，右手不斷遞補材料以便將繩子一節節地延伸出去。

金 篆

孫 ㄙㄨㄣ sūn

代代牽連（，系）的孩「子」（）。

甲骨文 及金文 是由「子」及「糸」所構成，糸（）是一長串交纏的臍帶或絲繩，表示延續不斷，因此，孫具有「子女的子女」的意義；篆體將糸改成「系」（，繫繩）。孫的相關用詞如子孫、外孫等。《說文》：「子之子曰孫，從子從系，系續也」。「孫」的簡體字為「孙」，小子。

金 金 篆

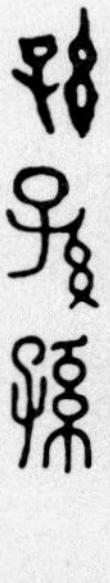

鯀 ㄍㄨㄣˇ gǔn

用「繩子牽拉」（，系）著一條大「魚」（）。

在堯當政時期，洪水氾濫，堯派鯀去治理洪水，他採用圍堵方式，結果造成洪水更加泛濫，最後遭到處死。堯當初為何會任用鯀來治水呢？可見鯀是個熟知水性的人，就其名字而言，金文 是一條魚的嘴巴連著一條線，金文 描寫一隻手拉著一條繩子，繩子末端又拉著一條魚，可見鯀是個釣魚高手，雖然目前殘缺的先秦典籍找不到鯀與捕魚有關的任何記載，但古文字卻明顯地呈現這段歷史。

金 篆

「茲」——一條條繩子從繩頭牽引而出

古人利用農閒時期製作繩子，這時候可以看見好幾組人馬同時製作繩子的情景，甲骨文、金文是兩條並行而出的繩子，篆體添加了繩頭，代表一條條繩子從繩頭牽引而出。「茲」引申為從此處、增加、繁衍，相關用詞如念茲在茲、茲（滋）長等。

孳 ㄗ zī

孩子（）像一條條繩子從繩頭牽引而出（，茲）。

「孳」的本義為繁殖子女，相關用詞如孳生、孳息等。

篆 

慈 ㄘˊ cí

繁殖（，茲）子女的「心」（，忄）。

父母生育兒女，除了要忍受生產之痛，還要耗盡心力去餵養並教育他們，這一切都出於愛。慈者，愛也。相關用詞如慈愛、慈悲等。

金 

篆 

𢇇 ㄍㄨㄢ guān

將兩條繩子的末端打結。

「𢇇」與「茲」是上下對稱的兩個字，茲是在兩繩頭打結，而𢇇則是在繩尾打結，前者引申為繁殖，後者則引申為連結。

關 ㄍㄨㄢ guān

將「兩扇門」（）上的繩索打結（，𢇇）。

金文及篆體在「門」之下描寫兩條打結的繩子，另一個篆體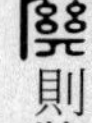則將兩繩末端打成一個結，使它們連接在一起。由此可知，「關」是一個用繩索繫緊兩扇門的象形文，引申為閉合、連結，相關用詞如關閉、關聯等。

聯 ㄌㄧㄢˊ lián

將許多隻「耳」朵（）以絲線串聯在一起，接著在絲線的兩端打結（，𢇇）。

古代戰士將敵人耳朵割下來，然後以絲線將它們串連起來，接著在絲線的兩端打結，等到戰役結束後便可依此論功行賞。甲骨文是繩線繫在耳朵上的象形文，篆體代表將許多隻「耳」朵以「絲」（）線串聯在一起。隸書將「絲」改成「𢇇」，代表將一條絲繩的兩端打結。「聯」引申為將有關的事物連結在一起，相關用詞如聯結、聯合、對聯等。「聯」的簡體字為「联」。

「𢆶」——許多條細線

「𢆶」（ㄧㄡ）甲骨文、是兩條並列的繩子，用以表示許多條細小的繩子，引申出細微的構字意義。

樂 ㄌㄜˋ

lè

以「大拇指」（，白）撥弄綁在「木」頭上的細絲線（，丝）。

樂的本義是撥弄絲弦樂器，引申為歡喜，相關用詞如音樂、快樂等。

甲 金 篆

幾 ㄐㄧ

jī

或ㄐㄧˇ，jǐ。「防守」（，戍）能力如「細絲線」（，丝）般微弱。

「幾」是描寫防守陣線快要被攻破的景況，因而引申為即將要、還要多久、微少，相關用詞如幾乎、幾許等。《說文》：「幾，微也、殆也。」《爾雅．釋詁》：「幾，危也。」

金 篆

幽 ㄧㄡ

yōu

在「山」（）裡看「絲線」（，丝）。

引申為陰暗的、不清楚的、隱藏的，相關用詞如幽暗、幽居等。幽與顯二字呈現構字意義的對比，顯代表在日光下看絲線，看得一清二楚（請參見「顯」）。

甲 金 篆

㡭 ㄉㄨㄢˋ

duàn

以「刀」（）斷「線」（，丝）。這是「斷」的古字。

甲骨文在絲線上劃條橫線，代表將線切斷，金文則在絲線斷裂處加上一把「刀」（），代表以刀斷線。

甲 金 篆

斷 ㄉㄨㄢˋ

duàn

用「斧頭」（，斤）將某物砍「斷」（，㡭）。

篆

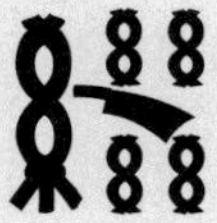

繼 ㄐㄧˋ jì

將「斷線」（**，㡭）以「繩線」（****，糸）接續起來。**

篆

「絲」——細絲線或絲弦

「絲」的篆體代表一條迴疊的細繩，兩端是繩結。

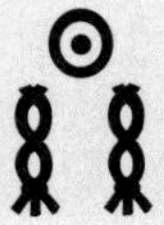

㬎 ㄒㄧㄢˇ xiǎn

太陽（◎，日）光照射下的細「絲」線（**）。**

《說文》：「从日中視絲，古文以為顯字。」

篆

顯 ㄒㄧㄢˇ xiǎn

一個人（**，頁）在太陽（◎，日）光下看細「絲」線（****）。**

「幽」代表在深「山」裡看不清楚「細絲線」，而「顯」代表在陽光下，細絲線就看得一清二楚。顯引申為清楚呈現，相關用詞如顯現、顯然等。

金

篆 

濕 ㄕ shī

或溼。在太陽（◎，日）下將洗過「水」（**）的「絲」線（****）曬乾。**

洗乾淨的絲線掛在日光下晾乾，水滴不斷從絲線滑落下來，古人藉此表達溼漉漉的意象。

甲 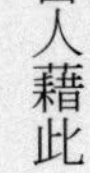

金 

篆 

䜌 ㄌㄨㄢˊ luán

會「發出聲音」（，言）的「絲」弦（）。

篆體、是由「絲、音」所組成的會意字，代表絲弦樂器所發出的聲音，但金文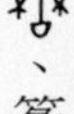、篆體則是由「絲、言」所組成，可見，音或言，在此都表示發出聲音。本義為絲弦樂器，從此義的有變、彎等。引申義有二，其一為美妙的樂聲，從此義的有鑾、鸞、變等。又由於弦樂聲音具有連綿不絕的特性，所以也引申為連綿不絕，從此義的有巒、孿、戀、蠻等。

金 

篆 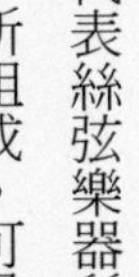

變 ㄅㄧㄢˋ biàn

「手持工具」（，攴，攵）調整「絲弦樂器」（，䜌）。

演奏絲弦樂器之前，總要先調音。琴弦繃緊，聲音就高亢，鬆弛則低沉。「變」就是調音的寫照，引申為改變樂音。篆體是由「攴」（手持工具）及「三條絲弦」所組成的象形字。其他篆體、則在絲弦之間添加了「言」，代表會發聲的絲弦樂器。

篆 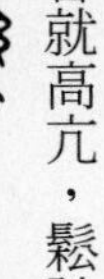

彎 ㄨㄢ wān

用幾條會「發聲的絲弦」（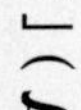，䜌）拉住「弓」（）的兩端，使其彎曲。

另一個篆體顯示在弓之上有三條細線，這是古人以多條絲線拉弓的象形字。

篆

絲弦樂器的聲音悅耳動聽，令人陶醉，因此，在構字裡，䜌也被用來形容美妙的聲音。

鑾 ㄌㄨㄢˊ luán

馬車上的「金」屬鈴鐺（金），行走時便發出如「絲弦樂器」（䜌，絲）般的美妙聲音。

西周天子，衣襟上環吊玉珮，座車上環掛著鈴鐺，因此，走路時有玉佩相擊的聲音，行車時則發出鈴鐺的和音。「鑾」（或稱鑾駕）是古代皇帝的座車，四周佈有八個鈴鐺。起駕時，就會發出清脆悅耳的聲音。《說文》：「人君乘車，四馬鑣，八鑾鈴，像鸞鳥聲。」《禮記》：「天子者，……行步，則有環佩之聲；升車，則有鑾和之音。」

金 

篆 

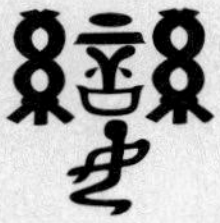

孌 ㄌㄨㄢˊ luán

聲音如「絲弦樂器」（䜌，絲）般的美麗「女」子（女）。

金 

篆 

鸞 ㄌㄨㄢˊ luán

聲音如「絲弦樂器」（䜌，絲）般的「鳥」（鳥）。

鳳凰、鸞鳥都是古代的神鳥，鳳凰善於舞蹈，鸞鳥則精於歌唱。《說文》：「鸞，亦神靈之精也，赤色五采雞形，鳴中五音，頌聲作則至。」

篆 

絲弦樂器的特色是能產生連續不斷的樂音，因此在構字裡，也將它用來形容連綿的山丘或接連出生的孩子。

巒 ㄌㄨㄢˊ luán

連綿（䜌）的「山」（山）。

《康熙字典》：「山紆回綿連曰巒。」

篆 

孿 ㄌㄨㄢˊ luán

接連（䜌）而出的孩「子」（子）。雙生子。

篆 

戀 ㄌㄧㄢˋ liàn

連綿（䜌）的情意（心）。

蠻 ㄇㄢˊ mán

連綿不絕（䜌）的蟲蛇（虫）。

「蠻」引申為荒野無人煙之境，古代稱南方荒山野地為南蠻，有許多蟲蛇出沒。《說文》：「南蠻蛇穜。」

篆 

「己」——一條彎曲的繩子

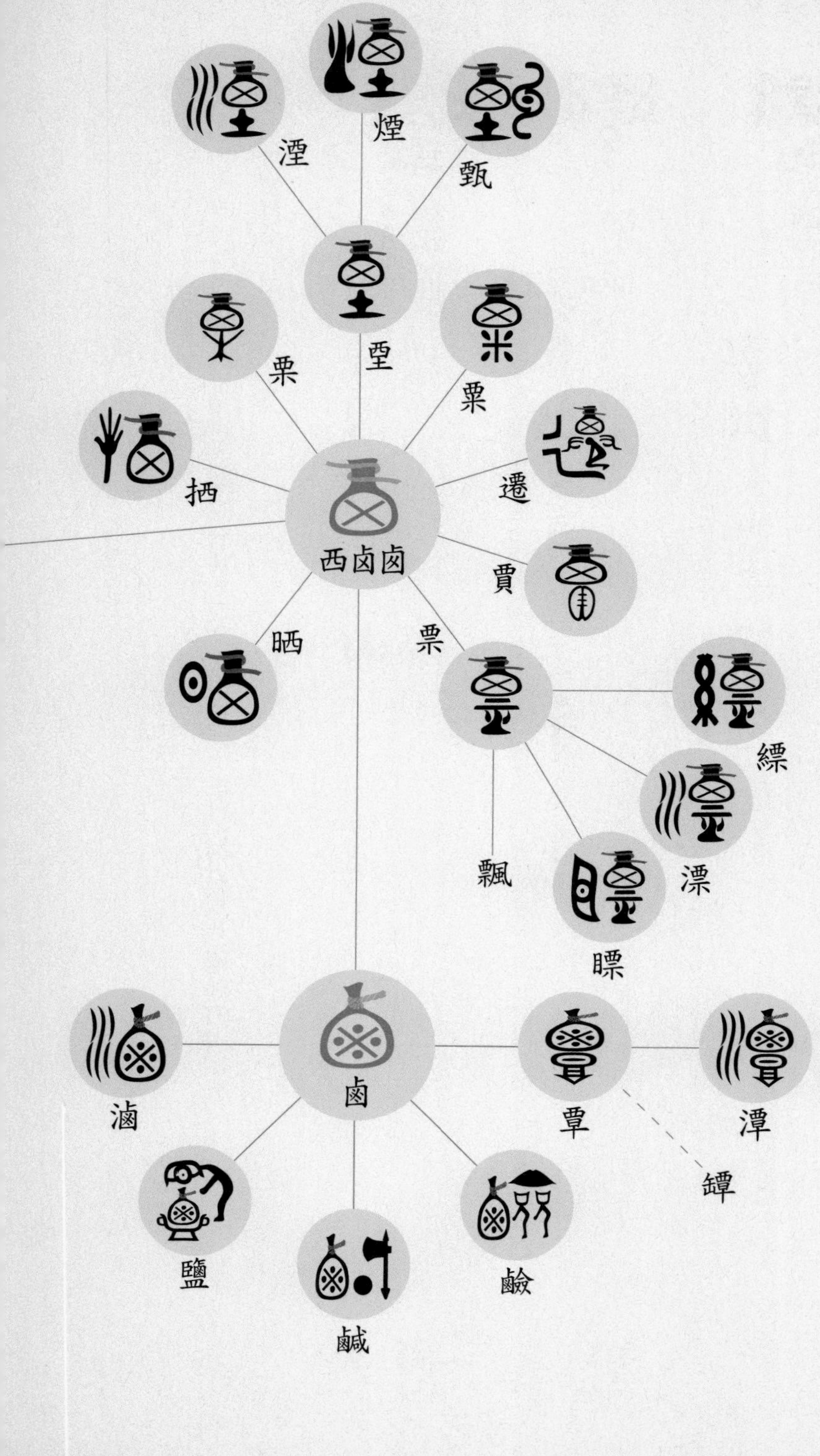

姨胰
就
記
紀
夷
改
尤
第睇梯涕銻
己
悌
弟
吹
尺
局
弔
跼侷焗
弗
費
拂佛氣佛沸狒

「己」的甲骨文、金文及篆體都是一條「繩子」，引申為自我約束的人，另一個篆體則像是一個屈膝的人，願意虛心接受他人訓誨。孔子勸告弟子要常常自我反省，並以禮來約束自己的行為，還要虛心接受他人的規勸。如何表達一位「自我約束的人」呢？《孔子家語》與《說苑》都說：「木受繩則直，人受諫則聖。」《荀子》也說：「故君子之度己則以繩，接人則用抴。度己以繩，故足以為天下法則矣」，因此，古人便以一條「繩子」來代表自我約束的「己」。「己」的衍生字都與「繩子」有關，其中，具有「約束、束緊」意義的有弗、弟、夷、弔、西；具有「結繩記事」意義的有紀、記、改；具有「量尺」意義的有尺、尤等

用繩子綑綁

弗 ㄈㄨˊ fú

將彎曲的木頭（丨）用「繩子」（己，己）來矯正。

「弗」的甲骨文金文意表將幾根彎曲的木頭用繩索綁緊，時間久了，木頭就直了，因此，《荀子》說：「木受繩則直」。由於受繩矯正的木頭就「不」再彎曲，此也象徵人受繩子矯正則「不」做惡，所以「弗」引申為「不」，相關用詞如自愧弗如。《說文》：「弗，矯也。」

費 ㄈㄟˋ fèi

金錢（，貝）漸漸消耗「不」（，弗）見了。

吃飯、買東西、搭車、上學都要花錢，經濟學上稱它為「消費」，所花掉的金額，會計學上稱為「費用」。費引申為消耗財物，相關用詞如費

用、花費、浪費等。

夷 一ˊ yí

被一條「繩子」（，己）五花大綁以制服其野性的「人」（）。

《左傳》記載：「紂有億兆夷人」，這裡所指的「夷人」就是被商紂王抓來當奴隸的外族。遠古的中原人稱西戎為羌，與「羊」為伍之人；稱南方蠻為閩，與「虫」為伍之人；稱北方外族為狄，與「犬」為伍之人；東方外族為貉，與「豸」為伍之人。無論東西南北的外族，都加上「動物偏旁」，而統稱為「蠻夷」，被認為是一群沒有文化的人，需要被教導與管束。如何約束呢？《漢書》說：「繩之以文武之道。」「夷」除了代表外族之外，另一個引申義是平息、平定，相關用詞如夷平、化險為夷等。

弔 ㄉㄧㄠˋ diào

將死人（）纏裹（，己）。

「弔」的金文、代表「人」被「蛇」（，虫）纏繞，篆體代表「人」被「繩子」纏繞。不讓死者曝屍荒野，而將其纏裹入殮，這是對死者表達哀憐與尊敬的習俗。由構字演變，可以看出古人是藉由蛇纏人的蠻荒現象逐步詮釋將人纏裹的概念。「弔」引申義為哀悼、悲傷、憐憫等，相關用詞如弔喪、憑弔、弔唁等。

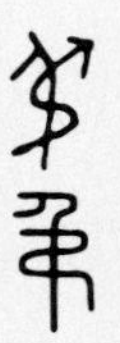

金 篆

弟 ㄉㄧˋ dì

受「繩子」（，己）約束的「弋箭」（）。

「弟」的甲骨文、金文、、及篆體都是「弋、己」的合體字，代表將射雁的「弋」箭繫上「絲繩」（，己）。弟，本義是一隻以絲繩約束的弋箭，引申義為須受兄長約束的人，相關用詞如胞弟等。《廣雅》：

甲 金 篆

「弟，順也，言順於兄」。弗、夷、弔、弟都是受「繩子」約束的人或物，但到了隸書，代表繩子的「己」（）都變成了「弓」（）。

悌 ㄊㄧˋ tì

為「弟」（）之「心」（，忄）。

「悌」引申為對兄長恭敬順從，儒家重視孝悌之道，在家孝順父母，出外順從兄長。《論語》：「其為人也孝悌，而好犯上者鮮矣。」《孟子》：「入則孝，出則悌。」

量測長短的繩子

對周朝人而言，繩子是量測的工具，不僅可以量距離，還可以用來測曲直，稱之為「準繩」，《呂氏春秋》說：「欲知平直，則必準繩」。

尺 ㄔˇ chǐ

以「繩子」（，己）來量測一個橫躺的「人」（）。

古人很重視喪葬禮儀，人死了就要量身以製作棺木、喪服等。篆體、表示用一條繩子來量測一個橫躺的人。在缺乏度量衡的時代，以繩子來量測長度是很實用的簡便方法。「尺」引申為測量長度、測量長度的工具或單位，古人以十寸為一尺。

古人以量尺來衡量所製作的家具、服裝等，使其不要過長或過短，因此，量尺也引申出「限制」的意涵，什麼東西需要限制呢？周朝崇尚禮儀，說話與行為舉止都要合於規範，尤其

㊣篆

是「口舌」最容易惹出禍端，必須加以限制，於是造字者便由「尺」衍生出「局」這個字。

局 ㄐㄩˊ jú

以「尺」（）來衡量「口」（）中所說的話。

「局」的篆體表示將說話的口（）以量「尺」（）加以規範。局的本義是限制所說的話，引申為被侷限的空間、機構或人員等，相關用詞如郵局、飯局。《說文》：「局，促也，從口在尺下」。「局」所衍生的字有焗、侷、跼等。這三個字都有被限制在一個範圍之內的意思，如「焗」是用「小火」煎烤——火被限制了；「侷」是狹小空間——人被限制了；「跼」是拘謹不安的樣子——足被限制了。

尤 ㄧㄡˊ yóu

一隻異於常人的長手臂。

金文是一隻手，但手指長度超乎常人，所以在手指上加上一橫，這是古人常用的指事造字法。篆體、是在一隻手臂旁邊添加一條曲線，這條線是測量手臂長度的「繩尺」，（相同的構字概念請參見尺），表示一隻長度超乎常人的手臂。「尤」引申為更加、特別、怪異，相關用詞如尤其、尤物等。就、抛、尷尬是以「尤」為義符所衍生的字，都隱含長手臂的意涵。「尷尬」表示因為擁有怪異的身材而顯得難堪。「尤」是義符，怪異。「監」與「介」是聲符。

就 ㄐㄧㄡˋ jiù

以異於常人之「長手臂」（，尤）攀登到「極高的城樓」（，京）。

「就」引申為達到、靠近，相關用詞如就近、就職等。蹴——以「足」「就」近某物，如一蹴可成。抛（）表示以「長手臂」（，尤）

金

篆

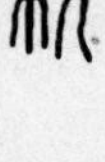

篆

用「力」（）投（，扌）出去。

結繩記事

《易經》說：「上古結繩以治，後世聖人易之以書契。」在文字未發明以前，古人用結繩以記事，大結代表發生過的大事，小結則代表小事，因此，具有「紀錄」的意涵，然而，文字發明以後，記事的方式便分成兩種，為了區分，古人便以代表使用「結繩」記事，並以代表使用「文字」記事。

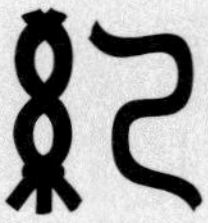

紀 ㄐㄧˋ

jì

結繩（，糸）以「記事」（，己）。

古人以繩結來記錄所經過的時間、年齡或所發生的事件，所以年齡又稱之為「年紀」，其他相關用詞如世紀、紀錄、本紀、紀念等。

㊫

記 ㄐㄧˋ

jì

將他人所「言」（）之事，以文字「記錄」（，己）下來。

㊫

改 ㄍㄞˇ

gǎi

修正（）「紀錄」（，己）也。

篆體是手持工具（，攴）修正繩結的紀錄（，「己」是「紀」的本字），「改」引申為變更、更正，相關用詞如更改、改良等。

㊫

「西」——束緊布袋的繩子

西 ㄒㄧ xī

或卤、卥。用「繩子」（，己）將「袋子」（）束緊。

「由」的甲骨文是一個開口的布袋，而「西」的古字為卤、卥，其甲骨文及金文、是一個開口合攏的布袋，代表裝滿了物品。金文及篆體更在袋口處打一個繩結，這是裝滿東西之後，將繩子束緊的符號。後來，篆體、更明確地以「己」（）來表示「繩子」。到了隸書，再將「己」簡化為「一」。「西」的本義是裝滿了一布袋的東西，由西所衍生的漢字都具有此本義，如粟、栗、垔等。另外，西除了代表一麻袋物品之外，也代表方位，古代的西方（山西）產湖鹽，他們使用麻袋來裝運（請參見「鹵」），於是便以此麻袋的意象代表西方。相關用詞如東西、歸西、西沉等。東漢許慎認為「西」的篆體是一隻鳥在鳥巢之上，恐怕是錯將「己」看成「鳥」了。

甲 金 篆

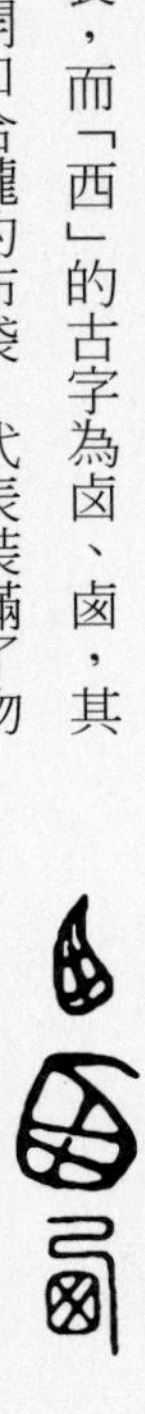

栗 ㄌㄧˋ lì

將樹（，木）上所結出的果實，放進麻「袋」（，西）中。

「栗」子是一種長在樹上的堅果，果實外莢長滿刺毛，甲骨文是一棵栗子樹結滿了果實，篆體、、將果實改成用繩子紮緊的袋子，代表裝滿一袋果實。《說苑》：「冬處於山林食杼栗。」

甲 金 篆

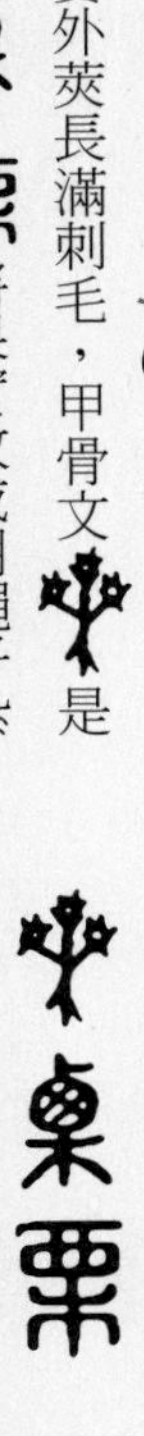

粟 ㄙㄨˋ sù

裝滿一「袋」（，西）小「米」（）。

「粟」為穀粒的總稱，未去殼的稱為粟，去殼之後稱為米。

金 篆

垔 ㄧㄣ yīn

裝滿一「袋」（，西）的「土」（）。

每當颱風來臨時，政府就會發放沙包，讓民眾防範淹水。這一招早在堯舜時期大洪水時，鯀就開始用了，如《尚書》記載：「鯀垔洪水。」，「垔」後來改做「湮」引申為以土堵塞。

金 篆 篆

甄 ㄓㄣ zhēn

可製成「瓦」器（）的「一袋土」（，垔）。

不是所有的泥土都可做成瓦器，製陶者懂得挑選可用之黏土，所以「甄」引申為挑選、審查，相關用詞如甄選、甄審等。「甄」也是古代的製陶人，《漢書．董仲舒傳》：「如泥之在鈞，唯甄者之所為；猶金之在熔，唯冶者之所鑄。」

篆

煙 ㄧㄢ yān

用「整袋的土」（，垔）滅「火」（）。

野外炊飯後，最常見的就是用土將炭火覆蓋，然後就會看見炭火堆升起一縷黑煙。「煙」本義為滅火後所產生的煙氣，引申為燃燒後所產生的氣體，相關用詞如油煙、炊煙等。

金 金 篆

湮 ㄧㄢ yān

用「一袋袋的土」（，垔）防堵「水」患（，氵）。

「湮」引申義為掩蓋、堵塞。相關用詞如湮塞、湮滅等。

篆

晒 ㄕㄞˋ shài

將滿袋物品（，西）攤在「太陽」（，日）下。

拪 ㄑㄧㄢ qiān

手（，扌）提著滿「袋」（，西）的東西。

「拪」是「遷」的古字。

篆 篆 篆

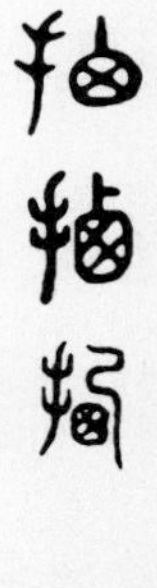

遷 ㄑㄧㄢ qiān

「奴僕」（，㔾）雙手（，廾）抬著滿袋物品（，西）走在路上（，辶）。

篆

賈 ㄐㄧㄚˇ jiǎ

或ㄍㄨˇ，gǔ。將一袋商品（，西）轉換成「錢」（，貝）。

商人能將貨物變賣成錢，也能用錢購進商品。「賈」引申為商人、購買、商品等，相關用詞如商賈、賈物。

篆

票 ㄆㄧㄠˋ piào

將一「袋」廢棄物（，西）置於大「火」（，火）之「上」（，二）。

篆體是兩手將一袋廢棄物扔到火裡焚燒的象形文，由於東西燒了就化成灰燼隨處飄，於是引申為可隨風飄的東西，相關用詞如鈔票等。「票」為「飄」的本字。

篆

漂 ㄆㄧㄠˋ piào

在「水」（，氵）面上「飄」動（，票）。

篆

縹 ㄆㄧㄠˇ piǎo

絲繩（，糸）在染料上「飄」（，票）動。

「縹」的本義為染色，如《楚辭》：「翠縹兮為裳。」就是將織布縹染成翠綠色以製作衣裳。「縹」引申為染色的絲織品。

篆

瞟 ㄆㄧㄠˇ piǎo

「眼睛」（，目）快速「飄」（，票）過。

「瞟」引申義為偷看、斜看。

篆

標 ㄅㄧㄠ biāo

樹「木」（，木）末端會隨風「飄」搖（，票）的部分。

「本」是指樹木中屹立不搖的部份，是樹的根基，而「標」則是指會搖動的部份，是樹的末端。古人治病，講求治標，更講求治本，病的根源若治好，病症自然也就痊癒了。「標」引申為事物表面看得見的部份、將事物顯明出來，相關用詞如治標、商標、目標、標明等。

篆

鹵 ㄌㄨˇ lǔ

將曬乾的湖鹽裝成一「袋」（，西）。

「鹵」的金文像一袋細小的東西，也就是有價值的小東西，古人採得粗鹽就把它裝袋帶回去。篆體則是調整筆順後的結果。鹵引申為有鹹味的東西。鹽的來源有海鹽、湖鹽、岩鹽、井鹽。中國古代山東一帶產海鹽，山西產湖鹽，產地在現今的山西運城的鹽池，當時稱為鹵或鹽鹵，《史記》記載：「山東食海鹽，山西食鹽鹵。」戰國時期的井鹽則主要生產於四川。「鹵」的本義是將曬乾的湖鹽裝成一袋，除了代表有鹹味的粗鹽之外，也引申為將東西裝袋，如《漢書》：「鹵獲馬牛羊萬餘。」其中的「鹵獲」就是「擄獲」的意思。

金 篆

鹽 ㄧㄢˊ yán

將粗製的「鹵」鹽（）倒進「盆」（，皿）裡，再低頭檢查（，臥）以去除雜質。

對於古代的中原人而言，鹽是非常有價值的調味品與防腐劑。巴蜀之地盛產岩鹽，兩千多年前，當地的鹽業就極為發達，鹽井遍佈，但也引起邊境的秦國與楚國的覬覦，最終導致巴國的滅亡。就漢字而言，天然而未經處理的粗鹽稱為「鹵」（），去除雜質之後稱為鹽。「鹽」就是描寫將粗製的鹵鹽倒進盆裡，仔細檢查以去除雜質的情景。《廣韻》：「鹵，鹽澤也，天生曰鹵，人造曰鹽。」「鹽」的簡體字為「盐」。

金 篆

滷 ㄌㄨˇ lǔ

用「鹵」（）鹽水（，氵）調製食物。

相關用詞如滷肉、滷汁等。

鹼 ㄐㄧㄢˇ jiǎn

全（，僉）都受到「鹵」鹽（）浸染。

「鹼」與「鹹」通用。相關用詞如鹼性、鹹味等。

鹹 ㄒㄧㄢˊ xián

全（，咸）都受到「鹵」鹽（）浸染。

覃 ㄊㄢˊ tán

「厚厚」（）的「鹵」鹽（）。

金文及篆體是由鹵（）與厚（）所組成，本義為濃厚的鹽味，引申為味道濃厚、深厚，相關用詞如覃恩（厚恩）、覃思（深思熟慮）等。、、、都是厚的古字，代表在山厓上的大石塊一層層往下壓。

潭 ㄊㄢˊ tán

深（，覃）水（，氵）池也。

蕈 ㄒㄩㄣˋ xùn

味道濃厚（，覃）的真菌植物（，艸），如香菇、蘑菇等。

篆

篆

金

篆

篆

金

篆

篆

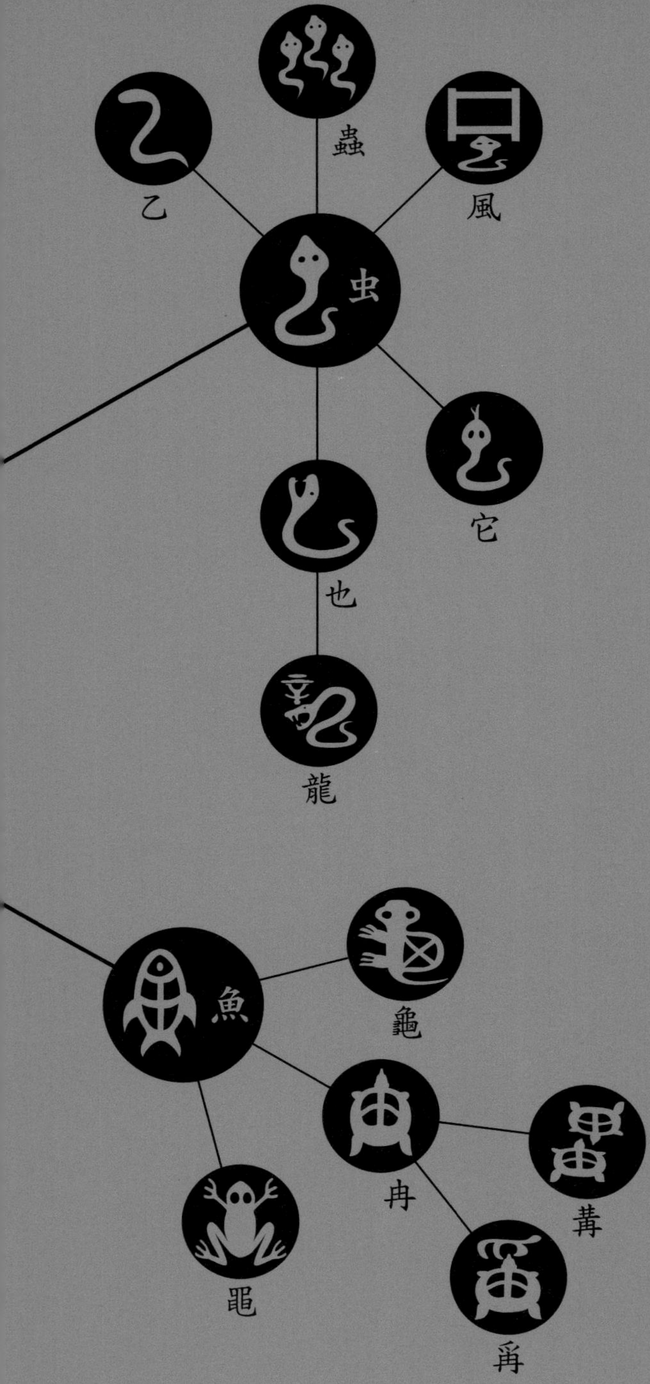

與動物相關的漢字

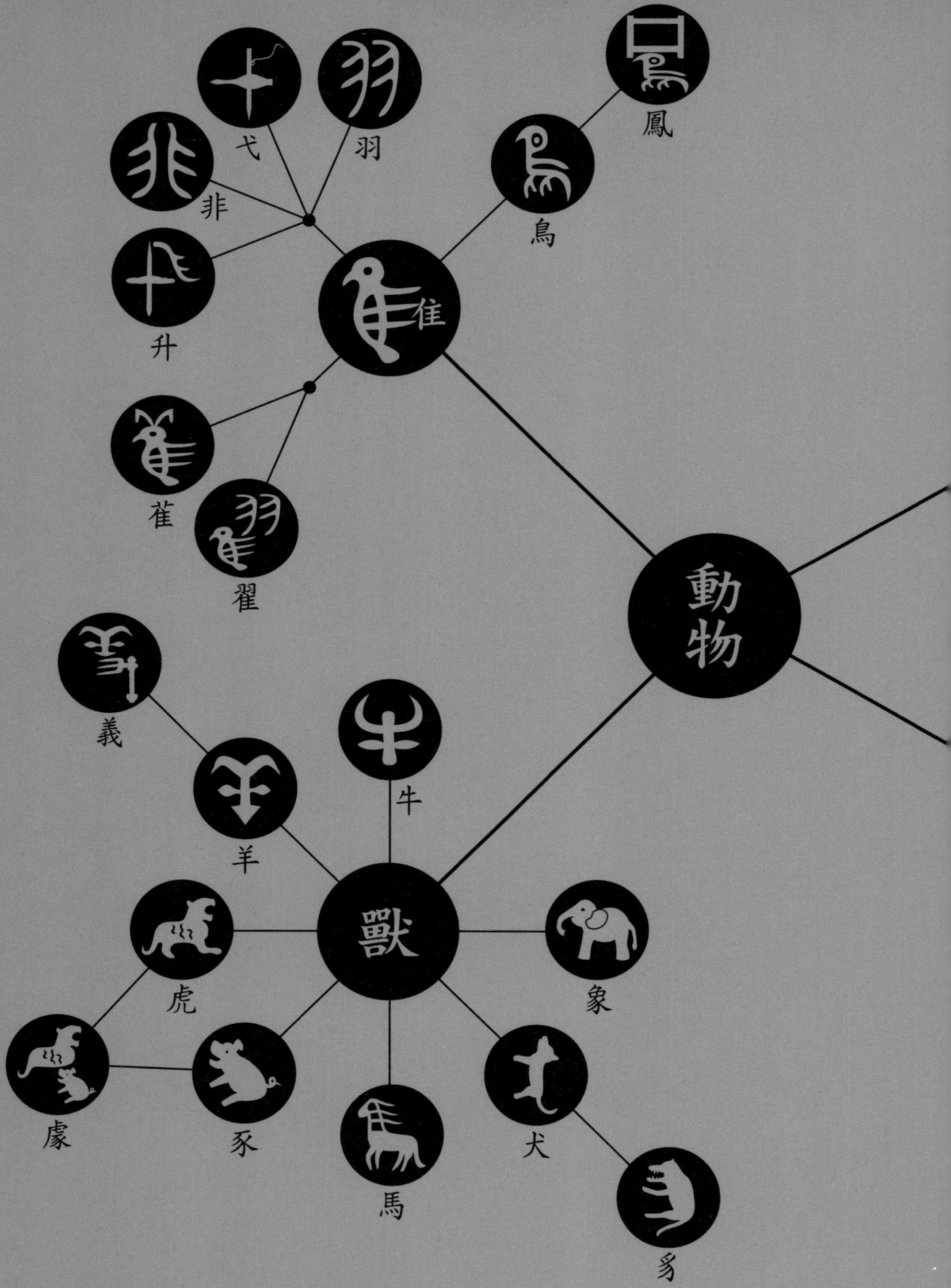

鳳
鳥
弋
羽
非
隹
升
雀
翟
動物
義
牛
羊
獸
虎
象
豦
豕
犬
馬
豸

【第五章】

虫

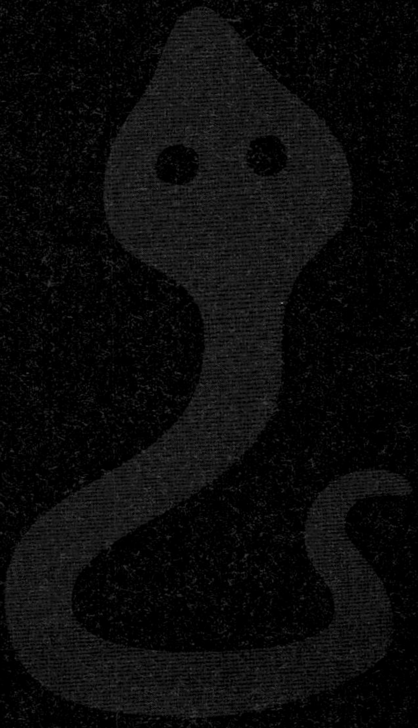

虫
萬
蟲
乙
它
虹
蜀
也
龍
蚤
蜚

「虫」——蛇蟲類

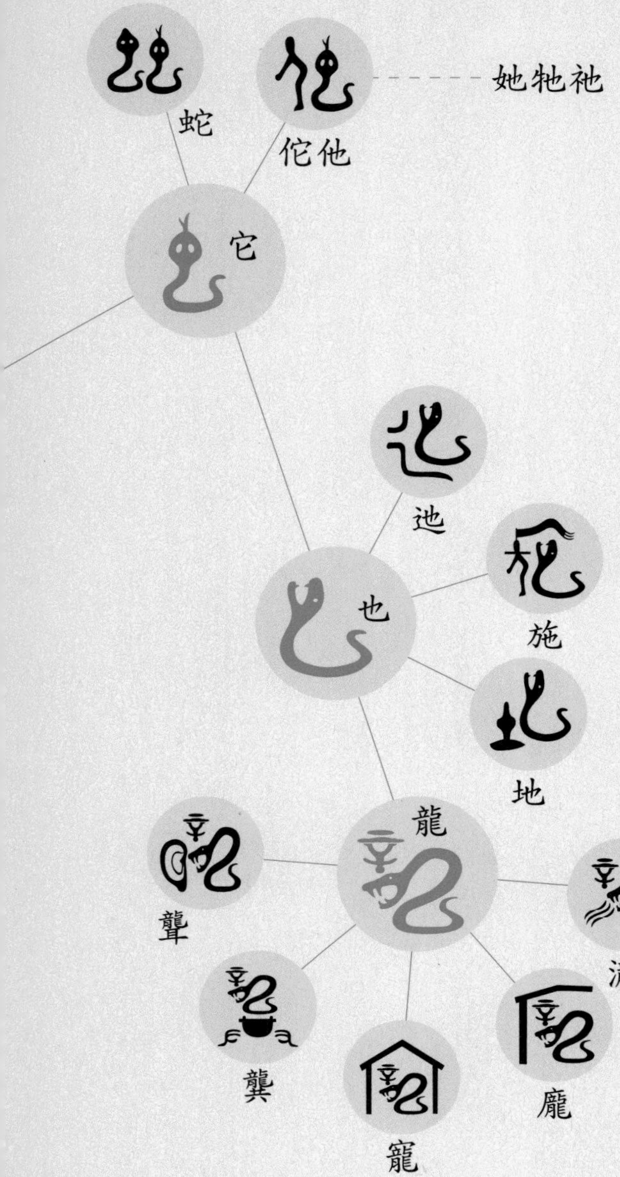

蚯蚓蜈蚣蚊蠅蜻蜓蜥蜴蜜蜂
蚱蜢蟋蟀螳螂蟑螂蛞蝓蜘蛛
蝙蝠螞蟻蟬蝸虱蝨蝴蝶蛾蛹
蟾蜍蠶蠍蛆蛔蚜蛀蝕蛙蝌蚪
蝦蟹蛤蠣蜆蚵蚌蟒蛟

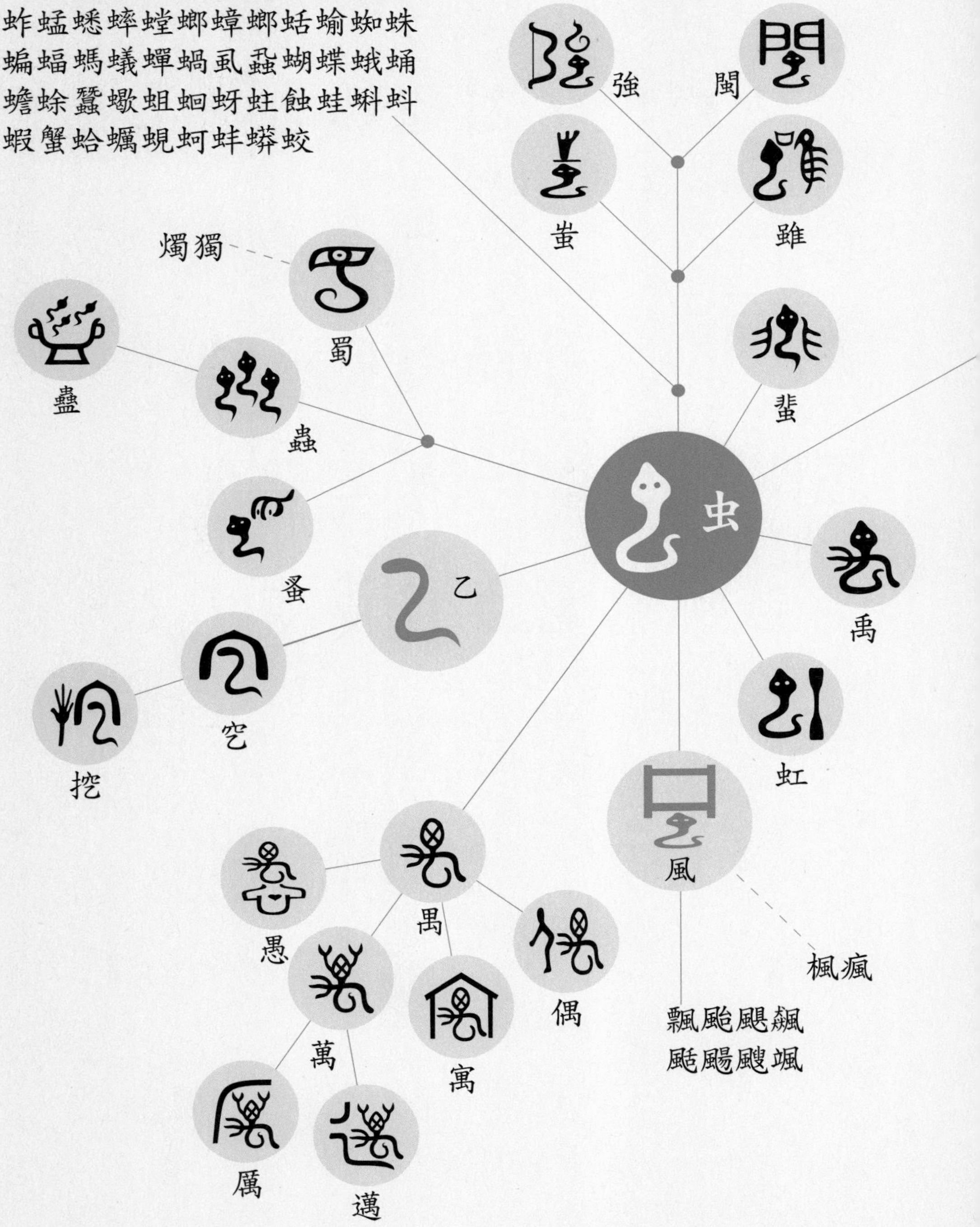

第五章 虫

「虫」所衍生的基礎構件

示意圖	現代漢字	甲骨文	金文	篆體	構字意義
	乙				蠕動的蟲
	虫				蛇
	它				吐信的蛇
	也	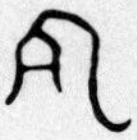			張大嘴的蛇
	龍				張大嘴的逆天蛇
	虹				形狀如「夯杵」的雙頭「蛇龍」
	萬				毒蠍子
	蟲				許多條會蠕動的小蟲
	蚤				令人發癢的小害虫
	蜚				為「非」作惡的小「飛」「虫」
	蜀				蠶虫

虫 ㄏㄨㄟˇ huǐ

或ㄔㄨㄥˊ，chóng。

「虫」的甲骨文、、金文、、都是在描寫一條會攻擊人的蛇，其構形與三星堆石蛇相同，由此構件所衍生的漢字有蚩、它、也等。

蚩 ㄔ chī

會傷人「腳」（，止）的「虫」（），也就是毒蛇。

「蚩」的甲骨文及金文是描寫一條會傷人腳（，止）的蛇（，虫）。隸書將「止」改成「屮」，兼作聲符。

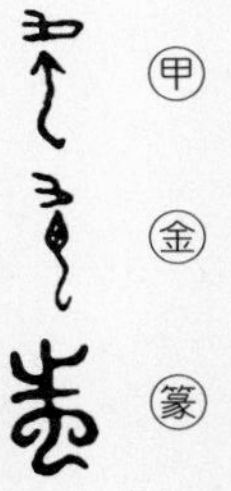

強 ㄑㄧㄤˊ qiáng

「拉大弓」（，弘）射殺大「虫」（）。

遠古時代，后羿曾在洞庭湖射殺一條興風作浪的巨蛇，平息了水患，後世百姓感念他的恩德，就在洞庭湖畔鑄后羿射大蛇龍的雕像做為紀念。此外，據《南史》記載，南宋開國君主劉裕年輕時為了製作草鞋，在河邊砍伐蘆荻，突然間冒出一條數丈長的大蛇，他在驚駭之餘，立即拉起大弓將牠射殺。

閩 ㄇㄧㄣˇ mǐn

蛇（，虫）「門」（）境內。

閩越地處山區，氣候溫暖潮濕，適合蛇類棲息，於春夏之際，常可見蛇類到處亂竄。春秋時期，吳子胥輔佐吳王闔閭攻破越國，俘虜越王勾踐之後，便在吳越交界處設立「蛇門」，在門上掛著木蛇，蛇頭指向多蛇的閩越之地，並藉

此彰顯其勢力範圍及於越國。《吳越春秋》：「越在東南，故立蛇門以制敵國，……示越屬於吳也。……於是遂赦越王歸國，送於蛇門之外。」《前漢記．孝武皇帝》記載閩越之地多蝮蛇猛獸。《說文》：「閩，東南越，蛇種」。

它 ㄊㄚ tā

嘶嘶吐信的蛇。

「它」的金文及篆體呈現蛇頭、彎曲的蛇身及吐信的舌頭。因為蛇是爬蟲，所以後人又添加「虫」以作「蛇」，（蛇的篆體為），而「它」則轉作代名詞，可以代表有生命之物、無生命之物或事件，這種轉變與引申大概是因為人見草叢攢動或聽見嘶嘶聲，總是懷疑是有蛇出沒，所以對於尚未證實而僅僅懷疑之物稱作「它」。旅人行經野地，也總會互相提醒，要小心毒蛇出沒，漸漸地，「它」就演變為第三人稱的代名詞。《說文》：「它，虫也，從虫而長，像冤曲垂尾形。上古艸居患它，故相問無它乎。」

金

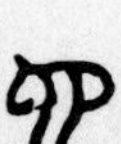
篆

佗 ㄊㄨㄛˊ tuó

或他，ㄊㄚ，tā。第三人稱。

「它」是蛇的代名詞，但如何表達人的代名詞呢？於是古人由「它」衍生出「佗」，作為人的代名詞，後來改做「他」。「他」的本字為「佗」，如《大戴禮記》：「此無佗故也。」其中的「無佗故」即「無他故」也。漢朝以後，再將「佗」改成「他」。此外，近代又將「他」分化出她、牠、祂等字，分別代表男人、女人、動物與神的第三人稱。

篆

也 ㄧㄝˇ yě

一條張口的蛇。

「也」的甲骨文、金文、戰國包山楚簡、、都是在描寫一條張開口的蛇，到了小篆改成。蛇可以吞食比自己身體口徑大上許多倍的動物，《山海經》說：「巴蛇食象。」顯然，能將動物吞食的蛇口是令古人

甲

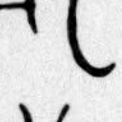
金

篆

印象深刻的，因此造出此漢字。它、也、虫，都是蛇，因此，「蛇」與「虵（ㄕㄜˊ）」是通用的，在古文裡都是代表蛇。

迆 ㄧˇ

yǐ

像蛇一樣地（，也）蜿蜒而行（，辶）。

施 ㄕ

shī

或ㄧˊ，yí。行進中的旌旗（，方），飄盪起來好像蛇（）在擺動。

地 ㄉㄧˋ

dì

有許多像蛇一般的爬蟲（，也）所居住的「土」（）地。

大蛇龍

禹 ㄩˇ yǔ

「伸長手臂」（，九）去抓「大蛇龍」（，虫）的人。

「禹」的甲骨文是由「虫」（或它）及一隻「伸長的手臂」所組成，代表伸出手抓蛇，由其手掌的位置可以看出是抓在蛇頸部，這是描寫抓蛇的意象。甲骨文後來演化成金文及篆體。其它甲骨文如、也都是手與蛇兩符號的合體字，都代表抓蛇。此外，甲骨文也出現不少「持棍打蛇」的象形字，如、、、、、等。整體來看，抓蛇與除蛇的古字是相當豐富且一致的。

「禹」的構字除了具有上述抓蛇的形象外，還有另一種除蛇的形象。金文有一根「棍子」壓在「蛇」的頸項上，金文代表持「雙齒叉」（）對抗大「蛇」（，虫），將雙齒叉改成三齒叉，漢畫像磚上所繪之大禹像也是手持雙齒大叉，其概念與此相近。叉型符號在篆體中轉變為「九」，隸書以後又被歸屬於「内」的部首。

長期以來，大禹被誤認為是一條蛇龍。首先，東漢許慎因看到「禹」字含有「虫」，於是在《說文》寫下：「禹，虫也。」近代學者也不厭其煩地引用《說文》見解，如顧頡剛由禹字推論，禹不是人，是一條虫（龍），是上帝派下來的神；又如楊寬認為：「禹，從九從虫，九虫，實即

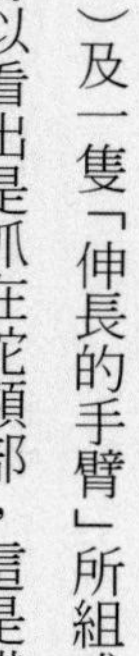

甲 金 篆

句龍。」楊寬先生因錯解九的符號意義（請參見「九」），不僅將禹看成一條蛇龍，甚至認為禹就是共工之子句龍，並藉此推論，共工就是禹的父親鯀。若是如此，《戰國策》及《荀子》記載：「禹伐共工，」豈不就成了大禹攻打自己的父親？這可是失之毫釐，差之千里啊！又如果大禹果真是蛇龍，《孟子》所說的禹驅蛇龍，豈不就成了蛇龍驅趕蛇龍嗎？而驅蛇龍治水患的英雄大禹，不就淪落成了水患元凶？另外有學者提出，「禹」的古字構形是「二龍相交」、「二龍交尾」、「在文化上的性暗示」，由此可知禹愛野合。凡此種種，都是誤將禹看作蛇龍的結果。

四川三星堆文化保留了三千多年前的古代文明，其中的青銅立人像，雙手各圈成一個大圓圈，表示伸手抓大蛇龍。這個人的耳朵各有一個大耳洞，這是大禹的獨有特徵。古書提到大禹有耳漏（耳洞）、身體枯瘦、出生於四川石紐，這些都符合青銅立人的形象與背景。

龍 ㄌㄨㄥˊ lóng

「逆天」（，辛）的「大蛇」（，也）。

「也」的甲骨文、是一條張開口的大蛇。這兩個甲骨文也是「龍」的古字。「龍」的甲骨文主要有、、、、、，它們的共同符號就是。既然所有龍的甲骨文都有「也」的構件，可見「龍」的本字就是「也」，是一條大嘴蛇。後來，古人又在蛇頭上添加一個符號而成為「龍」。這個添加符號的構形差異相當大，它到底是什麼呢？有的說是龍角，有的說是龍冠，但無論如何，大多數的甲骨文都顯示這個符號就是「辛」，且到了金文及篆體一律都改成了「辛」。

由此我們至少可得出兩點事實。一，龍是由「也」所衍生而出，可見龍是由蛇所演化。二，龍是由「也」、「辛」所組成的合體字，代表一條逆天蛇龍，篆體、、，除了逐步

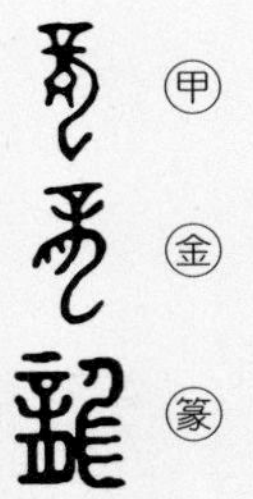

調整筆順之外，也在龍身添加了背棘。有關逆天的說明（請參見「辛」）。

由於篆體及隸書將龍張開的大嘴簡化成「月」，又將頭與身體拆開來，以至於後來的人便無法看出龍原來的形象是一條會張口吞噬獵物的大蟒蛇。將張開的大嘴簡化成「月」的漢字還有「能」與「豸」。

楷書	示意圖	甲骨文	金文	篆體	構字意義
龍					張開大嘴的逆天蛇
能					張開大嘴的熊
豸					張開大嘴的肉食性動物

瀧 ㄌㄨㄥˊ lóng

「龍」（）吐「水」（，氵）。

古人相信龍會帶來雨水，西漢有設置土龍以招來雨水的習俗，西漢《論衡》記載「設土龍以招雨。」在漢字中，最能表達「龍吐水」莫過於「瀧」。「瀧」的甲骨文、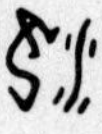、是「龍」張口吐「水」的象形文，引申為下大雨或湍急的河流。「瀧」的甲骨文是「也、水」的合體字，其中的「也」是龍的本字，代表張口的大蛇。

甲 

篆 

龐 ㄆㄤˊ páng

在「屋棚」下（，广）合力抓巨「龍」（）。

《左傳》記載了一段養龍家族的故事。在舜之時，有位董父（董氏祖

甲 

篆 

先），是廖叔安的後代，非常喜歡龍，知道龍的習性，常常拿龍喜歡吃的食物餵養牠們，因此，龍都聚集到他那裡去，於是舜封他為「豢龍氏」，賜姓「董」。自此以後，董氏接連許多代也都以養龍為業。《左傳》及《史記》又記載了夏朝時代抓龍、養龍、吃龍肉的典故。大意是說，夏朝君王孔甲在位時。有兩條龍，一雌一雄，出現在朝廷的庭外廣場。朝臣們發現後，建議孔甲豢養此二龍，於是孔甲就命人將這兩條巨龍給抓了起來。可是，沒有人知道龍的飲食與習性，怎麼養呢？孔甲只好派人到全國尋求懂得養龍的人，終於找到一位曾經向「豢龍氏」學過養龍的劉累。劉累到了宮廷，領了巨龍回家，將牠們放進巨大的養龍池精心調養。不幸的是，學藝不精的劉累雖然悉心照料一陣子，其中一條雌龍竟然夭折了。狡猾的劉累一方面為了滅跡，一方面又想討好國君孔甲，於是靈機一動，將死去的龍醃製後烹飪成美食獻給孔甲。不知情的孔甲吃了讚不絕口，又聽劉累吹噓養龍的絕技，讚賞之餘，封他為「御龍氏」。過了一段時日，不知不覺吃完一條龍的孔甲，忍不住還想再吃，命人召喚劉累。劉累警覺事跡遲早要敗露，於是連夜逃亡到河南魯縣。此段典故，充分反映在「龐」、「寵」與「襲」三個與龍有關的漢字上頭。「龐」的甲骨文是（龍）、（雙手）及（广，屋棚下）所組成的合體字，代表許多隻手在庭外廣場（或屋簷下）合力抓巨龍，另一個甲骨文將雙手省略。由於龍是大蟒蛇，引申為巨大的意義，相關用詞如龐大、龐然巨物等。

寵 ㄔㄨㄥˇ chǒng

在屋內（，宀）養「龍」（）。

「寵」的甲骨文、金文與篆體代表在屋內（）養龍（）。龍曾經是豢龍氏及夏朝君王孔甲的寵物，大概也是中國人最早飼養的寵物。

龔 ㄍㄨㄥ gōng

雙手捧著一鍋（，共）龍（）肉獻給尊長。

「龔」的甲骨文、、、金文、及篆體、都是在描寫「雙手抓龍」，篆體將雙手改成「共」。「共」的金文及篆體代表兩手捧鍋共食，此概念也應用在「庶、席」等古字中。另一個篆體是「共」及「半條龍」所組成，由半條龍含有「肉」（）的構型來看，此字應是供奉龍肉的寫照，彷彿是描寫劉累雙手端著一鍋龍肉獻給國王孔甲。「龔」引申為供奉、恭敬等，是「供」與「恭」的古字。《玉篇》：「龔，奉也。亦作供。又慤也。與恭同。」夏朝君王愛吃龍肉，因此古代也出現與煮龍有關的古字。「鸗」的甲骨文是「龍」在「灶」（，丙）上，具有煮龍的意義，此與另一甲骨文的「煮鳥」概念相同。

聾 ㄌㄨㄥˊ lóng

蛇「龍」（）的「耳」朵（）。

蛇沒有外耳也沒有鼓膜，牠收聽訊息的方式是經由下顎骨表面接收外界聲音的振動，再透過內耳的桿狀鐙骨傳遞至大腦，因此牠的觸覺卻比聽覺更有效率。甲骨文、金文是「龍、耳」的合體字，代表蛇龍的耳朵。古人觀察細微，發現「蛇龍」沒有「耳」朵，故藉此造字，引申為聽不清楚或聽不見。

與龍有關的特徵或歷史事件通常都會隱藏在「龍」的衍生字裡，如上述甲骨文中的「龔」、「龐」、「寵」、「聾」等。由構字典故說明了龍是一隻沒有耳朵的大蛇，可多人合力捕捉而得，古人曾經飼養為寵物，牠是可供人烹煮而食或進獻尊長的美物。豢龍氏與夏甲養龍的上古歷史很可能就是藉著這些象形字體及口傳在夏商時期代代流傳，最後在周朝形成了典籍故事。

虹 ㄏㄨㄥˊ hóng

形狀如夯杵（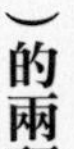，工）的兩頭蛇龍（，虫）掛在天上。

「虹」的甲骨文  代表兩頭蛇龍，雄龍的頭在右邊，而雌龍的頭在左邊，此構形與古籍之記載相當一致。《山海經．海外東經》記載：「虹虹在其北，各有兩首。」清朝吳任臣著《字彙補》說：「虹，龍也。」「虹」的篆體改作 ，代表形狀如夯杵（，工）的蛇龍（，虫），夯杵是兩頭粗大中間狹長的木棍。（其中的「工」也是聲符。）

為何古人會認為龍與雨水有關呢？除了龍生長在水中之外，另一個原因是彩虹所引發的聯想。因為大雨過後，天空就會出現彩虹，而彩虹的形狀就像一條巨大的蛇龍，因此，古人便將虹視為龍。《爾雅》認為彩虹是兩條相伴而生的龍，雄龍顏色鮮豔，稱之為「虹」，雌龍顏色暗沉，稱之為「霓」。古人相信龍會吐出大量雨水，造成河水氾濫，龍吐完水之後，雨就停了，太陽也慢慢出現，而龍就要趕緊去補充水分。當龍低頭喝水時，身影在陽光照射下，便現出原形，呈現出一條完整的彩虹。由於彩虹的形狀正好像兩條龍一左一右從天上垂著身體在喝水，因此《漢書》便記載說，天降大雨時，有一條「虹」從天上彎身下來喝井水，一下子就把井水喝乾了。「虹吸管」便是由於這段典故而得名。

屢經洪災的中國人似乎不喜歡虹，認為虹是洪水或災難來臨的凶兆，例如《淮南子》說：「故國危亡而天文變，世惑亂而虹霓現。」《鑑戒錄》：「天將大雨，有虹自河飲水。」《戰國策》也提出白虹貫日是君王遇害的凶兆。什麼是白虹貫日呢？在偶然的機會，天空會出現捲成一個環狀的卷狀雲，形狀像個甜甜圈，而當太陽光從卷狀雲上方照射下來，就會呈現日暈現象，古人認為是一條白龍直衝太陽的中心，因而稱之為白虹貫日。古代最常傳說的龍，有紅龍，黃龍與青龍，而這些龍的顏色都是彩虹的主色，可見也是由此所產生的聯想。

金 

篆 

「乙」——蠕動的蟲

乙 一ˇ

yǐ

蠕動的蟲。

《禮記・月令》：「孟春之月，東風解凍，蟄蟲始振。」

穵 ㄨㄚ

wā

「蟲」（乙）在挖「洞」（穴）。

「穵」是「挖」的本字。

挖 ㄨㄚ

wā

用「手」（扌）挖「洞」（穵）。

甲 金 篆

篆

「蟲」——各種小蟲

在構字裡，蛇與小蟲的甲骨文是有區別的，例如甲骨文是一條以腹部爬行的虫，但到了篆體，一律都以（虫）來表示蛇與小蟲。

蟲 ㄔㄨㄥˊ chóng

許多條會蠕動的小蟲（，虫）。

漢字常以「重字」來表達「多」與「小」的概念，如「糸」代表繩子，而「絲」則代表許多條細小的繩子；同樣地，「虫」代表大蟲（或蛇），而「蟲」則代表許多條小蟲。

篆

蠱 ㄍㄨˇ gǔ

在器皿（，皿）中培養的毒蟲（，蟲）。

古人養毒蟲來害人的紀錄不少，如《輿地志》：「江南數郡有畜蠱者，主人行之以殺人，行食飲中，人不覺也。」《通志・六書略》：「造蠱之法，以百蟲置皿中，俾相啖食，其存者為蠱。」

甲

篆

蚤 ㄗㄠˇ zǎo

令人忍不住去抓（，爪）癢之小害「虫」（）。

古人經常與動物相處，甚至住在同一屋簷下。動物身上總少不了跳蚤，一旦跳到人的身上，可就奇癢無比，怎能忍得住不去抓它呢？

篆

蜚 ㄈㄟˇ fěi

ㄈㄟ，fēi。為「非」（）作惡的小「飛」「虫」（），蛀蟲也。

《本草綱目》說：「蜚，厲蟲也，害人衣物。」非（）在此具有飛翔與違反（或危害）的雙關語意，也兼作聲符。「非」的構字本義是一對會飛的翅膀，但由於是兩支背對背的翅膀，故引申出兩相違背之否定意義，如罪（）代表人犯了非（）法之事以至於落入法網（，网）。

篆

蜀 ㄕㄨˇ shǔ

大眼（，目）野蠶（，虫）。

蛇與蜀都是會蠕動的虫，差別在於蜀是一隻會蠕動的蠶或毛蟲，使人見了會毛髮豎立，全身起雞皮疙瘩，所以《韓非子》說：「人見蛇則驚駭，見蜀則毛起。」《詩經》也說：「蜎蜎者蜀。」四川人的祖先蠶叢，教人民種桑養蠶，因此，自古以來，當地的絲綢即享有美名，稱為蜀錦。蠶叢是第一代的蜀王，他將國號定為蜀，顯然與蠶有密切關係。野蠶的眼睛比家蠶要大得多，且背上還有假眼。甲骨文　是由「目」及蜷曲的身體所組成，可見，眼睛是這條蟲身上的特徵。金文及篆體添加了「虫」以彰顯它是屬於蟲類。

甲 金 篆

萬 ㄨㄢˋ

wàn

「伸長手臂」（，九）去除「蠍子」（）。

（相關說明，請參見「囟」的衍生字）

以「虫」為義符的形聲字有螃蟹、蝦、蛤、蜆、蚌、螺等。

甲 金 篆

「風」——將虫帶來的使者

風 ㄈㄥ fēng

從「邊境」（，凡）將「虫」（）帶來的使者。

如何描寫看不見又摸不著的風呢？古人發現風與蟲鳥有密切關係，《禮記》說：「盲風至，鴻雁來。」古人發現，當北風一吹來，大型候鳥就跟著來，但等到東風吹起時，這些大鳥又飛回北方了。風把大鳥帶來。也把大鳥帶走，風像是一位引領大鳥的使者，因此，「風」與「鳳」的甲骨文都是、、，代表從邊境（，凡）將大鳥（、）帶來的使者。然而，風不僅帶來鳥類，風也帶來蟲類，東漢許慎說：「風動虫生。」《禮記．月令》也說：「東風解凍，蟄蟲始振。」東風一吹來，蟄伏於冬眠的蟲類便一個個冒出來了，但當寒冷北風吹襲時，各種蟲類也紛紛不知去向。令古人納悶的是，這些蟲類從何處而來呢？又歸往何處去呢？大概是從邊境而來吧！造字者顯然也有此種認知，認為風就是將蟲與鳥從邊境帶來的信使，於是風又有了另一種構形，「風」的篆體代表從邊境（，凡）帶虫（）而來也，這個構形就成為現代漢字「風」，而甲骨文的風則轉作鳳。「凡」的甲骨文是一個有邊框的東西，在所有包含構件「凡」的漢字，幾乎都與邊境或邊框有關（請參見「凡」）。

「風」與「鳳」二字同出於一源，之後再分化成不同構型及意義的字（請參見「鳳」）。

甲 

篆 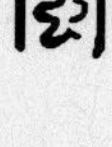

示意圖	現代漢字	甲骨文	篆體	構字意義
	風			從「邊境」外將「虫」帶來的使者。
	鳳			從「邊境」外飛來的大「鳥」。

第六章 魚

「魚」的甲骨文、金文是魚的象形文，隸書及楷書將魚身簡化成「田」而將背鰭、腹鰭及尾鰭簡化成「四點」。

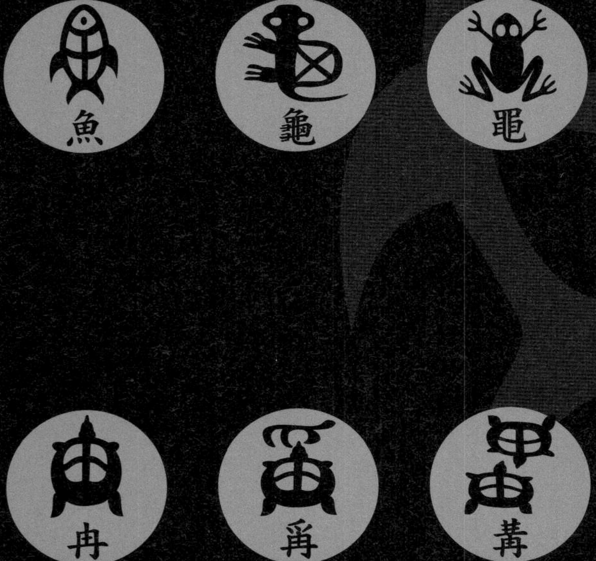
魚
龜
黽
冉
爯
冓

「魚」的衍生字

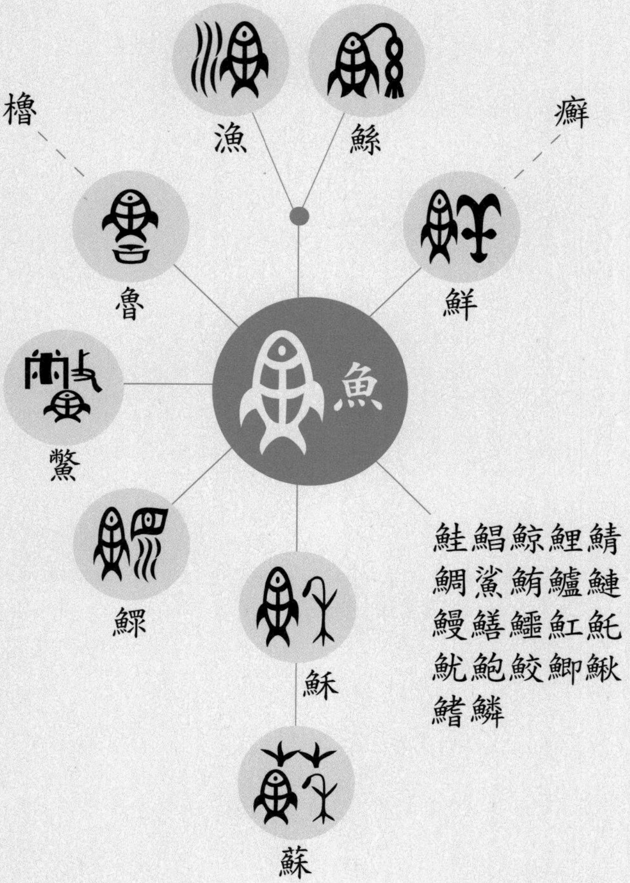
魚
漁
鯀
櫓
魯
癬
鮮
鱉
鰥
穌
蘇
鮭 鯧 鯨 鯉 鯖
鯛 鯊 鮪 鱸 鰱
鰻 鱔 鱷 魟 魠
魷 鮑 鮫 鯽 鰍
鰭 鱗

漁 ㄩˊ

yú

在「水」（巛，氵）中捕「魚」（）。

甲骨文表示魚群在水中游，金文添加一雙抓魚的手，這是漁夫捕魚的寫照，相關用詞如漁獵、漁夫等。

鯀 ㄍㄨㄣˇ

bù

用「繩子牽繫」（，系）著一條大「魚」（）。

當洪水氾濫時，堯派鯀去治理洪水，他採用圍堵方式，結果造成洪水更加泛濫，最後遭到處死。堯當初為何會任用鯀來治水呢？顯然是因為鯀是個熟知水性的人。知水性者莫若漁夫。甲骨文及是古代釣魚人的象形字，是網魚人的象形字。無論是釣魚或網魚都需要使用繩子，後來這些古字便演化出「系、魚」的合體字「鯀」，其中「系」是具有繫繩概念的符號。鯀的金文描寫一隻「手」拉著一條「繩子」（糸），繩子末端又拉著一條「魚」，可見鯀代表一位手持繩具釣魚或捕魚的高手。篆體省略了「手」的符號，簡化為「系、魚」的合體字。

鯀並非本名，而是口傳及手繪歷史時，一位善知水性者的稱號，這個人是捕魚高手，善長釣魚或結網捕魚，這個人也就是大禹的父親。可惜，東漢許慎《說文》：「鯀，魚也。从魚，系聲。」連帶的，顧頡剛等人據此推論，鯀是一條魚，而禹是一條蟲，兩人都是虛構的。在字源釋義當中，許慎見鯀字有魚，便說他是魚；見禹字有虫，便說他是蟲。這對父子因而被誤解而沉冤莫白了千年之久，如今應該可以還他清白了。

魯 ㄌㄨˇ lǔ

「魚」（）張口說話（，曰），發出咕嚕咕嚕的聲音。

甲骨文及金文意表魚（）張口（），金文及篆體則意表「魚」（）在「說話」（）。由於魚說話不清楚，所以引申為愚拙、粗野，相關用詞如魯鈍、魯莽等。周朝初期，周公旦有功於天子，得到封地。他將受封地稱之為「魯國」，由他的兒子伯禽來治理。周公為人謙虛，顯然是想要藉此國名來宣揚樸實魯鈍的民風。《東漢劉熙．釋名》：「魯，魯鈍也。魯國多山水，民性樸魯也。」現代漢字將「魯」寫成「魚日」，以致產生在太陽下曬魚乾的誤解，實應將「日」改回「曰」。

甲 金 篆

鰥 ㄍㄨㄢ guān

「眼睛流淚」（，眔）的大「魚」（）。

「鰥」引申為憂傷的喪偶男人，因為到了晚上，他就像無法閉眼睡覺的魚。《孔叢子．抗志篇》：「衞人釣於河，得鰥魚焉，其大盈車。子思問曰：如何得之。對曰：吾垂一魴之餌，鰥過而不視，更以豚之半，則吞矣。」《釋名》：「愁悒不寐，目恆鰥鰥然也。故其字从魚，魚目恆不閉者也。」《禮記．王制》：「老而無妻曰鰥。」宋．陸游《晚登望雲》：「愁似鰥魚夜不眠。」

金 篆

鮮 ㄒㄧㄢ xiān

生「魚」肉（）與生「羊」肉（，羊）的腥味。

如何分辨肉類食物是否新鮮呢？愛吃生魚片的人，光憑味覺就可以知道魚肉的新鮮度。新鮮的生魚片，味道清新甘甜，但若不趁鮮食用，稍微放了一陣子，就會漸漸產生不好聞的腥臭味，時間越久越明顯。不新鮮的魚肉及羊肉，腥羶味特別濃烈，因此，古人以魚及羊的腥味來表達食物的新鮮程度。鮮所引申的意義相當多，

金 篆

有生食、剛宰殺的、味道好的，相關用詞如新鮮、鮮美。除此以外，因為新鮮魚肉不能久放，所以引申為短暫或少量的，相關用詞如鮮少。《論語》：「其為人也孝弟，而好犯上者，鮮矣。」《康熙字典》：「鳥獸新殺曰鮮。」

穌 ㄙㄨ sū

冰凍「魚」（）的甦醒就好像「禾」草（）一樣，枯了又再生。

當寒流襲擊，許多地方的河川結冰，一夜之間凍死了許多魚。在古時候，附近居民就會紛紛前往打撈，耙取冷凍魚，好像收割莊稼一般，但是會發現有些受凍較輕微的魚卻活了起來。因此，「穌」引申為甦醒、復活。如《禮記》：「蟄蟲昭穌。」《韻會》：「死而更生曰穌。通作蘇。」中國基督教將救主基督的名字翻譯成「耶穌」，就是隱含著祂從死裡復活的意義。對古人而言，禾草樹木可以一再復甦，枯了又生，但動物可以生育，卻難復甦。不過，在二〇一二年國際漁業博覽會中，卻出現了冷凍鯽魚可以冰凍長達一個月再活過來的新科技。金文是由「魚、木」所組成，木是形容符號，藉以形容魚像草木復甦，篆體將木改作「禾」，後來又添加「草」成為、，總括而言，都是以禾草樹木來表達復甦之意。「野火燒不盡，春風吹又生」是白居易的名句，對野草的復生能力感到嘆服。現今，穌與蘇是通用的。

東漢許慎說：「穌，把取禾若也。」清朝段玉裁認為應該是「耙取禾若」。兩人似乎是說打撈冷凍魚，像耙取散亂的禾草一般，但他們都未進一步闡明。我們就「木、禾、艸」的符號來看，應該是用來形容甦醒的魚較為合理。

金 

篆 

「冉」是什麼動物？

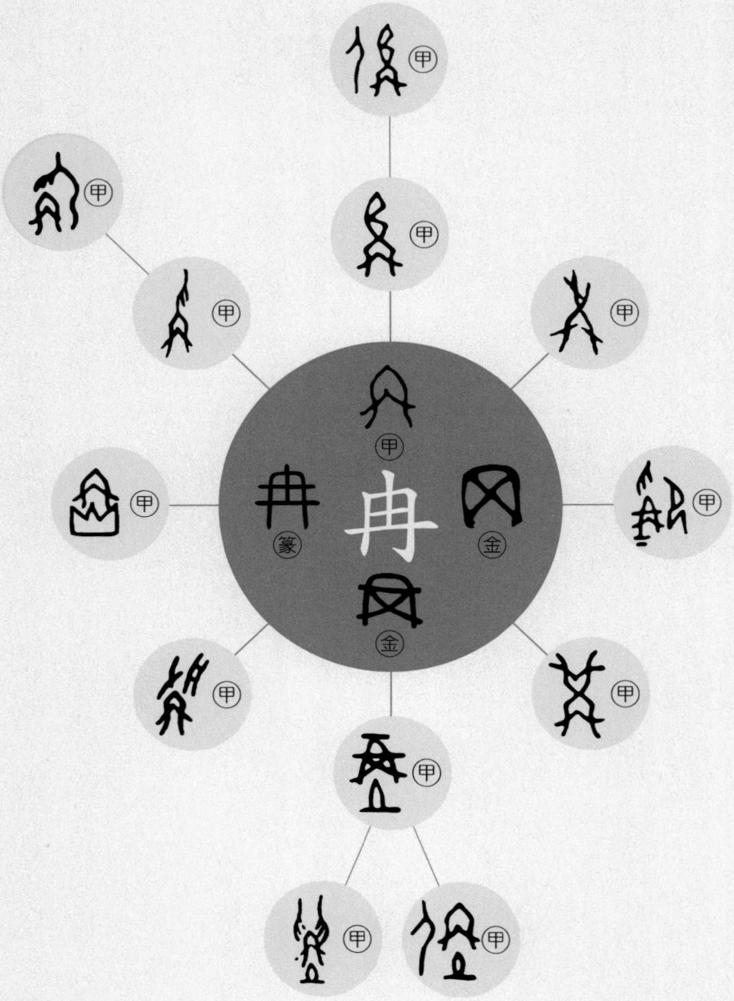

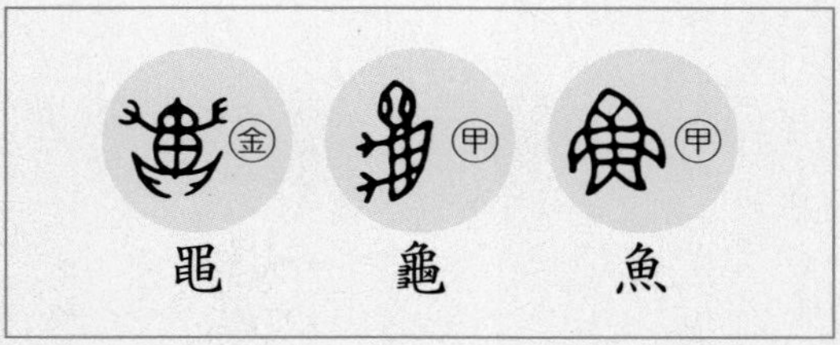

與「冉」有關的甲骨文不少，但到底冉是什麼？目前主要有兩種說法，有人說它是一條魚，也有人說它代表人兩頰下垂的毛髮，到底真相如何？讀者不妨來動動腦筋，玩個猜謎遊戲。

「冉」的甲骨文，金文、，篆體冉。

❶		代表「冉」（）在陸地上「行走」（，止），可見冉是會在陸地上走路的生物。
❷		代表「人」抓到了一隻「冉」。由此可見，冉是人類追捕的對象。
❸		代表兩隻「冉」（）相遇。
❹		代表「冉」（）在「陸地」上（，土）。
❺		代表「人」（）看見一隻「冉」（）在「陸地」上（，土）。
❻		代表「兩隻手」抓到一隻在「陸地」上（，土）的「冉」。
❼		代表坐「船」（，舟）捉（）「冉」，所以，冉也是水中生物。
❽		代表用「火」（）烤「冉」，可見冉可以吃。
❾		是一隻手提著冉，甸甸它的重量，這是「爯」的甲骨文，也是「稱」（或偁）的本字。說明了冉是可以在市場秤斤販售的物品。
❿		代表「人」（）在「追」（）「冉」。

顯然，魚或毛髮之說都無法與以上描述的生物相吻合。或許，讀者會認為冉是一隻烏龜或青蛙，但是「龜」的甲骨文是，「黽」的金文、、是一隻青蛙，可見兩者都不是冉，那麼，冉到底是什麼樣的生物呢？

謎底揭曉

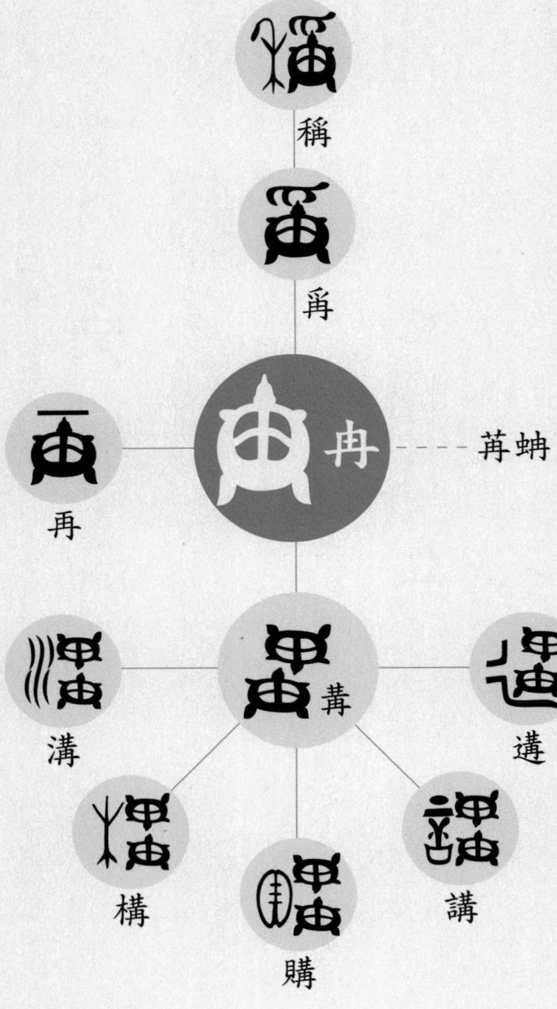

先秦時期，魚鱉是人民賴以維生的水生動物，相關記載如《呂氏春秋》：「入川澤，取魚鱉。」《管子》：「凡置彼食，鳥獸魚鱉，必先菜羹。」《風俗通義》：「草木魚鱉所以厚養人君與百姓也。」

冉 ㄖㄢˇ rǎn

或，爬行緩慢的甲魚。

俗稱王八的鱉因為身上有背甲，所以也稱為甲魚，又因為身體圓滾滾的，所以又稱為團魚或圓魚。金文是描寫一隻身體圓滾且有背甲的鱉，甲骨文、金文及篆體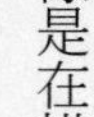像是在描寫鱉甲，鱉甲中央有一長條脊椎骨，左右兩側各有八條肋骨，所排列的形狀，中央部位像「王」，上下部位則像「八」，這大概是鱉被稱為「王八」的由來吧。鱉甲自古以來就被當作滋補聖品，漢朝著名醫書《金匱要略》即有「升麻鱉甲湯方」，然而，由「冉」的古字來看，鱉甲的應用甚至可上溯至商周時期。「冉」是以鱉甲的形象來代表「鱉」，因為這是鱉獨有的特徵。鱉在陸地上爬行時，步履闌珊，像跛子行走，《荀子》稱之為「跛鱉」，引申為緩慢、衰老，如太陽冉冉上升，又如《楚辭》：「老冉冉其將至兮。」

魚與鱉是商周時代最具經濟價值的水產動物，在先秦典籍中屢見不鮮，《風俗通》說：「草木魚鱉所以厚養人君與百姓也。」鱉的肉質鮮美，自古以來就被奉為美食，因此《詩經》說：「其殺維何，炰鱉鮮魚。」《禮記》說：「居山以魚鱉為禮。」甚至《周禮》還記載，在周朝管理魚鱉的官稱為「鱉人」。然而，令人不解的是，商周時期的甲骨文、金文，甚至篆體都找不到「鱉」字，周朝經典老是提到鱉卻沒有鱉的古字，這是很奇怪的現象。

原來，「冉」就是鱉，漢代以後才以形聲字「鱉」來代替，而「冉」則引申為緩慢的意義。從許多甲骨文構字意義來看，可以證明「冉」就是「鱉」。鱉與龜一樣，喜歡在陸地上曬曬太

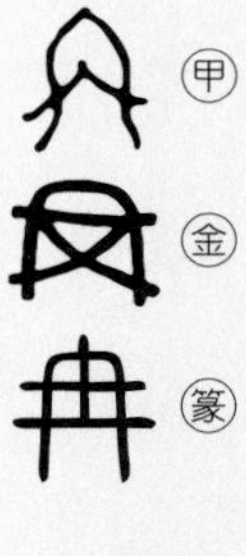

陽，代表一隻「鱉」（，冉）在「陸地」上（，土）。代表一隻「鱉」（，冉）在陸地上「行走」（，止）。代表「人」（）看見一隻「鱉」（，冉）在「陸地」上（，土）。鱉生性膽怯，聽見人聲，立即潛入水中躲避，要抓鱉，必須眼明手快，、代表「人」（）在「追」（，𠂤）一隻「鱉」。秋冬之際，是捕鱉的時節，《莊子》記載：「冬則擉鱉於江。」代表坐「船」（，舟）捉（）「鱉」；代表「兩隻手」抓到一隻在「陸地」上（，土）爬的「鱉」（，冉）。代表「人」抓到了一隻「鱉」。另外，代表在「火」（）上燒烤的「鱉」，正是《墨子》所說的：「蒸炙魚鱉。」

爯 ㄔㄥ chēng

以手（，爪）提取一隻「鱉」（，冉）。

一隻巨鱉可以重達十來公斤，肉質鮮美，營養價值也高。鱉是中國人眼中的滋補聖品，據說台塑創辦人王永慶的養生之道是每天一碗花旗蔘燉甲魚湯。《漢書》記載：「元龜、岠冉，長尺二寸，直二千一百六十。」（特大號的龜及巨鱉，長達一尺二寸，值二，一六〇錢。漢朝一尺二寸約二十八公分。）「爯」的甲骨文與「偁」的甲骨文及金文、都是一個人手抓鱉的象形文，這兩個字都是「稱」的本字。「爯」本義為用手估量鱉的重量，引申為測重量。爯可以說是古代市場上秤斤賣鱉的描寫。周朝有一個買鱉的故事，《韓非子》記載，鄭國有一個婦人，到市場買了一隻鱉，回家途中經過一條河，以為鱉口渴了，於是放牠去喝水，沒想到，鱉一溜煙就不見了。婦人不知道鱉在陸地上爬行緩慢，但到了水裡可是身手矯健得很哪！《韓非子》：「鄭縣人卜子妻之市，買鱉以歸，過潁水，以為渴也，因縱而飲之，遂亡其鱉。」「爯」是「稱」（或偁）的本字。

甲 金 篆

稱 ㄔㄥ chēng

或ㄔㄥˋ，chèng。「估量」（，爯）「禾」（）穀的重量。

「稱」的簡體字為「称」。

篆 

再 ㄗㄞˋ zài

又「一」次（）釣到一隻「鱉」（，冉）。

鱉是貪餌的動物，常遭古人釣獲。《焦氏易林》：「魚鱉貪餌，死於網釣。」《韓詩外傳》：「魚鱉厭深淵而就乾淺，故得於釣網。」「再」引申為第二次，又一個，相關用詞如再次、再版等。篆體是由「冉」「一」所組成，另一個篆體添加了水，表示又「一」次從「水」裡釣到一隻「鱉」。

金 篆 

冓 ㄍㄡˋ gòu

兩鱉（，冉）相遇。

「冓」引申為相遇、碰面。冓是遘的本字。

魚鱉相見，鱉便顯出兇殘性情，因為鱉以魚蝦為食。兩鱉為爭奪死魚而鬥也是時有所聞。當飢餓的大鱉遇見小鱉，甚至還會加以殘殺，這是養鱉人所熟知而必須避免之事。鱉在陸地上行走，會抬起長長的脖子，昂然前進。兩鱉相遇，精采可期，因此，古人以兩鱉相遇來形容兩人相遇。《詩經》：「中冓之言、不可道也。（兩人在房內會面時的談話，不可向他人訴說。）」

甲 金 篆 

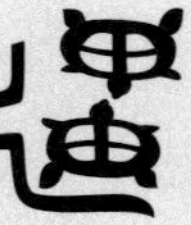

遘 ㄍㄡˋ gòu

走在路上（，辶）相遇的兩隻鱉（，冓）。

「遘」引申為偶然間的相遇，相關用詞如邂遘。

甲 金 篆

講 ㄐㄧㄤˇ jiǎng

兩人「相遇」（，冓）時的「談話」（，言）。

相關用詞如演講、講解等。

篆

構 ㄍㄡˋ gòu

兩「木」（）「相遇」（，冓）。

無論是木造建築或木製家具，最費功夫的就是在木頭與木頭相接之處所施作的「接榫」工程，而接榫必須考慮整體木作結構，因此，「構」引申為建造、設計、結合，相關用詞如構造、構成、結構等。

篆

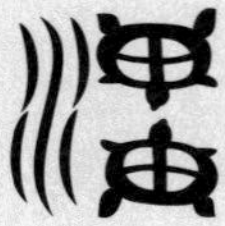

溝 ㄍㄡ gōu

兩「水」道（，氵）「相遇」（，冓）。

無論是引水灌溉或排水，都必須從一個水道導引到另一個水道，所以「溝」引申為疏通、引流的凹槽，相關用詞如溝通、溝渠等。

篆

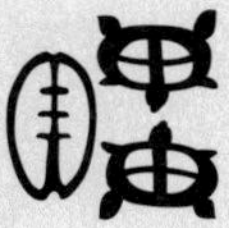

購 ㄍㄡˋ gòu

兩人「相遇」（，冓）時用「錢」（，貝）來進行交易。

用錢向他人買東西稱為「購」。

篆

以鱉代冉

由於冉被賦予緩慢的意義，於是古人便另外創造了一個「鱉」字來代替。「鱉」是由「敝」與「魚」所組成的會意兼形聲字。

鱉 ㄅㄧㄝ biē

看起來「骯髒污穢的」（，敝）「魚」（）。

鱉全身烏漆抹黑的，給人一種汙穢的感覺，因此，古人以「敝」來形容。（敝同時也是聲符。）

敝 ㄅㄧˋ bì

手持枝條（，攴）擊打骯髒污穢的布「巾」（）。

古代沒有洗衣粉或肥皂，在河邊洗衣服的婦女，人手一支短棍，只見她們左手揉搓衣物，右手用棍子將附著在衣物的汙穢去除下來。甲骨文是手持枝條擊打布巾，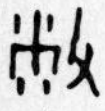在布巾周圍添加了四點，像是洗衣服時擊布所濺起的污漬。「敝」引申為骯髒污穢的、衰敗的，相關用詞如敝衣、敝屣、敝帚自珍。此外，早年台灣如何保養棉被或棉襖呢？棉被或棉襖用久了會潮溼變硬，天氣好的時候，許多人就把它們拿出來曬，曬乾了，再用一條細棍子打，一方面打去灰塵，一方面是將被壓緊的棉花打散開來，恢復原本的蓬鬆，這樣棉被或棉襖才能發揮保暖功能。

甲 篆

蔽 ㄅㄧˋ bì

將「骯髒污穢」的東西（，敝）用「草」（，艹）蓋起來。

相關用詞如遮蔽、蒙蔽等。

弊 ㄅㄧˋ bì

兩隻手（）沾染「骯髒污穢」（，敝）。

「弊」本義為人手所行的惡事，相關用詞如作弊、弊病等。《廣韻》：「惡也。」《玉篇》：「壞也，敗也。」

瞥 ㄆㄧㄝ piē

無意間「看見」（，目）「骯髒污穢」（，敝）。

「瞥」本是指眼角快速掠過時，無意間發現了他人隱藏的小秘密，引申為眼光掠過，相關用詞如瞥見、驚鴻一瞥。《說文》：「瞥，過目也。一曰財見也。」

憋 ㄅㄧㄝ biē

「心」中（）有一股「骯髒污穢」（，敝）的氣。

心中有冤氣，無處可發，因此引申為極力忍耐，相關用詞如憋尿、憋氣等。

撇 ㄆㄧㄝ piē

ㄆㄧㄝˇ，piě。伸手（，扌）抹去「骯髒污穢」（，敝）。

「撇」引申為除去或拂拭，相關用詞如撇棄、撇開等。

幣 ㄅㄧˋ bì

經過許多人手摸過而顯得「骯髒污穢」（，敝）的布（，巾）錢。

春秋時期開始流行布幣，依其形狀區分有鏟布、刀布等，若依其輕重厚薄區分則有空首布、平首布。《管子．國蓄篇》說：「以珠玉爲上幣，黃金爲中幣，刀布爲下幣。」可見布幣是價值最低的基礎貨幣，發行量相對是最高的。以布當作錢幣，流通久了，自然顯得骯髒污穢，必須收回重新發行。「幣」引申為各種材質所製成的貨幣，相關用詞如金幣、錢幣等。「幣」的簡體字為「币」。

篆

斃 ㄅㄧˋ bì

「死」（）得不乾淨（，敝）。

「斃」是指意外死亡或惡人遭報應而死，如《左傳》：「多行不義必自斃。」相關用詞如暴斃、斃命等。

篆

魚鱉以外的水生動物

龜 ㄍㄨㄟ guī

甲 金 篆

有背甲的爬行動物。

畢卡索是立體畫派的開創者，這個畫派的主要特色是在一幅作品裡同時呈現物體的各層面樣貌。其實，三千多年前的中國人已經用到這種技巧了，就以「龜」的甲骨文為例，龜頭與龜腳是採正面（或上視圖）描寫，而龜背則是採側面（或剖面圖）描寫，兩種不同角度的樣貌卻同時呈現在一個象形字裡。

「龜」與「鱉」是形狀相似的兩兄弟，龜兄鱉弟的諺語不少。「龜笑鱉無尾，鱉笑龜粗皮」說明了鱉的尾巴比龜短得多，鱉甲也比龜甲軟得多。此外，「千年王八萬年龜」說明了兩兄弟的壽命都很長，但龜兄似乎略勝一籌。

黽 ㄇㄣˇ mǐn

甲 金 篆

蛙類。

先秦典籍稱蛙類為「蛙黽」或「黽蛙」。古代蛙類為患，掌管去除蛙類的官稱作「蟈氏」，這就是《周禮》所記載的：「蟈氏掌去蛙黽。（蟈是發出國國叫聲的蟲，也就是青蛙。）」現代人似乎很難想像青蛙為患的景象會是如何，曾有一則報導，提到夏威夷蛙害嚴重，造成房價下滑，由於當地的布里頓雨蛙大量繁殖，一片蛙鳴，讓居民困擾不已。黽的金文、、都是蛙類的象形字，篆體、是逐步簡化的結果。黽後來也泛指水中有腳爪的小生物。

蠅 ㄧㄥˊ yíng

蛙類（，黽）喜愛捕食的小「蟲」（，虫）。

青蛙的舌頭有黏液，且舌根在外，舌尖向內，以方便獵食小昆蟲。青蛙獵食技術相當高明，即便是飛行中的蒼蠅，只要靠近牠的獵食範圍，瞬間就被牠的長舌頭黏進嘴裡。

繩 ㄕㄥˊ shéng

蒼「蠅」（）在搓揉細小的繩索（，糸）。

「繩」與「索」都是由兩股交纏的植物纖維所製成，兩者有何差異呢？《小爾雅》解釋說：「大者謂之索，小者謂之繩。」所以，細小的稱為繩，粗大的稱為索。蠅是常見的小昆蟲，喜歡停留在小繩子上，此外，蒼蠅停留時，經常有搓腳的習慣，蒼蠅搓腳的動作像極了古人搓麻繩的樣子。因此種種，「蠅」「糸」便組成了「繩」。《說文》：「繩，索也。从糸，蠅省聲。」

除了水產生物之外，其他的幾乎都是形聲字，以「魚」為義符的有鮭、鯧、鯨、鯉、鯖、鯛、鯊、鮪、鱸、鰱、鰻、鱔、鱷、魟、魠、魷、鮑、鮫、鯽、鰍等。

篆

篆

【第七章】——鳥

自漢朝以來，許多人都認為倉頡是由飛鳥引發靈感而發明文字，這個傳說最早記載於東漢徐幹的《中論》：「倉頡視鳥跡而作書。」東漢許慎的《說文解字》也說：「黃帝史官倉頡，見鳥獸蹄迒之跡，知分理之可相別異也，初造書契。」既然如此，我們不妨從「鳥」的相關符號來驗證這個說法。

與鳥有關的文字符號首推「隹」與「鳥」，就甲骨文構形而言，前者代表飛鳥，後者代表在地上行走的鳥。

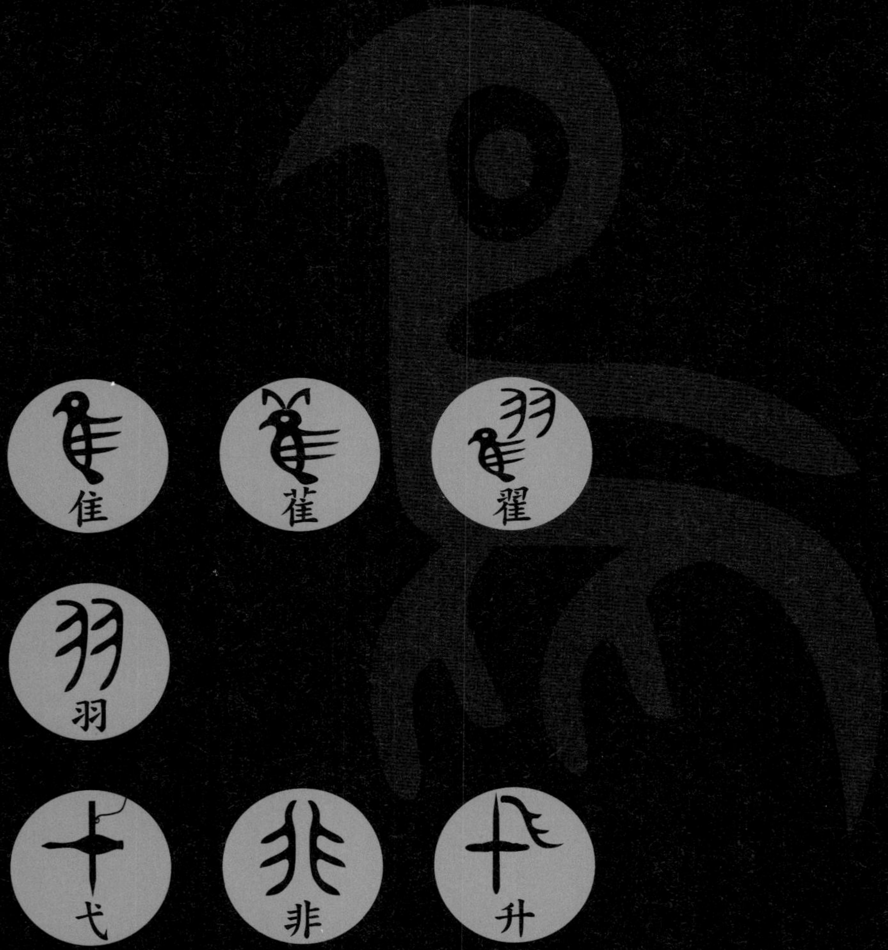
隹
雀
翟
羽
弋
非
升

「鳥」所衍生的基礎構件

示意圖	楷書	古字	構字意義
	隹		飛鳥
	雈		頭頂有「角毛」的「鳥」，角鴟也
	雉		獵人喜愛「射殺」的「鳥」
	鷹		「人」在「屋棚下」命令所豢養的大「鳥」去抓小「鳥」。
	隼		能準確抓住獵物的鳥
	雞		被當作「奴隸」囚困的「鳥」
	雀		「小」「鳥」
	雁		「人」所喜愛的「岸」邊大「鳥」

	鳥		在地上行走的鳥
	烏		全身漆黑的「鳥」
	鳳		從「邊境」外飛來的大「鳥」
	鳶		被「弋」箭射中的「鳥」
	燕		張開雙翅飛翔的燕子

「隹」——飛翔的鳥

「隹」的甲骨文、、、除了描寫鳥頭與尖嘴之外，還描寫了飛翔的翅膀。為什麼沒有描寫鳥的腳呢？因為它是一隻飛翔中的鳥。

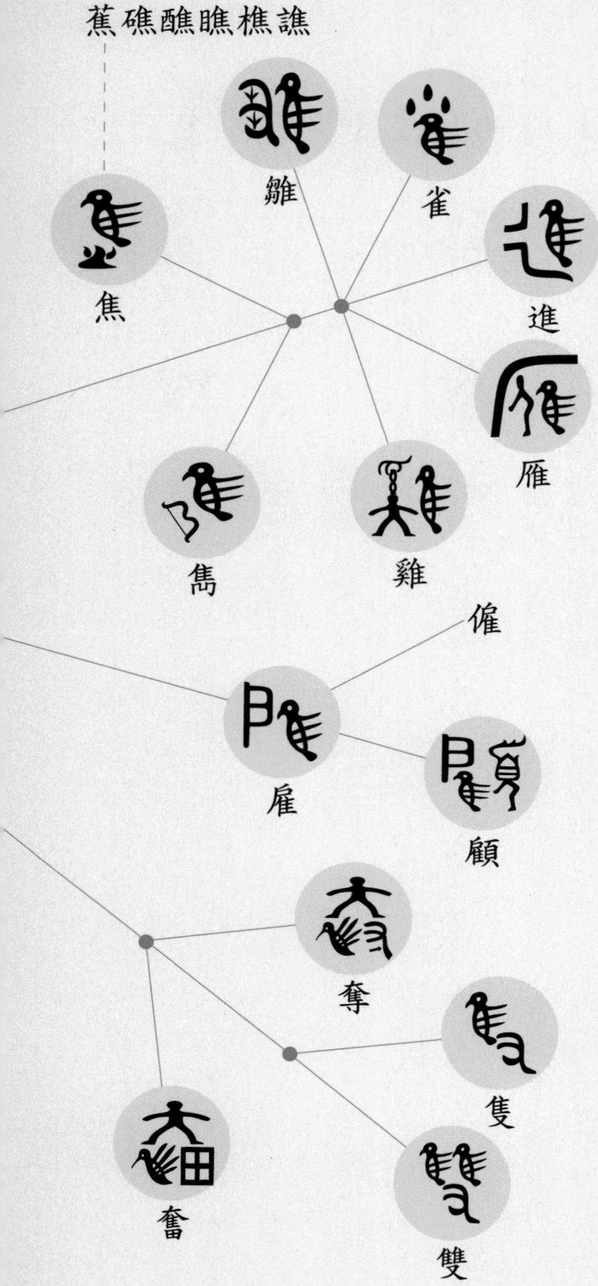

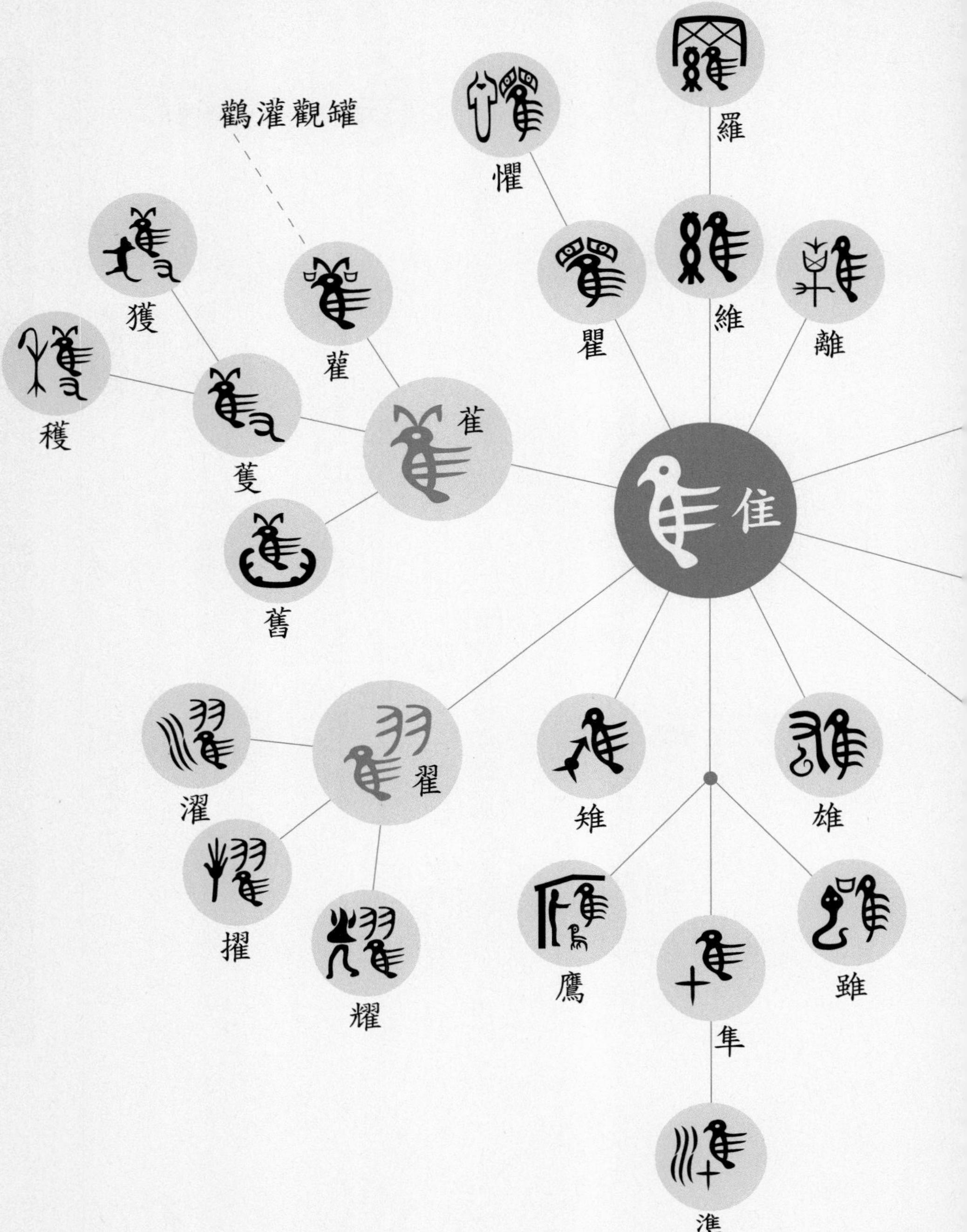
隹
萑
雚
鸛灌觀罐
蒦
獲
穫
舊
瞿
懼
羅
維
離
翟
濯
擢
耀
雉
雄
鷹
隼
雖
準

雈 ㄏㄨㄢˊ huán

頭頂兩側有「羽毛角」（，丱）的「鳥」（，隹）。

甲骨文及篆體是一隻頭頂兩側有角毛的鳥——角鴞，俗稱貓頭鷹。《說文》：「雈，鴟屬，……有毛角。」《玉篇》：「鴟鴞，惡鳥，捉鳥子而食者。又角鴟。」（漢字符號「丱」是代表頭頂兩側所紮的髮角，音ㄍㄨㄢˋ，guàn）

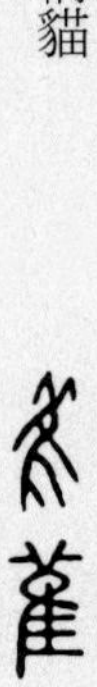

甲 篆

雚 ㄍㄨㄢˋ guàn

「連連啼叫」（，吅）的「角鴞」（，雈）。

貓頭鷹在夜間常會發出「勿——勿——」的聲音，因此，「雚」的甲骨文表示一隻「連連啼叫」（）的「貓頭鷹」（，雈）。金文及篆體則是逐步調整筆順的結果，然而，就變得像是貓頭鷹的大眼睛了。角鴞的「鴞」，顧名思義，是一隻會吹「號」的「鳥」。

甲 金 篆

勸 ㄑㄩㄢˋ quàn

「角鴞」（，雈）努「力」不懈（）地發出「催促聲」（，吅）。

貓頭鷹在林間不斷發出「勿——勿——」聲，彷彿是催促旅人，勿逗留林間，趕緊回家去吧。「勸」引申為再三的忠告，相關用詞如勸告、勸導等。《論語》：「舉善而教，不能則勸。」《尚書》：「勸之以九歌，俾勿壞。」

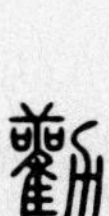

篆

舊 ㄐㄧㄡˋ

jiù

「角鴞」（，雈）棲息在舊有的「巢穴」（，臼）中。

角鴞本身不築巢，但是會利用天然樹洞或其他動物廢棄不用的老巢，產卵繁殖。相關用詞如陳舊、破舊等。「舊」的簡體字為「旧」。

甲 

金 

篆 

蒦 ㄏㄨㄛˋ

huò

伸「手」（，又）抓住「角鴞」（，雈）。

「蒦」引申為獲得。「蒦」是「獲」的本字。

金 

篆 

獲 ㄏㄨㄛˋ

huò

驅使獵「犬」（）「捕得獵物」（，蒦）。

篆 

穫 ㄏㄨㄛˋ

huò

「獲得」（，蒦）「禾」穀（）。

「穫」與「獲」的簡體字為「获」。

篆 

雉 ㄓˋ zhì

獵人喜愛「射殺」（，矢）的「鳥」（，隹）。

「雉」的甲骨文是以箭射鳥的象形文。匹夫無罪，懷璧其罪，擁有美麗羽毛的雉雞很自然地成為人類獵取的對象，於是射殺雉雞便成為古代重要的田獵活動，晉朝潘岳曾寫了一篇有名的《射雉賦》，而更早的周朝典籍也常見射雉記載，如《春秋左傳》記載一則賈大夫射雉雞的趣事，賈大夫是一位賢臣，其貌不揚，卻娶了一位美貌的妻子，或許是因為妻子嫌丈夫醜惡，以至於鬱鬱寡歡。雖然賈大夫想盡各種辦法來取悅她，但她總是不言不笑，度過了三年。有一天，賈大夫駕車載著妻子兜風，來到水岸邊，突然從蘆葦叢中飛出一隻美麗的雉雞，賈大夫瞥見一道五彩的羽尾劃過天際時，隨手拉弓，咻——，不幸的野雉應聲落地。意外展露的不凡身手，沒想到卻博得美人燦然一笑。事後，賈大夫得意地對人說：「看來，每一個人無論如何都要學點本事，就拿長得醜惡的我來說，若沒有一點騎射的本領，想要博得妻子一笑，也都難如登天啊！」

甲 

篆 

翟 ㄓㄞˊ zhái

或ㄉㄧˊ，dí。雉「鳥」（，隹）的「羽」毛（）。

雉是一種長尾山雞，其鮮豔的羽毛用途廣泛，古代人用雉雞的五彩羽毛裝飾篷車、衣裳或大旗，在祭典時，則手持長尾羽跳舞。雉雞的長尾羽稱之為「翟」，相關衍生字皆與此有關。

金 

篆 

濯 ㄓㄨㄛˊ zhuó

「鳥」（，隹）在「水」中（，氵）清洗「羽」毛（）。

喜歡戲水的鳥兒種類相當多，台灣藍鵲洗完澡後，不但會顫動翅膀，還會甩甩漂亮的尾巴，模樣極為可愛。「濯」引申為洗滌，如《楚辭・漁父》云：「滄浪之水清兮，可以濯吾纓。」

金 篆

耀 ㄧㄠˋ yào

雉雞的羽毛（，翟），「光」（）彩奪目。

孔雀也算是雉雞的一種，當孔雀開屏炫耀一身亮麗的羽毛時，總能吸引眾人的眼光。「耀」引申為光彩明亮，相關用詞如榮耀、炫耀、耀眼等。

篆

擢 ㄓㄨㄛˊ zhuó

「手」拔（，扌）「鳥羽」（，翟）。

美麗的雉雞羽毛，常被人類拔取以作為裝飾品。「擢」引申為拉拔，相關用詞如拔擢、擢升等。

篆

鷹隼

鷹 ㄧㄥ yīng

「人」（）在「屋棚下」（）命令所豢養的大鳥（，隹）去抓小「鳥」（）。

「鷹」的金文構字概念與甲骨文（后）及（司）相同，因此，表示人對鳥發命令，這是養鷹人對所馴養的獵鷹發出命令。篆體添加了鳥與

金 篆

广，用以詮釋鷹住在養鷹人的屋簷下，且會獵捕其他鳥類。古代的遼金遊牧民族訓練一種稱為「海東青」的獵鷹來追捕大雁，《後漢書》等古籍都有豢養「獵鷹」的記載，而由「鷹」的構形可知，中國豢養獵鷹的文化可以上溯至商周時期。

隼 ㄓㄨㄣˇ zhǔn

擅長於向下俯衝（，才）且準確地抓住下方獵物的獵鳥（，隹）。

「隼」的俯衝時速可達三百八十公里，是世界上飛得最快的鳥類。牠先飛到獵物上方，將翅膀收攏，然後迅速旋轉直下，精準地衝向獵物，再以腳掌擊昏獵物或抓取獵物頭部。《埤雅》讚譽隼：「鷹之搏噬，不能無失，獨隼為有準，故每發必中。」篆體代表有一種鳥（）能準確地以腳爪抓取下方（，才）的獵物。「才」的金文代表將一根堅實的木材牢牢釘在地上（請參見「才」）。由於「隼」能準確擊中目標，所以衍生出「準」。

準 ㄓㄨㄣˇ zhǔn

能「準確地」（，隼）測量「水」（，氵）平的儀器。

「準」是古代測量水平的儀器，《莊子．天道篇》說：「平中準，大匠取法焉。」《說文》也說：「準，平也。」由此可見，周朝人已知道水具有平準的特性，能作為測水平的工具，所以「準」引申出標準及準則等意涵，相關用詞如水準、準時等。

篆

篆

雖 ㄙㄨㄟ suī

「蛇」( )與「鳥」(，雀)張「口」( )對決。

金文 及篆體 在蛇與鳥之間加了一個「口」，用以代表兩者張口對咬。古人發現，蛇會吞吃鳥類，但鷹隼卻也能捕蛇。蛇鳥對決，生死未卜，因此，雖常用作轉折語。雖然……，但是……。

金 篆

農桑益鳥

雇 ㄍㄨˋ gù

會在門「戶」( )外呼叫農人耕作的「鳥」(，隹)。

《布穀鳥》是許多人都唱過的一首兒歌：「布穀、布穀，快快布穀，春天不布穀，秋收那有穀……。」大意是說，布穀鳥不斷用「布穀、布穀」的叫聲催促農民趕快起來播種。在過去的農村裡，布穀鳥極為常見，叫聲嘹亮。當冬季漸漸過去，布穀鳥就會回來，農民一聽到鳥叫聲，就知道春天來臨了。對農民而言，布穀鳥是益鳥，能幫農民吃掉害蟲，卻不會吃農作物，秋天無蟲可吃，牠們就吃松果。古人將有益農民的鳥類，統稱為「農桑益鳥」，或稱之為鳸(ㄏㄨˋ)。「鳸」的甲骨文 、 、 代表一隻「鳥」( )在門「戶」( )外面鳴叫，似乎是在催促屋內的人趕快出來耕種，別再貪睡了。後人將「鳸」改作「雇」( )，由於農桑候鳥好像是農人聘請的工人一般，認真盡責，所以，「雇」引申為花錢聘請他人幫忙，如雇請、聘雇等。

《左傳》記載，遠古時代，少皞氏當君王時設立了九種農官，分別以九種農桑候鳥當作官名，而這九種農官統稱為九鳸(或九雇)。他們的職責主要是在各個節氣來臨時，教導人民有

甲 篆

關農作之事。賈逵解釋：「春扈，趣（或驅）民耕種者也；夏扈，趣民耘苗者也；秋扈，趣民收斂者也；冬扈，趣民蓋藏者也。」

顧 ㄍㄨˋ gù

一隻農桑候鳥（，雇）將一個人（，頁）叫醒。

是一個有趣的金文，用來描寫一隻啼叫的鳥將一個人（，頁）驚醒。在古代，公雞也是一種農桑益鳥，因此，這個金文所描寫的極可能是一隻司晨的公雞。篆體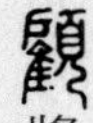將其中啼叫的「鳥」改作「雇」，更凸顯了該鳥具有農桑益鳥的角色。在先秦典籍中，「顧」與「雇」原本是通用的，但現今多引申為看管的義涵，相關用詞如看顧、照顧等。的構字概念與（囂）相近，代表一個人（，頁）被週遭的喧嘩聲（四個口）吵得氣往上衝，因此，「囂」引申為令人煩躁的吵雜聲，如喧囂。

金 

篆 

雄 ㄒㄩㄥˊ xióng

一隻「聲音宏亮」（，厷）的「鳥」（，隹）。

公鳥（或公雞）的聲音生來就比母鳥更洪亮，因此「雄」就是公鳥，引申為男性的、強壯威武，相關用詞如英雄、雄壯。

篆 

烤野鳥

焦 ㄐㄧㄠ jiāo

以「火」（**）烤鳥（****，隹）。**

在荒郊野外捕獲禽鳥，最簡易的料理方式就是用烤的，「焦」的本義是以火烤鳥，但由於燒烤時，鳥毛必定會燒焦，所以「焦」引申為將物體燒黑，或是燒黑所發出的氣味。

金 

篆 

難 ㄋㄢˋ nàn

或ㄋㄢˊ，nán。掉入「黃黏土」（**，堇）裡的落難「鳥」（****，隹）。**

當鳥兒羽毛被黃土黏上就飛不起來了，於是成了落難鳥。中國古代還流行一種特殊的烤鳥方式，就是將黃色黏土塗裹鳥的全身，再將之投入火窯裡烤。烤熟後，只要將黏著羽毛的焦黑黏土剝除，就可享用香嫩的鳥肉，完全免去除毛的麻煩。這種作法稱作「叫化雞」，相傳是乞討的叫化子所發明的。另一個篆體在「難」（）底下又添加了「火」（），似乎就是「落難鳥遭火烤」的寫照。

金 

篆 

雋 ㄐㄩㄢˋ juàn

或ㄐㄩㄣˋ，jùn。用「弓」（**）射下來的野鳥（****，隹）。**

先民辛苦獵捕鳥獸，吃起來似乎感覺特別鮮美。「雋」的本義是拉弓射鳥，引申為肥美的滋味，耐人尋味，相關用詞如雋永。

篆 

隻 ㄓ zhī

「手」裡（，又）抓著一隻「鳥」（，隹）。

「隻」的本義是一隻鳥，引申為量詞、孤單一人，相關用詞如隻身等。《說文》：「隻，鳥一枚也」。「隻」的簡體字為「只」。

甲 金 篆

雙 ㄕㄨㄤ shuāng

「手」（，又）中有「二鳥」（）。

「雙」引申為成對、匹配或當作量詞，相關用詞如成雙、無雙等。「雙」的簡體字為「双」。

奪 ㄉㄨㄛˊ duó

一隻「鳥」（，隹）被「人」（）「抓」（，寸）走了。

金文（）表示抓（）到一隻小（）鳥（）再藏進「衣」服（）裡；篆體（）則把「衣」改成「大」，表示一隻鳥被人（）抓走了。「奪」引申為強取、削除，相關用詞如搶奪、剝奪等。「奪」的簡體字為「夺」。

金 篆

奮 ㄈㄣˋ fèn

農「人」（）驅趕「田」（）裡的「鳥」（，隹）。

鳥兒聚集在田裡吃穀物，怎麼辦呢？金文（）表示脫下「衣」服（）以驅趕田裡的鳥，於是鳥立刻振翅飛走，引申為振動、高舉、振作等，相關用詞如奮鬥、興奮等。篆體（）把「衣」改成「大」，表示人前往驅趕田中的鳥。

金 篆

被豢養的鳥

雞 ㄐㄧ jī

被當作「奴隸」（，奚）囚困的「鳥」（，隹）。

捕獲的禽鳥要是吃不完，便將牠們關起來飼養。「雞」的甲骨文及篆體代表把鳥（、）當作奴隸（、），囚困起來。「奚」代表頸項上有鎖鍊的奴隸，請參見奚。

甲　篆

鶵 ㄔㄨˊ chú

或雛。需要他人「拔草」（，芻）餵食的幼鳥（，隹）。

雞鴨是雜食的鳥，吃青菜、嫩草、穀物或果實，現代人常用米或飼料餵養小雞小鴨，但古代人想必是餵以嫩草或蔬菜吧。「鶵」的簡體字為「雏」。

金　篆

其他

雀 ㄑㄩㄝˋ què

「小」型（）鳥（，隹）類。

「雀」的甲骨文及篆體都是由「小」與「隹」所組成，泛指小鳥。相關用詞如痲雀、雀躍、雀斑等。

甲　篆

瞿 ㄑㄩˊ qú

雀鳥（隹）警覺向左右觀看（目）。

篆體描寫雀鳥一邊啄食一邊警覺地環顧四周的樣子。「瞿然」是驚視的意思。「懼」是從瞿衍生而來，表示「雀鳥驚惶張望」（瞿）的「心」，引申為驚恐害怕的意思。

篆 

進 ㄐㄧㄣˋ jìn

一隻「鳥」（隹）向前「行走」（辶）。

古人發現鳥無論是走路或飛翔，只會往前而不會往後退，因而創造這個字。「進」的本義為向前走，引申為走到前面、裡面，相關用詞如前進、進步、先進、進貨等。「進」的簡體字為「进」。

金 

篆 

雁 ㄧㄢˋ yàn

人所喜愛的「岸」（厂）邊大「鳥」（隹）。

「雁」的篆體有等構形，表示棲息在水岸邊（岸）的鳥；及表示岸邊的鳥；添加了人，代表這是人喜歡獵捕的岸邊大鳥。

古代讀書人喜歡以雁為賀禮，因為大雁是極為聰明且合群的動物。由「雁」的相關用詞可體會出古人對雁的看法，「雁行千里」說明大雁的候鳥習性與能耐；「雁天」表示入秋，是雁鳥南遷的季節；「雁奴」是雁鳥棲息時專司警戒的雁鳥；「雁字」是雁鳥飛行的隊形；「雁序」是雁鳥飛行的順序，「雁行失序」則是雁鳥中箭掉落而打亂了飛行次序，古人用此描寫失去兄弟的悲慟；「魚雁往返」則是以雁鳥定時飛行的特性來形容兩個好友間書信的一來一往。

篆 

「鳥」——在地上行走的鳥

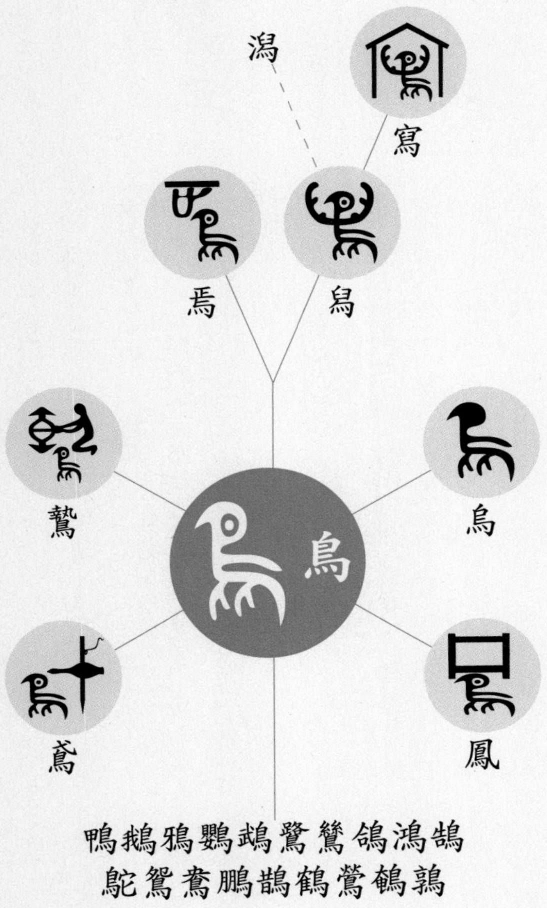

「鳥」的甲骨文、金文及篆體描寫一隻在地上行走的鳥，有鳥頭、眼睛、腳爪、尾巴及身體。「鳥」的甲骨文、金文及其衍生字，比隹少得多。有不少鳥的形聲字，都是後期所發展出來的文字，在此就不贅述了。

烏 ㄨ wū

全身漆黑的「鳥」（）。

烏鴉全身是黑的，連整個眼眶也都被黑眼珠所填滿，完全看不見眼白，似乎讓人看不見眼睛在哪裡，因此，造字者隱蔽了「鳥」眼，就成了「烏」。

篆 

鳳 ㄈㄥˋ fèng

從「邊境」（，凡）外飛來的大「鳥」（）。

周朝的《禮記·月令》記載當時農業社會的各種節氣。書中提到，深秋時，中原就進入白露節氣，天氣漸漸寒冷，這時候，從西伯利亞吹來寒冷的北風，帶來了一批批前來避冬的大型候鳥——鴻雁，而畏懼寒冷的燕子——玄鳥，也紛紛回到溫暖的南方棲息地。這就是《禮記》所謂的「仲秋之月，盲風至，鴻雁來，玄鳥歸，群鳥養羞。」然而，北風不僅帶來大型候鳥，也帶來了鳳凰，《白虎通》說：「鳳鳥乘於風。」可見，鳳凰也是乘著西伯利亞的冷風而來避冬。「鳳」的甲骨文、、、是由凡與鳥兩構件所組成，代表從「邊境」（，凡）外飛來的大「鳥」（、）。到了東周，篆體更清楚地將鳳改成「凡」（）與「鳥」（）的組合，因而形成今天的鳳（）。

古籍描寫鳳鳥所具有的特性，包含雞首、蛇頸、魚尾、體型巨大，群飛（鳳飛群鳥從），善於舞蹈，叫聲嘹喨，象徵吉祥，棲息在中國東北方等，這些特性其實與丹頂鶴等大型候鳥是

甲 

篆 

非常接近的。自古以來，丹頂鶴被稱為仙禽，象徵吉祥長壽。美國西南航空公司曾有一架飛機在飛行途中遭遇一百多隻巨鶴，機身受損，迫降到鄰近的空軍基地。根據媒體報導，被機頭撞死的巨鶴足足有四米長，體重約十公斤。

舄 ㄒㄧˋ xì

「鳥」（）嘴銜著一條條的草編織出「鳥巢」（，臼）。

織布鳥是辛勤的紡織工。每到生殖季節，雄鳥就會把銜來的植物纖維纏吊在樹枝上，然後用嘴來回編織，穿網打結，織成一個堅實的巢頸。之後再由巢頸往下編織成一個空心的巢室，而巢的底部則留有開口。密封的巢頂可以防雨、防曬。除了織布鳥之外，周朝人深知鵲鳥擅於以嘴築巢，《詩經．召南．鵲巢》說：「維鵲有巢，維鳩居之」。《禮記．月令》也說：「季冬鵲始巢」。所以古人也稱鵲鳥為「舄」，如元朝沈禧提到：「喜迎鳧舄。」這裡所說的「鳧舄」就是「喜鵲」。「舄」的構字本是由「鳥」與「臼」所組成，因為鳥頭鑽進巢裡編織，只露出鳥的身體，故造字者將鳥頭省略。

金 

篆 

寫 ㄒㄧㄝˇ xiě

在屋內（，宀）一筆一劃地寫字，就好像織布鳥用一條條的草編織出鳥巢（，舄）一般。

相關用詞如書寫、寫字等。（寫、字、學等與習字有關的漢字都有「宀」的構件，顯示周朝人重視在屋內學寫字的學校教育。）

篆 

焉 ㄧㄢ yān

美麗的「鳥」（）飛往（，之）天上（一）去了。

（請參見「正」的衍生字）。

金

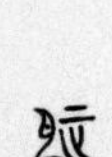

篆

鷙 ㄓˋ zhì

擅長「拘捕」（，執）其他動物的「鳥」（）。

鷹隼具有一雙利爪，能獵捕其他動物或鳥類。所謂「鷙鳥」，就是猛禽。猛禽喜歡獨來獨往，所以《離騷》說：「鷙鳥之不群兮。」，「鷙」本義為猛禽，引申為兇猛的意思。

篆

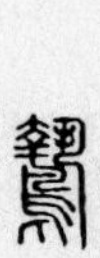

鳶 ㄩㄢ yuān

被「弋」箭（）射中的「鳥」（）。

「鳶」訴說著一段「風箏」的典故。當飛翔的鷂鷹被弋箭射中時，弋箭的絲繩一端在鳥身上，另一端在獵人手上，這個畫面有如人牽拉著飛翔中的鷂鷹。古人仿此景像製作「紙鳶」，也就是在紙上畫了鷂鷹，製成紙鳥，再以絲繩繫在紙鳥的骨架上。今天稱紙鳶為「風箏」。鳶有鷂鷹及風箏兩個義涵，相關用詞如紙鳶、鳶飛戾天等。

篆

「弋」——古代獨特的獵雁技能

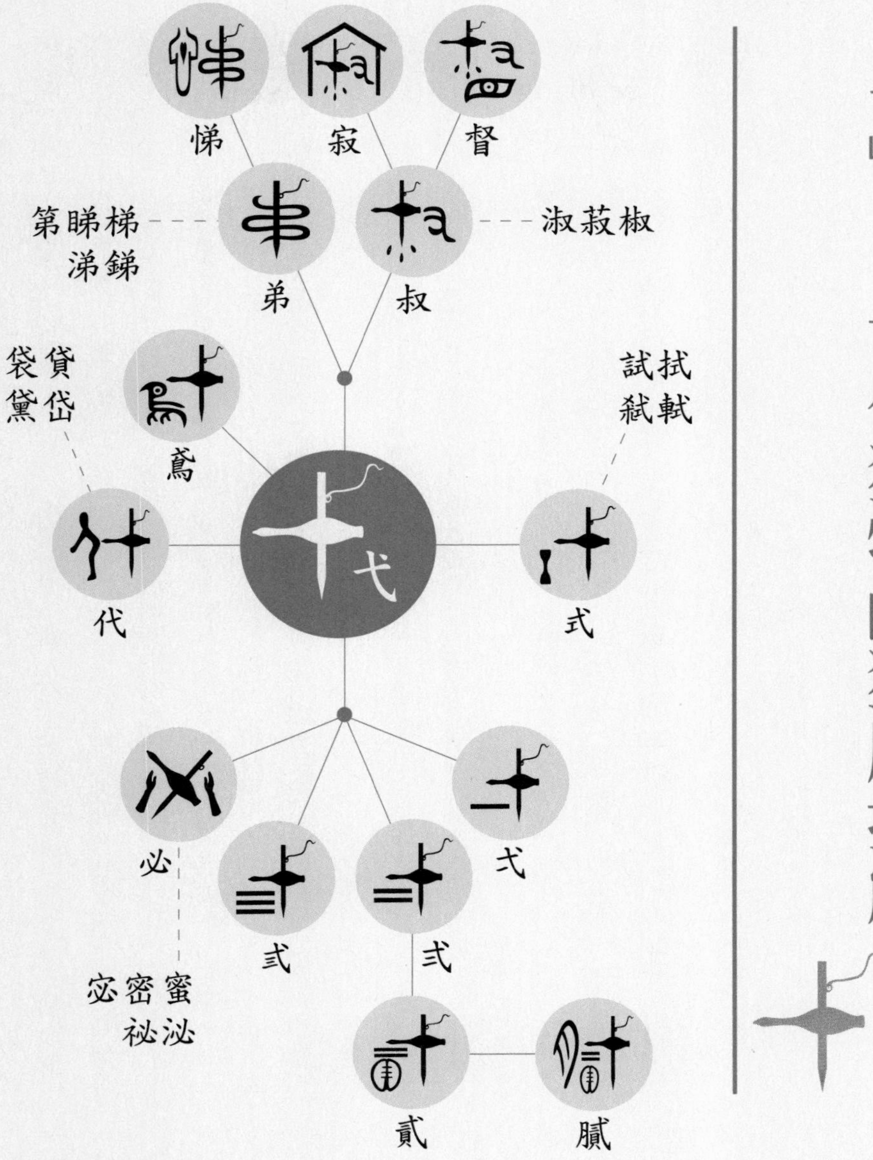

中國常見的大雁有鴻雁、豆雁、白額雁等，大雁重達數公斤，翎毛還可當飾品，所以經濟價值高，自古以來就有以獵雁為業的人，每逢春天，獵人結伴來到雁群棲息的河邊大舉獵雁。從古到今所使用的獵雁技巧都有很大的差別，近代獵人以槍射雁，古代以箭射雁，或以獵鷹來捕雁，然而，甲骨文、金文及篆體所透露的則是商周時期的弋雁之術。

弋雁，又稱弋射，是古代的群體漁獵活動。所謂弋雁之術，首先取筆直的枝條，將枝頭削尖以做成箭，再將絲繩綁在箭上，稱為「弋箭」，商周時期，更發展出青銅或鐵製的弋箭。當獵人來到野雁棲息地，便以弓發射此弋箭，被射中之大雁，因有絲繩牽絆，難以脫逃，而且弋箭也不易丟失。從考古文物來看，一九七七年湖北省隨縣發現一座古墓，是戰國時期曾侯乙墓，墓中挖掘到一個青銅壺，壺上刻畫一幅弋雁圖，可以看到每一支射出去的箭，後面都繫著一條長長的絲繩。弟、必、代、鳶等由弋所衍生的古字都在描寫與弋雁有關的故事。

弋 一ˋ yì

用一支綁著繩子的箭（）射落一隻飛鳥（）。

「戏」是古代姓氏，金文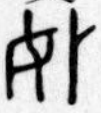、是「女、弋」的合體字，應是描寫古代靠弋箭維生的女人所生養的族群。「弋」的甲骨文、是一支尾巴綁著繩子的箭射插在地上，金文、是一支綁著繩子的箭射落一隻鳥，篆體及則是調整筆順後的結果。另一個篆體則添加了一隻鳥，使其意義更加明顯。「弋」本義為射雁的箭或中箭的大雁，引申為捕捉獵物，相關用詞如弋獲、弋雁等。《韻會》：「弋，繳射飛鳥也。」《詩經》：「弋鳧與鴈。」【疏】弋謂以繩繫矢而射也。」《論語．述而》：「子釣而不綱，弋不射宿。」文中讚譽孔子捕魚時，僅僅釣魚，卻從不撒網捕魚；弋射時，僅射飛雁，卻不射停宿的鳥，可見孔子還頗有生態保育的觀念。

甲 金 篆

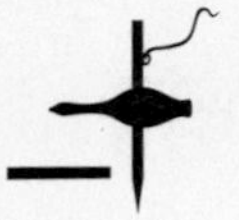

弌 ㄧ

yī

「一」隻（一）被射落的野雁（，弋）。

「弌」、「弍」及「弎」分別為「一」、「二」及「三」的古字。

㊎ 

㊮ 

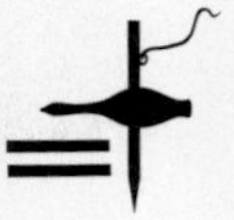

弍 ㄦˋ

bù

「兩」隻（二）被射落的野雁（，弋）。

「弍」的本義是兩隻野雁，後來改做「貳」。

㊎ 

㊮ 

貳 ㄦˋ

èr

兩（，弍）個「貝」幣（）。

「貳」的本義是兩塊錢，引申為兩個、兩次、第二個，如孔子稱讚顏回「不貳過」。如今，「貳」也是「二」的大寫。

㊮ 

膩 ㄋㄧˋ

nì

兩（，貳）塊肉（，月）

一個人一塊肉剛剛好，多吃了就會膩，「膩」引申為過多、使人厭煩，相關用詞如油膩、吃膩等。

㊮ 

弎 ㄙㄢ

sān

「三」隻（三）被射落的野雁（，弋）。

代 ㄉㄞˋ dài

獵「人」（ ）更換「弋」箭（ ）。

「代」主要有兩個引申義，一個是替換，因為當野雁從棲息地一隻隻起飛之後，獵人必須快速將弋箭搭上弓弦射出去，「代」就是描寫弋箭一支接一支更替上弦的景象，相關用詞如替代、代理、代表等。「代」另一個引申意涵是更迭的時間，相關用詞如朝代、世代、年代等。

篆
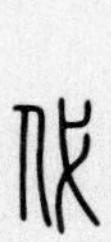

必 ㄅㄧˋ bì

「分」（ ，八）配中箭的大雁（ ，弋），乃必然之事。

金文 及篆體 都是由弋與八所構成的會意字，代表分配（ ）中箭的大雁（ ）。八，分也。古人以弋箭獵取野雁，通常是群體一起行動，打獵結束後必然要分配獵物。「必」引申為一定，相關用詞如必然、必須、必備等。

金 篆

弟 ㄉㄧˋ dì

受「繩子」（ ，己）約束的「弋箭」（ ）。

「弟」的甲骨文 、金文 、 、 及篆體 都是「弋、己」的合體字，代表將射雁的「弋」箭繫上「絲繩」（ ，己）。「弟」本義是一隻以絲繩約束的弋箭，引申為須受兄長約束的人，相關用詞如弟妹、兄友弟恭等。《廣雅》：「弟，順也，言順於兄」。

甲 金 篆

悌 ㄊㄧˋ tì

為「弟」（ ）之「心」（ ）。

「悌」引申為對兄長恭敬順從，儒家重視孝悌之道，在家孝順父母，出外順從兄長。《論語》：「其為人也孝悌，而好犯上者鮮矣。」《孟子》：

「入則孝，出則悌。」

叔 ㄕㄨˊ shú

負責「撿拾」（又）遠遠射出去的細「小」（）「弋」箭（）。

古代君王及達官貴人多喜愛畋獵，甚至還設有掌管弋射的官，稱之為「佐弋」。當年長者（或地位較尊貴者）享受射箭之樂時，較年幼者（或地位較低者）則負責撿拾掉落的弋箭及中箭大雁。「叔」的金文、都是由「弋、小、又」所組成的會意字，本義為撿拾弋箭，引申為較年幼或輩分較低的，相關用詞如叔伯、叔父、叔世（晚世）等。《說文》：「叔，拾也。」

㊎ 

㊫ 

督 ㄉㄨ dū

撿拾弋箭者（叔）的眼睛（）。

弋箭射出去後，負責撿拾弋箭的人必須睜大眼睛查看有沒有射中，同時也要仔細判斷它落到哪裡，否則失去獵物及弋箭可是要挨罵的。「督」引申為仔細察看，相關用詞如督察、監督等。

㊫ 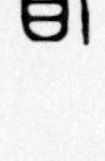

寂 ㄐㄧˊ jí

小「叔」（叔）在家（宀）裡應守的本分。

周朝人非常注重倫理，講求長幼有序，做弟弟的要聽哥哥的話，因此，小叔必須學習守分，不要任意主張。此外，未婚的小叔相對於已婚兄長而言，也是較為孤單寂寞的。「寂」引申為安靜無聲，相關用詞如寂靜、寂寞、孤寂等。

式 ㄕˋ shì

使用「工」具（）大量製作相同規格的「弋」箭（）。

殷墟文化出土大量的青銅模具，其中也包含製作弋箭的模具。「式」引申為規範、樣子，相關用詞如公式、款式、儀式等。金文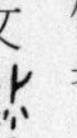代表一支金屬弋箭，可見是用模具鑄造出來的。

金
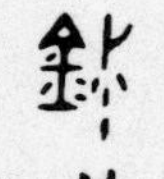

篆

提到古代的射雁高手，就免不了令人想到唐太宗時的薛仁貴。他年幼喪父，家境貧寒，天生蠻力，食量奇大，平日除了耕田之外，還必須到處打獵才得以餬口。薛仁貴為了射雁，練就百發百中的技能。他的家鄉附近有一處水岸，是野雁棲息之地，名叫「紅蓼灘」，是他最常涉獵的地方，據說他不但常常一箭雙雕，還能射中其咽喉，甚至有過一箭射穿七隻野雁的紀錄。最後，大批野雁因懼怕薛仁貴的箭，都紛紛遠避他處。幾年後，唐太宗為了征服鄰國，招募勇士。無雁可射的薛仁貴，於是聽從妻子柳銀環之言，前往參軍。因他善於騎射，驃勇强悍，立下許多彪炳戰功，最後被封為驍衛大將軍，但也因性格剛烈，幾經貶謫。

薛仁貴的故事，藉著戲劇，不斷被後人傳頌。其中有一段薛仁貴「三箭定天山」，話說北方突厥侵犯大唐，突厥頭目號稱「天山射鵰王」，手下也個個都是驍勇善射的勇士，但薛仁貴毫無畏懼。戰場上，只見一位身穿白袍、騎白馬的將軍，單槍匹馬衝入敵營，連發三箭，突厥三位領軍大將元龍、元虎、元風，應聲倒地，最後，嚇得敵軍紛紛下馬歸降。

後人為了紀念薛仁貴，於是在他年幼射雁的紅蓼灘上，蓋了一座射雁塔，塔高二十米，八層八面。遊客登上白虎岡，便可眺望汾河灣邊紅蓼灘上的射雁塔。

「羽」——一對鳥翅

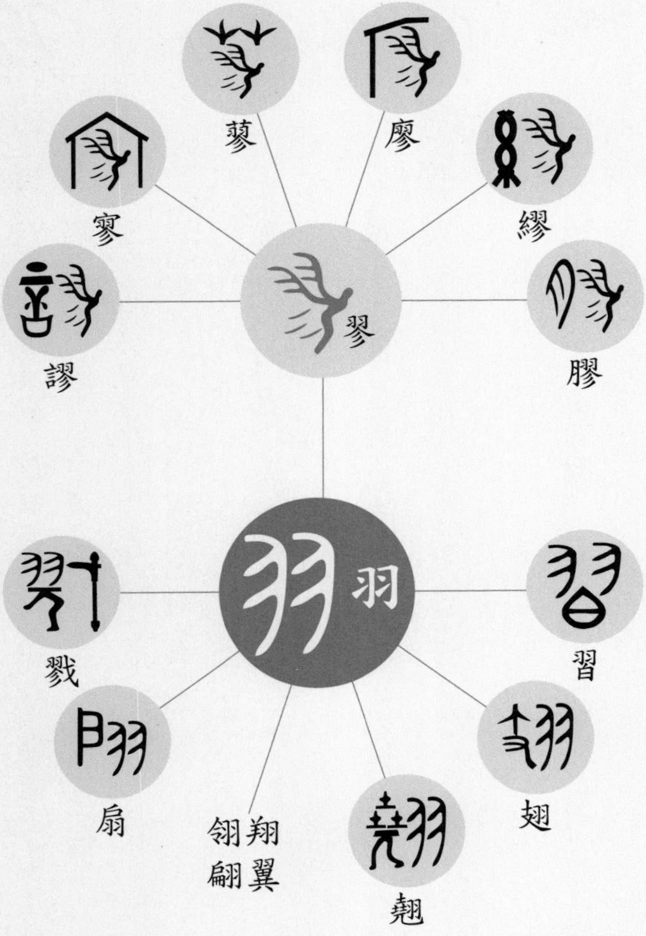

羽 ㄩˇ yǔ

一對翅膀。

「羽」的甲骨文以鳥身上的一對翅膀及兩點羽毛來代表全身羽毛，篆體則省略細小羽毛僅保留一對翅膀。相關用詞如羽毛、羽球等。

甲 篆

翅 ㄔˋ chì

從鳥體分「支」（）而出的「羽」翼（）。

篆

翹 ㄑㄧㄠˋ qiào

或ㄑㄧㄠˊ，qiáo。鳥兒「高高」（，堯）張起雙翅（，羽）。

篆

扇 ㄕㄢˋ shàn

或ㄕㄢ，shān。能像鳥的「雙翅」（）任意開合的門「戶」（）。

「扇」的本義是指能開合的門，引申為可來回開合之物，相關用詞如門扇、扇子等。

篆

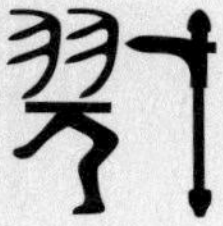

戮 ㄌㄨˋ lù

用武器（，戈）將他人「項上人頭」（，兀）砍飛（，羽）。

「戮」是描寫戰場中被斬頭而身首異處的殘酷景象。金文是由「歺」、「羽」、「兀」所組成，代表項上人頭（，兀）長翅膀（）飛走了，僅剩一堆殘骨（，歺）。篆體將「歺」改成「戈」，代表用武器將人頭砍飛。

金 篆

「戮」引申為殺死，相關用詞如殺戮、戮屍等。

習 ㄒㄧˊ xí

小鳥（或鳥人）在「白」（白）天揮動「羽」翼（羽），練習飛翔。

「習」的甲骨文習是由「白」、「羽」兩符號所組成，代表在白天不斷揮動羽毛練習飛翔，因為在晚上，視線不清楚。相關用詞如練習、學習、習慣等。「習」所描寫的對象到底是小鳥還是鳥人呢？古代稱呼「鳥人」為「羽人」，就是穿著羽毛衣飛翔的人，請參見翏。有些夜行性鳥類擅長在夜間飛翔，牠們的幼鳥顯然也能在夜間練習飛翔，這樣看來，在白天練習飛翔的或許應該是古代鳥人吧！？

甲

篆

想飛的人

翏 ㄌㄧㄠˊ liáo

振翅（羽，羽）高飛的羽人。《說文》：「翏，高飛也。」

「翏」的金文翏及篆體翏含有「羽」及「人」兩構件，因此，「翏」是在描寫古代的「羽人」。何謂羽人？古代稱身上裝著翅膀飛翔的人為「羽人」，這應該算是人類最早的滑翔翼紀錄。在先秦典籍當中，有兩段羽人的故事，相當耐人尋味。《晏子春秋》記載，春秋時期，晉朝國君景公容貌俊美，有一個羽人潛入皇宮偷窺景公的容貌（原文：景公蓋姣，有羽人視景公僭者），結果被抓，差一點被殺頭，幸虧，出使晉國的大臣晏子恰好覲見，對景公曉以大義，及時挽救羽人的性命。又依據《漢書・王莽傳》記載，王莽建立新朝以後，北方匈奴入侵，於是王莽下令招募勇士來擔當重任，結果，許多身懷

金

篆
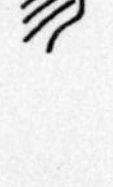

絕技者蜂擁而至。其中，有一男子自稱擅長飛翔，可以空降到匈奴境內窺探敵情。王莽命他當場表演，只見此人取出兩支自製的大鳥翅膀（原文：取大鳥翮為兩翼），然後將它們緊緊綁在自己的身上，又將羽毛黏在身上各處，再裝上環鈕，雙腳一蹬，果然騰地而起，飛了起來，一直飛行數百步才墜落。由這兩個典故可看出，古代確實有不少裝上翅膀飛翔的人，由此可見，想飛是人類自古以來的願望，而「翏」也正是羽人的代表符號，翏的衍生字幾乎都具有隨風飛揚的意涵。

廖 ㄌㄧㄠˋ liào

站在「屋棚」（，广）上練習飛翔的「羽人」（，翏）。

廖姓可算是中國最早的姓氏之一。據先秦典籍記載，遠在堯舜時期，就已經有一位叫做廖叔安的人，其後人在夏朝時受封於廖國。由構字來看，廖顯然與飛翔的羽人有極深的淵源。廖又寫作「飂」，飂，顧名思義，就是藉「風」飛翔的「羽人」。另外，《呂氏春秋》記載，舜在位的時候，廖叔安的裔子能馴龍，受封為豢龍氏，可見，廖姓祖先當中，身懷絕技的能人異士還真不少。

繆 ㄇㄡˊ móu

或ㄌㄧㄠˊ，liáo；ㄇㄧㄡˋ，miù。**「羽人」（，翏）用「繩子」（，糸）將翅膀纏繞在身上。**

「繆」引申為緊緊地纏繞。在古籍中，繆多半具有纏繞的意涵，如《詩．豳風》：「綢繆牖戶。」《前漢．司馬相如傳》：「繆繞王綏。」又如《前漢．孝成趙皇后傳》：「即自繆死（絞死也）。」

篆

篆

膠 ㄐㄧㄠ jiāo

「羽人」（，翏）將羽毛黏在自己的「肉」上（，月）

「膠」引申為黏住，相關用詞如膠帶、黏膠等。《說文》：「膠，昵也。作之以皮。」【徐曰】昵，黏也。《爾雅．釋詁》：「膠，固也。」【疏】膠者，所以固物。

篆 

寥 ㄌㄧㄠˊ liáo

屋（，宀）子裡的人已經遠走高飛（，翏）。

「寥」引申為空寂，相關用詞如寥落、寥寥無幾。《楚辭．九辯》：「寂寥兮收潦而水清。」《老子》：「寂兮寥兮，獨立而不改。」

篆 

蓼 ㄌㄧㄠˇ liǎo

或ㄌㄨˋ，lù。隨風飛揚（，翏）的野草（）。

有一種藥用植物，味道苦澀，叫做「大飛揚草」，葉子像一對對翅膀，風吹起時，像是展翅飛翔的樣子，因而得名。大飛揚草的特性與古籍的記載相當貼近，如《本草．釋名》：「蓼類性皆飛揚，故从翏，高飛貌。」《詩經》：「蓼蓼者莪。」

金

篆 

謬 ㄇㄧㄡˋ miù

高飛（，翏）的「言」論（）。

「謬」引申為不實的言論，也就是俗話說的「謠言滿天飛」，相關用詞如荒謬、錯謬等。

篆 

「非」——一對張開的翅膀

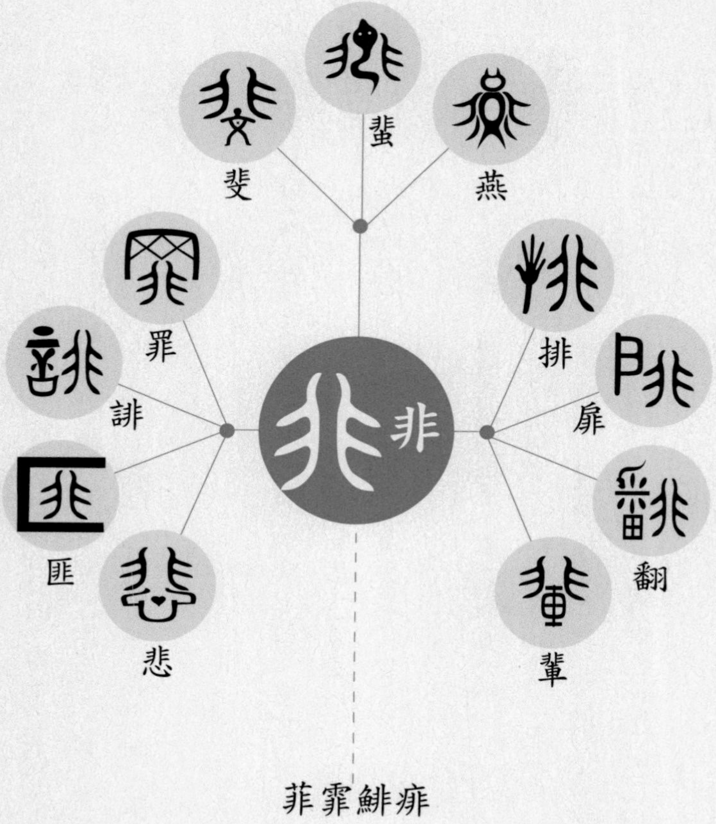

「非」的金文是在描寫一對張開的翅膀，篆體是調整筆畫後的結果。「非」的本義為一對張開飛翔的翅膀，但是由於兩隻翅膀背對背，所以引申出互相違背、反向、矛盾錯誤等義。這種構字概念與北（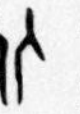）相近。先秦典籍中，「匪」常與「非」通用，如夙夜匪懈等。

斐 ㄈㄟˇ fěi

鳥張開的雙翅（，非）所展現的美麗紋彩（，文）。

「斐」引申為耀眼奪目的、顯著的，相關用詞如斐然等。

扉 ㄈㄟ fēi

開合的門「戶」（），就像鳥張開的雙翅（，非）一樣。

相關用詞如門扉、心扉（心門）。

排 ㄆㄞˊ pái

雙「手」（，扌）像張開的鳥翅（，非）一樣。

「排」引申為向左右推開。

燕 ㄧㄢˋ yàn

張開雙翅（，非）飛翔的燕子。

甲骨文、、都是在描寫一隻張開雙翅飛翔的燕子，篆體將張開的雙翅寫成「非」，另一個篆體將雙翅簡化成「北」。

甲

篆

篆

篆

篆

罪 ㄗㄨㄟˋ zuì

為「非」（）作歹之人，陷入法網（，网）裡。

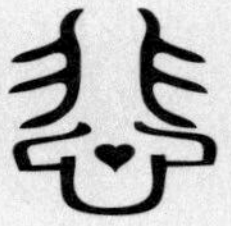

悲 ㄅㄟ bēi

為「非」（）作歹後的心（），傷痛懊悔。

誹 ㄈㄟˇ fěi

以「言」語（）非議他人，批評他人不對（，非）的地方。

舜立木牌於橋邊，任人批評時政，書寫政治得失，後世稱之為「誹謗之木」。這段典故記載於《淮南子》：「堯置敢諫之鼓，舜立誹謗之木。」

翻 ㄈㄢ fān

將土反過來（，非）以便播種（，番）。

篆體（）代表「播種」時（），要先將「草」（）地「翻轉」（）。（非）是一雙背對背的翅膀，有翻轉過來的意義。另一個篆體（）則將（）改成（）（羽）。相關用詞如翻轉、翻土等。

輩 ㄅㄟˋ bèi

兩列分馳而出（，非）的戰「車」（）。

古代六十部戰車稱為一輩，左右各三十部車。《六韜．均兵》：「三十騎為一屯，六十騎為一輩。」，「輩」的本義為同隊的人，引申為同類型、同一群體、地位相等的人，相關用詞如輩分、長輩等。

篆

篆

篆

「升」——振翅飛向天空

現代漢字「升」具有兩種主要意涵，分別來自於兩種構字系統，第一種構字系統，升（liter）是一種測量單位，甲骨文、金文及篆體代表「十」倍數的（十）勺子（）。升（rise）的第二種構字系統，具有上升的意涵，其古字為金文、篆體、、代表升至高空，構形中，以水平線（一）代表天空，垂直線代表垂直上升，上面的飄帶或翅膀表示在空中飄動或飛翔，這個古字後來演變為卂與升兩字，所衍生的漢字有汛、迅、飛、昇及陞等。

卂 ㄒㄩㄣˋ xùn

快速飛（）升（｜）到天空（一）上。

金文及篆體、都是表達上升到天空的意涵。「卂」為「升」的異體字。具有上升的意義。《說文》：「卂，疾飛也。」

飛 ㄈㄟ fēi

拍動兩翅（）上「升」（，卂）飛去。

㊎

㊕

飛的篆體、意表拍動兩翅（）上升（、）飛去。現代漢字的「飛」則是由一對飛翔的翅膀（）及「升」兩個構件所組成，都是描寫鳥兒上升飛去的景況。

汛 ㄒㄩㄣˋ xùn

河「水」（，氵）快速上「升」（，卂）。

河水在豐雨期就會上漲，有氾濫之虞，所以稱河水定期上漲的期間為「防汛期」，在這期間必須注意安全。

迅 ㄒㄩㄣˋ xùn

振翅飛「升」（，卂）後逃走（，辶）。

「迅」是描寫鳥類逃逸的景況，引申為快速，相關用詞如迅速、迅疾、迅雷等。

昇 ㄕㄥ shēng

太陽（，日）「升」到高空（，卂）。

相關用詞如昇天（升天）、昇平等。

陞 ㄕㄥ shēng

沿著土（）牆（）向上爬「升」（，卂）。

東漢徐幹說：「倉頡視鳥跡而作書。」若果真如此，「鳥」所衍生的甲骨文應該是非常多

篆 

篆 

的，然而，隹鳥所衍生的漢字，數量卻不多，而其中具有甲骨文的，更是少之又少。或許徐幹受了鳥跡書的誤導。談到鳥跡書，就不免想到李白《游泰山》的詩句：「山際逢羽人，……遺我鳥迹書，飄然落岩間。其字乃上古，讀之了不閑。」大意是說他騎白鹿上泰山時，途中遇到一位仙人（羽人）贈送他一本看不懂的古書，這本古書就是用上古文字所寫的「鳥跡書」。鳥跡書又稱為鳥篆，是流行於春秋戰國時期的藝術字體，是由篆體演變而來，基本上是在篆體旁添加鳥、虫等裝飾符號。倉頡廟中有一座石碑，為清朝乾隆年間所設立，上面有一標題用篆體寫著「倉聖鳥跡書」，碑文共有二十八個古字，字體方正而工整，甲骨文或金文中幾乎都沒有出現過這些字，也與東周時期的鳥篆大異其趣，到目前為止，還無人能真正破解其意，是否為後人所杜撰也不能確知。

第八章

獸

羊
義
牛
虎
豕
豸
犬
馬
豦
象

「羊」的衍生字

殷商時代的君王，在祭天祈雨時，會親自披上羊皮跳羔羊舞蹈向上天表達絕對的順服。不僅周天子祭天時要穿羊皮大衣，大臣上朝覲見周天子時也要穿。在漢字當中，美、善、義可以說是古代聖賢所追求的極致，但這三個字為何用「羊」來詮釋呢？

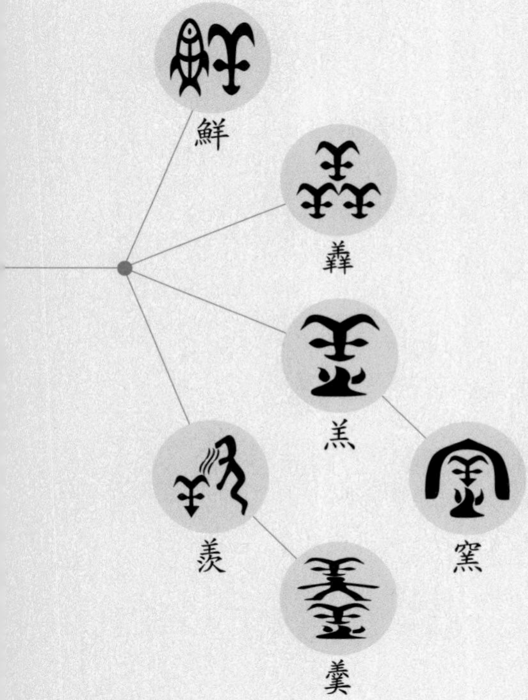

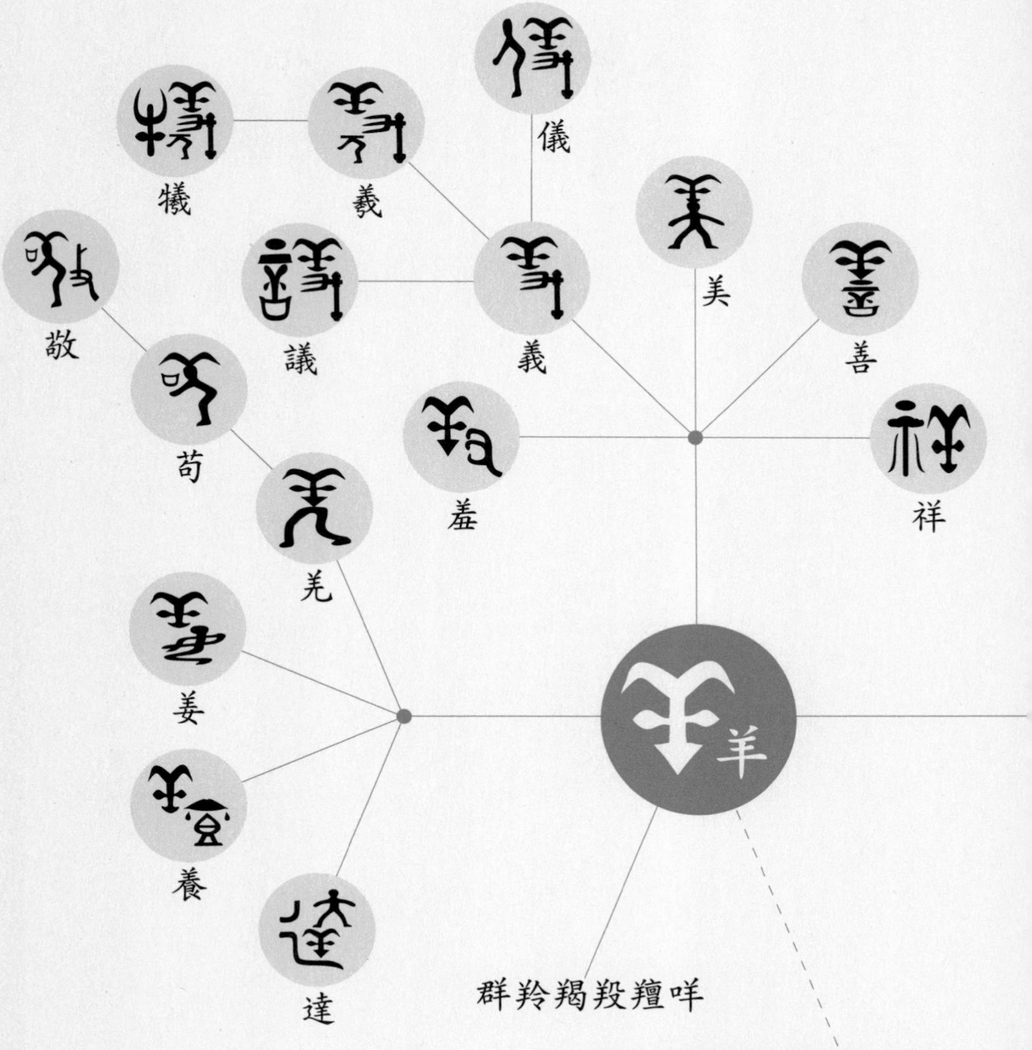
儀
犧
義
美
善
敬
議
義
祥
羞
苟
羌
姜
羊
養
達
群羚羯羖羶咩
洋佯烊徉恙羕樣翔詳

西漢董仲舒推崇羔羊具有仁、義、禮三種美德，他在《春秋繁露》寫道：「羔有角而不任，設備而不用，類好仁者；執之不鳴，殺之不諦，類死義者；羔食於其母，必跪而受之，類知禮者。」羔羊的性情與其他動物比較起來，有哪些獨特之處呢？

完全善良而無惡行：羊是善良溫順的動物，不欺負弱小，雖然有嘴，有角，也有蹄，但牠不會去咬、去頂，或去踢其它動物。大部分動物為了爭奪地盤，顯露出各種貪婪、凶殘與狡詐的卑劣本性，然而，羊卻懂得知足、安靜與從容不迫。羊總是安靜地吃草，若有其他動物前來爭食，也不會施以攻擊。在弱肉強食的世界中，豺狼虎豹把羊當成最佳獵物，而幾乎沒有逃生能力的綿羊，牠的處境可以說是岌岌可危。然而，諷刺的是，當這些獵食者漸漸凋零，甚至面臨絕種的時候，綿羊卻仍然大量繁殖著。看來，外表軟弱的羊卻有強韌之處，頗有老子「以其不爭，故天下莫能與之爭」的智慧。

絕對忠誠與順服：每年春天，紐西蘭各地都會舉辦剪羊毛大賽，許多參賽者都擁有在八小時之內剪除七百隻綿羊毛的紀錄。比賽中，只見參賽者用腿夾著肥嘟嘟的綿羊，任由剃刀在全身各處遊走。令人驚奇的是，即使鋒利的剃刀在頸部滑過，綿羊也沒有絲毫的掙扎。綿羊的順服，真是令人匪夷所思。

感恩又知禮：牛、馬、豬、狗等四足動物都是歪著頭站立著吃母奶，沒有一種動物像羔羊一樣，是彎曲前腳跪在母羊前喝奶的。「羔羊跪乳」是一幅令人動容的美麗畫面，充分表露出感恩、知禮與謙卑的美德。總之，羔羊的性情是如此善良而完美。試問有誰可以像羔羊一般，天性善良而沒有心機，溫柔安靜不急躁，絕對忠誠又誠信，懂得感恩與謙遜呢？更何況，這些完美品格是出自天性，完全不需透過後天的鍛鍊。因此，對於長期與羊為伍的古人而言，羔羊可以說是美善的表徵，這點我們從美、善、義的構字本義就可以窺知一二。

跳羔羊之舞的君王：現代慶典流行舞龍又舞獅，但古代人舞什麼呢？殷商的君王在祭天時，除了取羊火祭之外，還必須身披羊皮來跳羔羊之舞。殷商甲骨卜辭當中，至少出現十幾處君王或祭司（貞）跳羔羊之舞的紀錄，如「王，舞羊，雨。」「舞羔，雨。」「甲辰卜，爭，貞我舞羔。」可見殷商君王與祭司是藉著跳羔羊之舞來求雨或解決彼此爭議的。

美 ㄇㄟˇ měi

身披「羊」（ ）皮大衣的「人」（ ）。

「美」的甲骨文 是一個披著「羊」（ ）的人（ ）。「美」引申為裝扮、漂亮，相關用詞如美容、俊美等。《周禮》記載周朝君王祭祀上天時，必須身穿大裘冕，也就是黑色羊皮大衣。獻祭者藉此表明自己願意像一隻「完全順服的綿羊」，聽從上天旨意。古人認為一個完全順服上天旨意的人，就是一個完「美」無缺的人。

有些學者將「美」解為「羊大為美」，意思是大隻的羊就是美。然而，在所有的甲骨文中，包含構件大（ ）的甲骨文或金文都是代表人，而非大小的大，如天、夫、央、夷、夾、奚等，所以「羊大為美」是說不通的。

甲 金 篆

善 ㄕㄢˋ shàn

勸勉（ ，言）學習「羊」（ ）的溫柔良善。

金文 與篆體 ，表面字義是兩人爭相說（ ，誩）羊（ ），隱含「彼此勸勉」：「人要學習羊的溫柔良善、謙卑順服。」另一個篆體

金 篆

善則省略了一個「言」，漸漸演變成現今之「善」。因為古人認為羊的本性溫柔良善，完全順服主人，所以人也要如此順服上帝（天），遵行上帝的道。若是人人勸勉學習羊的精神，則是一件極美好的事，所以「善」引申為極好，相關用詞如善良、至善。

羞 ㄒㄧㄡ xiū

手裡「扭」（，丑）著一隻「羊」（）來請罪。

《左傳》記載，春秋時期，鄭伯得罪當時的霸主楚莊王。楚莊王興師問罪，經過三月圍城之後，攻破鄭國。鄭伯為了表示認罪悔改，於是牽了一隻羊，除去頭上的髮簪，裸露上身向楚莊王認罪並獻出鄭國。此誠意之舉感動了楚莊王，於是撤兵離去。南唐君主李煜（李後主）投降宋朝趙匡胤時，也是肉坦牽羊以逆，表示臣服。不料，多年後，北宋滅亡。徽、欽二帝被金人俘虜，又是肉坦牽羊跪拜在金人的太祖廟前。

這些古代君王投降時，為什麼要牽羊請罪呢？因為羊是非常順服的動物，獻羊表示絕對順服與認罪，所以藉此引申出羞愧難當的意思，相關用詞如害羞、嬌羞、羞恥等。「羞」的甲骨文、金文都是以「手」牽「羊」的象形文。篆體則將手（）改變為丑（，「丑」是「扭」的本字），代表「扭」住一隻「羊」到他人面前請罪（請參見「丑」）。

甲 金 篆

我 ㄨㄛˇ wǒ

手持青銅耙（或鐵耙）的人。

「我」的甲骨文、及金文是由「戈」與「三齒叉」兩種符號所組成，可見這是一種帶齒的武器。另一組甲骨文、金文、、及篆體像是一支大耙，多根耙齒向下彎，因可當武器，所以添加了「戈」的偏旁。這種武器很可能是西周考古文物所挖掘到的青銅耙（或稱三股叉）之類的器具。《西遊

甲 金 篆

記》中，豬八戒的隨身武器就是一柄大鐵耙，而由耙頭、木柄、尾椎所組成的排耙，也是古代少林門的重兵器，其施展之技法有刺、撩、拍、攔、掃、刨、絞、掄、鉤等。此排耙南方拳派稱之為三股叉。耙可當作兵器，也可當作農具，是農家必備的器具，古人用此符號來代表「自我」也是相當貼切的。除了象徵自力耕種求生，也象徵人的自我是不容侵犯，甚至象徵人與生俱來的叛逆。古代不乏以三齒叉當作武器的字，如「蔑」的甲骨文描寫一個人眼皮低垂（打盹），將三齒叉棄置一旁。當敵人進攻時，還能擺出這樣的姿態，顯然是沒把敵人放在眼裡。

娥 ㄜˊ é

手持三齒耙（，我）的「女」子（）。

甲骨文、是一個持三叉武器的女人，這應該是描寫古代英勇的貞節女子。娥皇是上古時代部落酋長唐堯的長女，既然被後人尊稱為皇，想必也是英勇的女子。娥引申為好女人或美麗女子。

甲 金 篆

義 ㄧˋ yì

在「我」（）之上覆蓋一隻具有完美品格的「羊」（）。

在甲骨卜辭當中，有許多處提到殷商君王或貞人跳羔羊之舞來祈雨的習俗，如「王，舞羊，雨。」「貞舞羔，有雨。」殷商時期的「貞人」是一位擁有神權的祭司，而「王」則是統治者。為何卜辭找不到舞牛、舞龍、舞獅的紀錄，卻獨獨出現多次舞羊或舞羔的文字記錄呢？這當然也是因為羔羊具有的完美品格的緣故。「義」的構字概念與「美」相近，在「我」（）之上覆蓋一隻「羊」（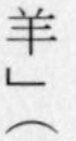），於是衍生出「義」（）。所謂「義人」就是一位行為沒有缺失、完全符合上帝標準的人。罪（辠）人的反義詞就是義人，就是一位行事合宜的人，相關用詞如信義、俠義、義民廟等。

甲 金 篆

儀 ㄧˊ yí

「人」（ ）應有的「合宜舉止」（ ，義）。

周朝非常講究禮儀，也就是在各種場合下，人必須要有合宜的舉止應對。為了推行禮儀教育，周朝設有「保氏」的官，教導學生在祭祀、宴會、喪事、上朝議事等六種重要場合下的禮儀。在正式宴會中又設有「司儀」，掌管九種賓主間應盡的禮儀。典故出自於《周禮．地官．保氏》：「教國子以六儀，一祭祀，二賓客，三朝廷，四喪紀，五軍旅，六車馬之容。」《秋官．司儀》：「掌九儀之賓客擯相之禮，以詔儀容辭令揖讓之節。」，「儀」的本義是人應有的合宜舉止，相關用詞如儀容、儀態等。

篆

議 ㄧˋ yì

討論（ ，言）如何才算是「合宜的舉止」（ ，義）。

在各種場合下，人應當如何應對進退才算是合宜呢？周公制禮作樂，非常講求倫理與秩序，因此周朝最重要的禮儀經典——《周禮》、《儀禮》、《禮記》，將禮儀規範訂得極為詳盡。顯然，周朝大臣曾經花了不少時間在討論這些內容。議的相關用詞如會議、建議、議論等。

篆

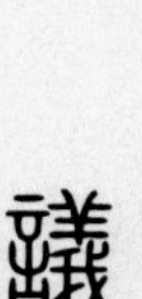

羲 ㄒㄧ xī

在祭祀時，為「我」（ ）而犧牲生命（ ，兀）的「羊」（ ）。

「兀」的甲骨文 、 、 是一個無頭人，一個頭被砍掉的人。「羲」的金文 、 是由「羊、我、兀」所組成，代表羔羊為我而犧牲生命。古代天子祭天時，身披羊服，跳羔羊之舞，又殺羊獻祭，獻祭的禮器也用羊來裝飾，可以說是不斷使用羔羊來表達極為重要的祭祀意義——以羊替代自己獻身給上帝。「羲」是由「義」分化而來，甲骨卜辭中有所謂的「即義」，似乎隱含了慷慨就義、為義犧牲的

金

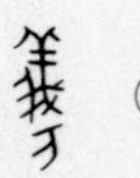

篆

精神。《孟子》說：「生，亦我所欲也；義，亦我所欲也。二者不可得兼，捨生而取義者也。」，「義」的本義是犧牲生命，為「犧」的本字，引申為疲憊或衰弱，相關用詞如羲老、羲疾。

以色列人有一種傳統習俗，人若犯了上帝的誡命，就必須殺一隻羊獻在祭壇上以作為贖罪祭。因為人犯了上帝的誡命，就是犯了死罪。必須認罪悔改並以羊代替人的死罪，以免除災禍並帶來平安。

犧 ㄒㄧ xī

在祭祀時，為「我」（）而犧牲生命（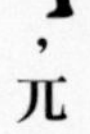，兀）的「羊」（）與牛（）。

引申為喪失生命或祭祀用的牲畜。

祥 ㄒㄧㄤˊ xiáng

獻羔「羊」（，羊）予「神」（）以求平安。

鄭伯得罪楚莊王，牽羊請罪，不僅保住了性命，也保全了江山。但若人得罪了神，該當如何呢？《尚書．伊訓》說：「惟上帝不常，作善降之百祥，作不善降之百殃。」也就是說，當人願意完全順服上帝旨意而行善時，上帝就會賜下平安與吉祥。反之，人若違逆上帝而作惡，將會遭致禍害。人獻羊給神，除了表示請求赦罪與順服之外，最重要的就是想求得平安。所以，古人祭天所使用的器物，常常在器物表面飾以羔羊圖騰，如著名的「四羊方尊」是商朝的青銅禮器，四周就雕著極為精美的四隻羔羊頭，其他如三羊尊、羊鼎、玉羊、羊首罍等，也都以羊的圖騰作為裝飾。祥的相關用詞如吉祥、祥和等。《說文》：「祥，福也。一云善也。」

篆

篆

《詩經・無羊》：「爾羊來思，矜矜兢兢，不騫不崩。麾之以肱，畢來既升。」這是描寫牧羊人放牧的一首詩歌。大意是說，小羊小心地緊緊隨行，不走散，也不迷失。牧羊人一揮手，全部的羊群就跟著躍上山坡頂。

達 ㄉㄚˊ dá

「人」（）趕著「羊」（）群前往（，辶）目的地。

「達」的甲骨文代表「手裡拿著細長枝條」（）在「路上」（）趕「羊」（）。金文代表持「竹條」（）走在路上趕羊。篆體代表「人」（）「走在路上」（，辶）趕「羊」（），引申義為到達，意即將羊群趕到目的地。

甲 金 篆

養 ㄧㄤˇ yǎng

或ㄧㄤˋ，yàng。將「羊」（，羊）趕去「食」（）草。

「養」是古人放養羊群的寫照，先將羊養大，之後再宰羊養人。「養」的本義是供應食物給羊吃，引申為供應食物，相關用詞如餵養、供養、養分等。

篆

羌 ㄑㄧㄤ qiāng

牧「羊」（）的「人」（）。

「羌」是古代中國邊疆的一個遊牧民族，以牧羊維生，泛稱為羌族。在商周時期，羌族人被中原統治，甚至被抓來當奴隸，甲骨文、都是手抓羌族人的象形文，而、、更是在脖子上套上繩索的象形文。

《說文》：「羌，西戎牧羊人也」。

甲 金 篆

苟 ㄍㄡˇ gǒu

「說話」（，口）隨便的「羌」族人（）。

金文是跪坐的羌族人，而則是開口說話的羌族人。古代以牧羊為生的西羌人，被中原視為次等文化的人，進入中原時，不懂得禮節，說話隨便。引申為隨便、貪心、卑賤，相關用詞如苟且、苟求、苟活等。可惜隸書將「羊角」改成「艹」，將「人、口」改成聲符「句」，以致於失去構字本義。

金 篆

敬 ㄐㄧㄥˋ jìng

「手拿鞭條」（，攴）警戒「羌」族人（）「說話」（）要謹慎。

金文、、及篆體、都是由羌、口、攴所組成。「敬」引申為端肅謹慎，相關用詞如尊敬、敬佩等。

金 篆

姜 ㄐㄧㄤ jiāng

牧「羊」（）「女」（）。

在遠古母系社會裡，女人當家，因此，上古八大姓皆從「女」旁，如炎帝姓姜，黃帝姓姬，舜姓姚等。「姜」的甲骨文、金文都是

甲 金 篆

由「羊」與「女」所構成，就構字來看，姜姓的始祖極可能是牧羊女。據《史記》記載：「炎帝長於姜水，因以為姓。」這條河大概就是姜姓始祖的發源地吧。姜水在哪裡呢？酈道元的《水經注》記載：「岐水又東逕姜氏城南，為姜水。」可見姜水位於陝西省岐山縣。陝西省多丘陵，適合牧羊。「羊肉泡饃」是當地著名的特色美食。在遠古時代，人民過著放牧與打獵的生活。牧羊人必須尋找有水源及牧草豐美之地放牧羊群，因此，姜水所經之地很自然就成為群羊匯聚之處，這大概就是取名為姜水之緣由。

羊的美味

羔 ㄍㄠ gāo

在「火」（）上燒烤的「羊」（）。

「羔」的甲骨文、代表一隻「羊」（）在「火」（）上，這是以羊獻祭的符號。如甲骨卜辭記載：「取羔，雨，二告。」（取羊來火祭以祈雨，兩度告祭上帝。）「庚午示三屯，羔。」（取羊火祭。）《周禮》也說：「凡祭祀，飾羔。」由於祭祀必須用全牲，而大羊不易烤透，即使外層燒焦了，內裡仍是生的，因此古人都以整隻小羊來燒烤，因此，羔便引申為小羊。燒烤過的小羊肉，美味無比，令人垂涎三尺。

甲 

金 

篆

窯 ㄧㄠˊ yáo

燒烤（）「羊」肉（）用的洞「穴」（）。

「窯」引申為燒製器物的洞穴，通窰、窑，相關用詞如窯洞、磚窯等。

《說文》：「窯，燒瓦灶也。」《集韻》：「窯，燒穴。」

篆

羨 ㄒㄧㄢˋ xiàn

一個人對著烤「羊」肉（）張口哈氣（，欠）並流口水（，氵）。

在古代，烤羊肉、燉羊肉都是美味珍饈，吃不到的人在一旁偷瞄，聞著香氣，暗暗流口水。「羨」這個字，就是表達吃不到羊肉的渴望之情。

篆 

羹 ㄍㄥ gēng

鮮「美」（）的羊「羔」（）濃湯。

「羊肉泡饃」是陝西西安的特色美食，是將剝碎的烤餅放入燉爛的羊肉湯。羊肉泡饃冷卻後便結成凍，可切塊佐餐。這種將麵食與爛羊肉、濃稠湯汁和在一起的美食，古代稱為「羊羹」。宋代蘇軾曾給予極高評價：「隴饌有熊臘，秦烹唯羊羹。」羊羹傳入日本後，日本人將它改成紅豆凍，成為今日常見的「羊羹」，以至於讓現代人納悶：羊羹裡沒有羊肉，也沒有羊肉味，為什麼會叫做羊羹呢？

篆 

羴 ㄕㄢ shān

一群羊（，羊）聚集時所發出的臭味。

羊身上常帶著羊騷味。甲骨文以三隻「羊」（）來表達一群羊聚集時所發出的臭味。《說文》：「羴，羊臭也。」後人將「羴」改作羶（）。

甲

金 

篆 

「牛」的衍生字

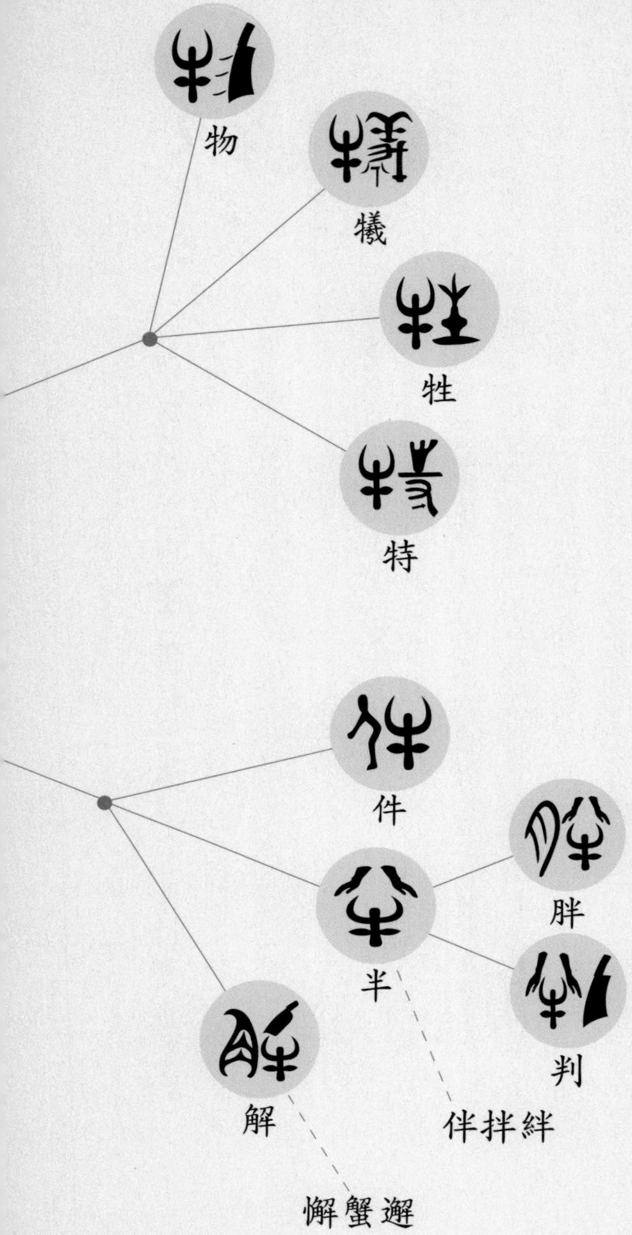

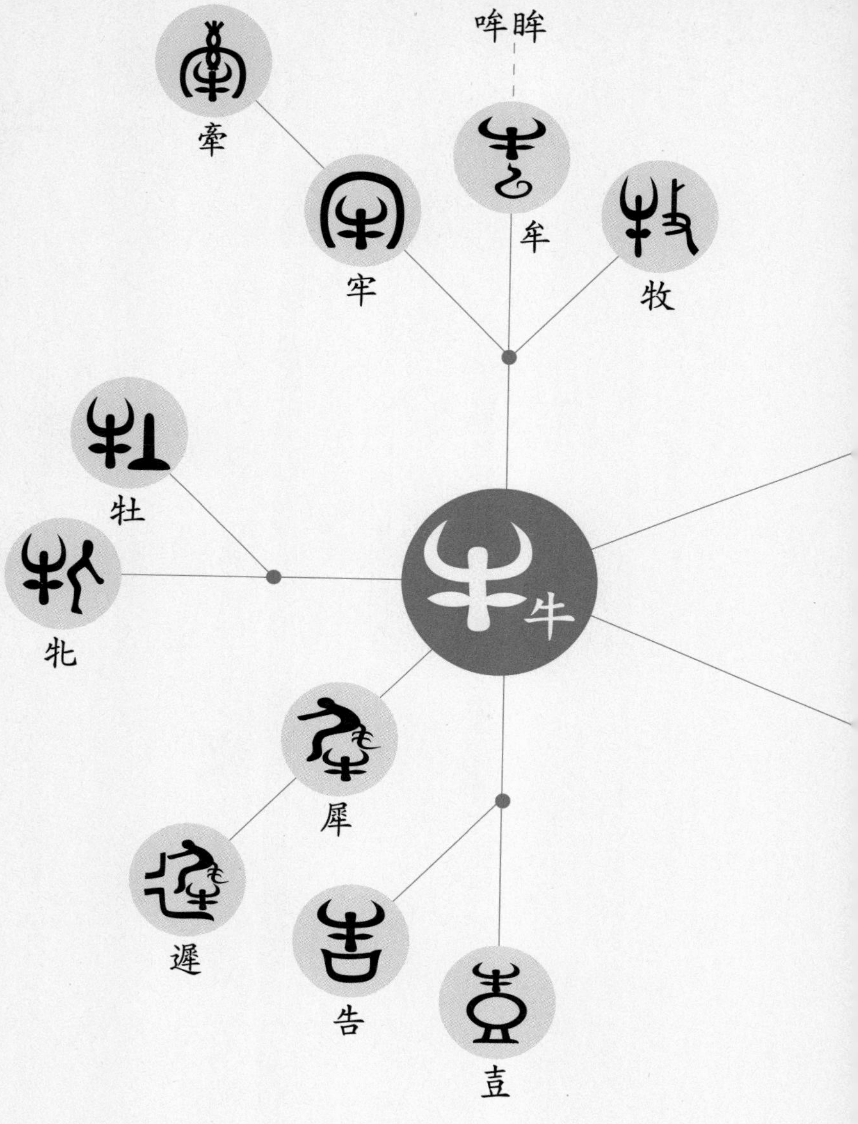
哞
眸
牟
牽
牢
牧
牡
牝
牛
犀
遲
告
壴

牡 ㄇㄡˇ mǔ

雄性的（）牛（）。

在甲骨文當中，代表公牛，代表公羊，代表公豬。這些字的共同點在於都有一個雄性生殖器的符號，後來這個符號改成聲符「土」。

甲 金 篆

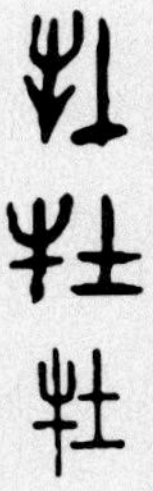

牝 ㄆㄧㄣˋ pìn

女性（，匕）的牛（）。

在甲骨文當中，代表母牛，代表母羊，代表母豬，代表母老虎。它們的共同點在於都有「匕」的符號。「匕」（）是一個與「人」（）呈現左右對稱的漢字，因此，「匕」也代表女人，例如尼（）是一對相互依偎的男女。「牝」引申為雌性，相關用詞如牝雞。

甲 金 篆

牧 ㄇㄨˋ mù

「手持器具」（）看守「牛」群（）。

（請參見「攵」）。

甲 金 篆

牢 ㄌㄠˊ láo

「牛」（）被關進「牛欄」（）。

甲骨文及金文代表牛欄。篆體則添加一橫栓將牛關起來，另一個篆體將牛欄改成牛舍（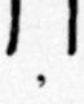，宀），牛的居住環境改善了。

甲 金 篆

牽 ㄑㄧㄢ qiān

以「繩索牽引」著（，玄）一頭「牛」（）進「牛欄」（）。

篆

牟 ㄇㄡˊ móu

「牛」（）鳴叫時，口中吐出「聲音氣息」（，厶）。

牛仰頭鳴叫時，從鼻孔冒出雲氣（請參見「厶」的衍生字）。

篆

以牛為祭物

犧 ㄒㄧ xī

在祭祀時，為人「喪失生命」（，羲）的牛（）。

「犧」引申為喪失生命或祭祀用的牲畜。

篆

物 ㄨˋ wù

揮刀（，勿）宰牛（）以為祭物。

「物」的甲骨文、、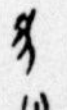都是一把刀揮向一頭牛的象形文，這是古人殺牛祭天的寫照。甲骨卜辭裡，「勿牛」二字出現了至少兩百次以上，所謂的「勿牛」即揮刀宰牛，例如「貞勿牛。」（負責問卜祭祀的貞人殺牛以獻祭。）又如「歲其勿牛。」（歲末年終時宰牛祭天。）周朝祭天所使用的牛還有不同等級之分，如《禮記》記載：「天子以犧牛，諸侯以肥牛，大夫以索牛。」，「物」本義為獻祭之物，後來廣泛引申為東西的總稱，相關用詞如生物、動物、植物等。

「勿」的甲骨文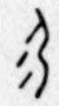及金文代表一支鋒利的刀，在刀刃邊的小點代表血跡或碎屑。「勿」的本義為揮刀，引申為不可靠近，（否則將惹來殺身之禍），相關用詞如請勿、勿忘。「利」的甲骨文及金文都含有「勿」的符號，代表用一把鋒利的刀收割禾穀。

金 

篆 

現代漢字	甲骨文	金文	篆體
物			
利			
勿			

牲 ㄕㄥ shēng

養來祭祀的「生」（）「牛」（）。

「犧」與「牲」是古人豢養以作為祭品的動物，如《禮記》記載：「命四監大合百縣之秩芻，以養犧牲。」，「牲」引申為可宰殺食用的家畜，相

金 

篆 

關用詞如牲畜、牲口等。

特 ㄊㄜˋ tè

送往「官署」（，寺）祭祀的「牛」（）。

古人每逢祭天之時，都會挑選一隻雄壯而無瑕疵的公牛當作祭物，然後送往官署參加祭祀典禮。「特」引申為與眾不同的，相關用詞如特殊、特別等。秦朝稱呼官署衙門為「寺」（請參見「寺」）。《禮・郊特牲註》：「郊者，祭天之名。用一牛，故曰特牲。」

半 ㄅㄢˋ bàn

將一隻「牛」（）從中「分」開（，八）。

判 ㄆㄢˋ pàn

考慮從何處下「刀」（）才能準確地將牛破「半」（）。

「判」引申為辨別，相關用詞如判斷、審判等。《說文》：「判，分也。」

件 ㄐㄧㄢˋ jiàn

將「牛」（）分給參加祭祀的「人」（），一人一份也。

《說文》：「件，分也。牛大物，故可分。」

篆

金

篆

篆

篆

以牛為器物
以牛皮做鼓

壴 ㄓㄨˋ zhù

有「腳架」的「牛」皮（）「大鼓」（）。

牛皮大鼓淵源久遠，殷墟出土的土鼓，就是以陶土做鼓框，其上以皮革覆蓋之大鼓。「壴」的構型很像古代的建鼓，漢朝古墓中有不少的石磚畫像上都有槌打建鼓的慶典，畫像中的建鼓構型與商朝的青銅建鼓構型相當一致，都是有腳架的大鼓，大鼓上面有各種不同造型的裝飾，但有的並無任何裝飾。

甲骨文、都是描寫一個有腳架的大鼓，中間構件為鼓面，上構件代表牛皮。有些學者認為這個上構件是裝飾品，但古文物所呈現的飾品構型非常不一致，甚至有的建鼓並無飾品，所以應該不是代表飾品，而其上構件的甲骨文大都以「牛」來表示，所以推論這個上構件表示牛皮。但為了書寫美觀與流暢性，隸書將「牛」訛變為「士」，以致於失去牛皮鼓的義涵。「壴」所衍生的常用字有鼓、彭、喜、嘉、豐、豊等（請參見「口」的衍生字）。

甲 
金 
篆 

角 ㄐㄧㄠˇ jiǎo

或ㄐㄩㄝˊ，jué。牛角。

蒙古族與苗族等人習慣用牛角杯喝酒，其實，早在商周時期，牛角就已經被古人當作酒杯了，角、觶、觥等含有角的漢字，都是商周時期常見的酒杯，後來觶、觥更演變成青銅器物，成為較高級的酒器了。《說文》：「觶，鄉飲酒角也。」「觥，兕牛角可以飲者也。」《禮記》：「尊者舉觶，卑者舉角。」

甲 金 篆

解 ㄐㄧㄝˇ jiě

或ㄐㄧㄝˋ，jiè。用「刀」（）割下「牛」（）「角」（）。

甲骨文代表「兩隻手」將牛「角」（）從「牛」身上取出，金文及篆體代表用刀割下牛角。引申為將物體不斷拆散，相關用詞如分解、解除、解釋等。

甲 金 篆

告 ㄍㄠˋ gào

「口」（）吹「牛」（）角以祭告上帝。

甲骨文、金文及篆體表示口吹牛角以祭告上帝，後人加上「示」改作祰（）。「祰」就是向「神」祭「告」。「告」引申為通知、宣佈等，相關用詞如警告、告訴、報告等。另一個篆體是由牛、口及雙手所組成，表示雙手拿牛角用力吹。以「告」為聲符所衍生的字有靠、浩、皓、窖、誥、梏、郜等。

甲 金 篆

嘘

虛　　歔

甗

獻

蘆顱鑪驢

盧　　盧

爐

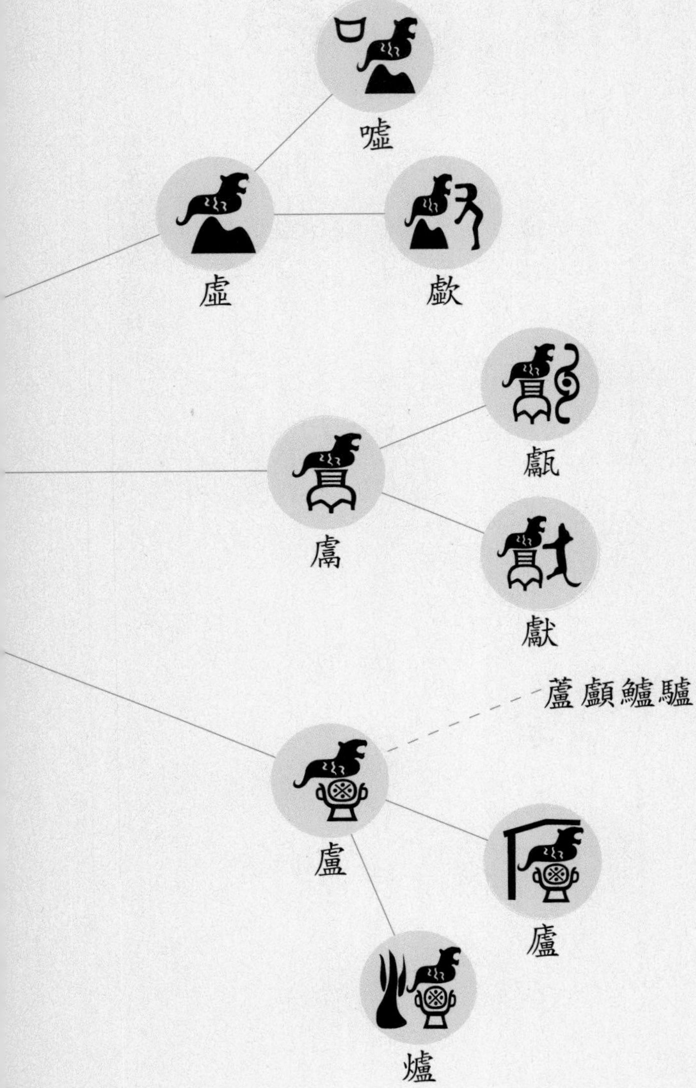

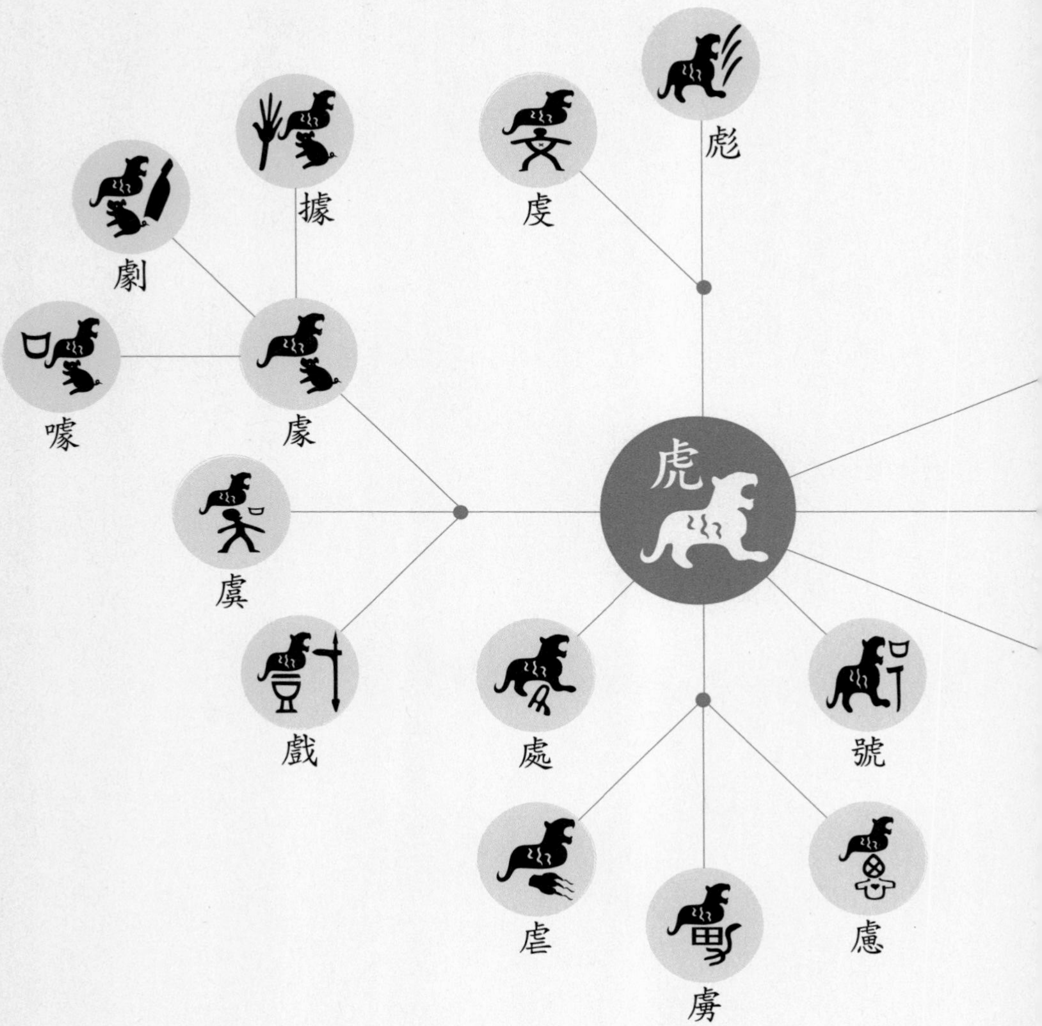
虎
彪
虔
據
劇
豦
噱
虞
戲
處
號
虐
虜
慮

馴虎與戲虎

能施口技（，吳）馴服老「虎」（）的人。

虞 ㄩˊ yú

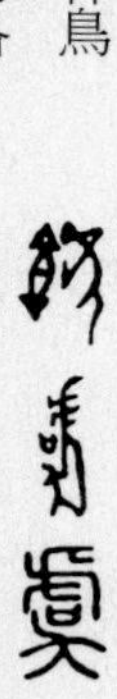

「伯益」是中國第一位馴獸師，也是第一個「虞人」，也就是掌管山林鳥獸的官。《史記・五帝本紀》記載，舜向大臣詢問，誰能馴服山裡的各種鳥獸呢？大家都推薦伯益，於是舜便以伯益為「虞人」。《通典》也記載「虞舜有天下……，伯益作虞，育草木鳥獸。」伯益將抓來的野獸都馴服得非常好，使牠們大大繁衍，得到賞賜，賜姓「嬴」。到了周朝，他的後裔秦非子又因善於養馬，得到封地，成為秦國的開國君主。古代豢養鳥獸的地方稱為「苑囿」，相當於現代的動物園，《春秋繁露》記載：「桀紂……侈宮室，廣苑囿。」可見夏桀與商紂所豢養的鳥獸很多，商紂甚至能赤手與猛獸搏鬥。

「虞」的甲骨文代表將老虎（）銬牢（），這描寫的是一個擅長捕捉老虎的人，為木製手銬（請參見「幸」）。金文及篆體將木製手銬「幸」改作「吳」（），「吳」除了是聲符之外，也是富含意義的形符，像是一位擅長口（）技的人（），能發出動物叫聲來誘騙老虎（）。

「虞」的本義為馴獸人，因為馴獸人善用巧計來馴服野獸，所以引申出「欺騙」的意思，相關用詞如爾虞我詐；又因為馴獸人必須隨時防範野獸反噬，所以又引申出憂慮、防範等義，相關用詞如不虞匱乏等。另外，馴獸過程又能娛樂旁觀者，所以「虞」又引申出娛樂之義，如虞樂（娛樂）。「虞」是「娛」（）的古字。

戲 ㄒㄧˋ xì

一手拿著「肉鍋」（，豆），一手拿「兵器」（，戈），來逗弄老「虎」（）。

《鹽鐵論》：「百獸馬戲鬥虎，」說明了西漢就有在馬戲團中鬥虎的戲碼，然而由虞、戲二字可看出，早在商周時期就已經有逗弄老虎的餘興節目。金文代表持武器（，戈）逗弄吼叫（）的老虎（、），另一個金文及篆體將「口」改成盛裝肉食的器具「豆」（），代表一手拿著食物引誘，一手拿兵器威脅老虎。相關用詞如戲耍、遊戲、戲院等。

金 篆

虎紋

彪 ㄅㄧㄠ biāo

老「虎」（）身上的「斑紋」（，彡）。

「彪」引申為色彩鮮豔、魁武兇猛，相關用詞如彪炳、彪悍等。《說文》：「彪，虎文（紋）也。」

金 篆

虔 ㄑㄧㄢˊ qián

老「虎」（）身上的花「紋」（，文）或銘文。

「虔」引申為令人敬畏，如虔誠、敬虔等。古人畏虎，只要見到老虎身上特有的條狀花紋，立時心生驚懼，有鑒於此，遠在周朝便出現以虎的形象來當作軍符的特殊文化，這種軍符稱為「虎符」，虎符是一隻切成兩半的銅虎，一半皇

金 篆

帝收存，一半交給駐守在外的將軍，當兩者合體時，將軍才能出兵，因此，虎符象徵極高的權力，是皇帝用來調兵遣將的重要信物。

除了虎符的應用之外，漢朝也以虎皮製作衣服，這種有虎文的衣服只有將軍才能披上，《後漢書》記載，東漢時期，袁紹立曹操為東郡太守，後來兗州刺史劉公山被黃巾黨所殺，袁紹則又任命曹操為兗州刺史，為曹操披上虎衣，將許多軍隊交給他，《後漢書》是這麼說的：「被以虎文，授以編師。」

猛虎出沒

虐 ㄋㄩㄝˋ nüè

「虎」（）爪（）。

「虐」引申為殘暴，相關用詞如肆虐、虐待等。

虜 ㄌㄨˇ lǔ

在田裡工作的「男」子（）被老「虎」（）抓走。

漢字「虜」與「虐」兩字都是在描寫古代老虎的可怕。《禮記》記載，孔子與弟子走到泰山旁邊時，遇到一個婦女跪在墳墓前放聲痛哭，他就派弟子去問她為何哭得如此傷心，少婦回答說：「從前，我的公公被老虎咬死了，後來，我丈夫也被咬死了，昨天，我的兒子又被咬死了，這一連串的打擊，叫我怎麼能不傷心呢？」孔子趨前說：「這真是太不幸了，這地方的老虎真是猖獗啊！那妳為什麼不離開這個可怕的地方呢？」少婦擦了擦眼淚說：「這個地方雖然可怕，不過沒有繁重的稅負，所以我不想搬家啊！」

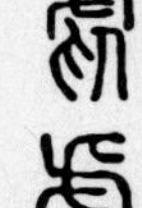
金

篆

孔子於是感嘆：「苛政猛於虎。」，「虜」引申為擒獲，如被活捉的敵人稱為俘虜。

思 ㄙ sī

用「心」（）與「腦」（，囟）來考慮事情。

古人做決策講求「合情合理」，不單要以理智分析，也要考慮他人的感受。頭腦控制人的理智，而心控制人的情感，兩者兼顧稱之為思。篆體是由囟（）與心（）所構成的會意字。囟（ㄒㄧㄣˋ）就是腦門，位於頭頂上方。隸書將「囟」訛變為「田」而成為現代漢字「思」。思的相關用詞有思想、思念、心思等。

篆

慮 ㄌㄩˋ lǜ

「思」想（）到老「虎」（）就害怕。

「慮」引申為擔心、籌畫，相關用詞如思慮、憂慮等。

篆

處 ㄔㄨˇ chǔ

或ㄔㄨˋ，chù。老「虎」（）腳踏（，夂）之地。

「處」的本義為老虎出沒的地方，引申為需謹慎活動的地方，相關用詞如處所、處理、相處等。

篆

號 ㄏㄠˋ hào

或ㄏㄠˊ，háo。老「虎」（）的吼叫聲（，号）。

「号」（）代表被「拐杖」敲（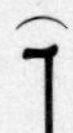，ㄎ）中之後所發出的「叫聲」（，口），引申為嚎叫，因此，「號」就表示老「虎」的「吼叫聲」，引申為呼喊、稱呼，相關用詞如號啕、號角、名號等。同樣地，「鴞」代表愛「嚎叫」的「鳥」。

篆

豦 ㄐㄩˋ jù

老「虎」（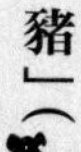）**與野「豬」**（，豕）**互相纏鬥。**

陝西農村有句土話：「一豬、二熊、三老虎」，警告人要遠避這三樣猛獸，老虎雖然獵捕野豬為食，但碰上發狂的野豬，老虎可就得退避三舍。野豬之凶猛，令人咋舌！老虎若陷入野豬群中，恐怕就變成「豬吃老虎」了。「豦」本義為豬虎鬥，引申為激烈爭鬥。《說文》：「豦，豕虎之鬭。」《禮記》：「迎虎，為其食田豕也。」

金 

篆 

劇 ㄐㄩˋ jù

持「刀」（，刂）**進行「激烈爭鬥」**（，**豦**）。

兩人持刀互鬥，猶如豬虎大戰，引申為激烈的一場戲。《說文》：「劇，尤甚也」。

篆 

據 ㄐㄩˋ jù

兩人徒「手」（，扌）**進行「激烈博鬥」**（，**豦**）。

赤手空拳，只用雙手，不假任何武器，因此引申為憑藉，相關用詞如依據等。

篆 

噱 ㄐㄩㄝˊ jué

或ㄒㄩㄝ，xuē。令人驚呼（，口）**的「豬虎大戰」**（，**豦**）。

「噱」引申為有看頭或令人捧腹大笑的戲碼，相關用詞如噱頭、發噱等。

篆 

包含「虎」構件的古字之中，有的不是代表老虎，而是代表「大號」的，相近構字概念有盧、膚、虛等。

盧 ㄌㄨˊ lú

可以餵飽「虎」（）「胃」（）大號食器（，皿）。

甲骨文像是老虎在吃盆中的食物，金文、篆體則是由虎、胃、皿所組成的會意字，代表可以填滿虎胃的大號食器。「盧」是「鑪」、「爐」的本字，本義為大號食器，今多用於姓氏。以「盧」為聲符所衍生的字有蘆、顱、鱸、驢等。

甲 金 篆

爐 ㄌㄨˊ lú

在「火」（）上烹煮的「大號食器」（，盧）。

「鑪」代表「金屬」製的「爐子」。

廬 ㄌㄨˊ lú

有爐子（，盧）的屋棚（，广）。

「茅廬」是以茅草蓋頂的簡陋屋舍；「廬墓」是古人為了陪伴剛死去的親人而在墓旁所搭建的小茅屋；「田廬」是田間的小茅屋。

甗 ㄧㄢˋ yàn

大型（，虎）「蒸煮炊具」（，鬲）。

「甗」是蒸煮食物的炊具，整個食器分成上下兩層，下層為「鬲」，用來裝水加熱，上層為「甑」，用來放置食物。兩層之間的橫隔版稱為為「箅」（，ㄅㄧˋ），是一個有許多孔隙（）可以讓水蒸氣通過的「竹」（）製「基座」（），今天稱之為蒸屜，是用來隔水蒸煮食物的器具。

甲 金 篆

甗 ㄧㄢˇ yǎn

「瓦」（）製的「甗」（）。

篆

獻 ㄒㄧㄢˋ xiàn

將「甗」（）中的「犬」（）肉當作獎賞呈給應得的人。

周朝人將狗肉煮成羹湯稱為「犬羹」，並以此當作獻禮，如《禮記》：「犬羹，兔羹。」「犬曰羹獻。」《周禮》：「膳獻。」另外，就構字而言，也顯現出古代的吃狗肉習俗，如「肰」代表「犬肉。」「然」代表火烤犬肉。獻與「獎」有相近的構字概念，兩者都是以「犬」肉當作獻禮或獎品。獻的相關用詞如奉獻、獻祭、貢獻等。

甲 金 篆

虛 ㄒㄩ xū

或虛，xū。荒蕪的「大」（，虎）土「丘」（）。

古代將大土丘稱之為「虛」，是「墟」的本字。如《說文》：「虛，大丘也。崐崘丘謂之崐崘虛。」《集韻》：「丘謂之虛。」可見「丘」除了代表土山之外，也引申有荒涼、空虛之意，如丘城（空城）、丘園（荒廢的家園）、丘井（荒廢的枯

篆

井）、丘墓（坟墓）、丘墟（廢墟）。因此，「虛」的本義為荒涼的大土丘。「虛」引申為空無，相關用詞如空虛、虛假等。

丘 ㄑㄧㄡ qiū

土山。

甲骨文 、金文  及篆體  都是以兩個隆起的土堆來表示「丘」。相關用詞如丘陵、山丘等。古代祭天的祭壇稱為「圜丘」又稱為「圜丘壇」，是由一座隆起的圓型土丘，由階梯登上圓丘後，上面就是一個可供焚柴祭天的平台。《說文》：「丘，土之高也。」《周禮・春官・大司樂》：「凡樂，冬日至，于地上之圜丘而奏之。」

甲 金 篆

噓 ㄒㄩ xū

「口」（）中吐出「虛」弱（）的氣息。不勝唏噓。

篆

歔 ㄒㄩ xū

口中吐出（，欠）「虛」弱（）的氣息。

「豕」的衍生字

「豕」的甲骨文、，金文及篆體是一隻張開口的豬。豕所衍生的字，比較重要的有兩類，其一為與獵捕野豬有關的字，如逐、隊、彘、冢、豖等，其二為與豢養有關的字，如家、豢、圂、豚等。

獵捕野豬

逐 ㄓㄨˊ zhú

野豬（，豕）在路上奔跑（，辵）。

甲骨文、金文及篆體都有一隻「腳掌」（）在「豬」（、、）的後面追趕。「逐」引申為追逐、逐鹿、放逐等。

甲 金 篆

遂 ㄙㄨㄟˋ suì

「分」路（八）追「逐」（）。

古代獵人發現可用分路包抄來追捕野豬。金文在路上（）走路（）符號上，添加了叉分而出（，朮）的符號，代表分路追趕。篆體則改成「分」（）「逐」（）。「遂」引申為達成、成功實現，相關用詞如順遂、遂心等。

金 篆

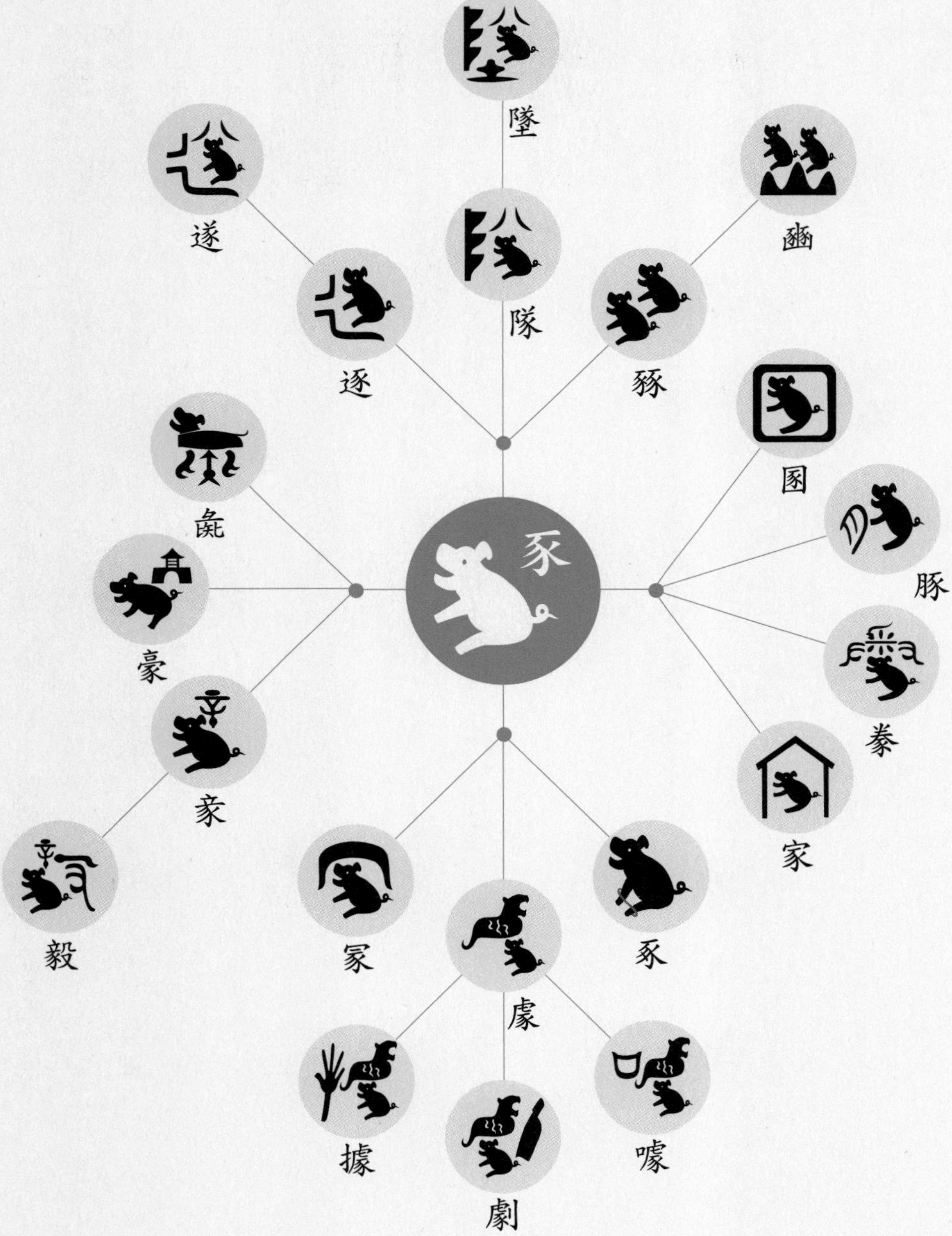
豕
墜
遂
隊
豳
逐
豩
圂
豚
豢
家
彘
豪
豙
毅
冢
豦
豖
據
劇
噱

隊 ㄉㄨㄟˋ duì

「分」逃（八，八）的「豬」群（，豕）一個個從「牆崖」（，阜）上跌落下來。

野豬跌落懸崖、山谷或陷阱時有所聞，古代更是常見，尤其是當被獵人追捕時更是如此。古字中，隊即墜，如《禮記》：「退人若將隊諸淵。」《國語》：「敬不隊命。」甲骨文代表一個人從高牆跌落；金文將人改做「豕」；篆體又加了「八（分）」，代表分逃的豬群一個個跌落高牆（或陡峭的山崖）。另一個篆體添加辵（辶），代表從牆崖衝下來的豬。「隊」的本義為「紛紛墜落」，引申為成列或成群的人或物，相關用詞如隊伍、排隊等。

甲 金 篆

墜 ㄓㄨㄟˋ zhuì

「土」塊（）「紛紛從高牆上掉落」（，隊）。

「墜」引申為從高處落下，相關用詞如墜落、下墜等。

篆

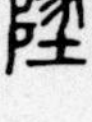

彘 ㄓˋ zhì

以箭（，矢）射殺野「豬」（，豕）。

甲骨文是一支「箭」（，矢）射向一隻「豬」（）。金文及篆體則將豬分解為豬頭、豬身及兩隻豬腳。「彘」引申為野豬。

甲 金 篆

冡 ㄇㄥˊ méng

將「豬」（，豕）給罩住（，冖）。

「冡」是「蒙」的本字。在甲骨文符號中，及都有將東西罩住的意義，如甲骨文及都是代表將鳥罩住，甲骨文及篆

甲 篆

體（ ）代表把豬給罩住，篆體（ ）則是將兔子給罩住，這些都是古代活捉動物的寫照。《說文》：「冢，覆也。」

蒙 ㄇㄥˊ méng

用草（ ）將東西「覆蓋」（ ，冡）。

「蒙」引申為遮蔽，相關用詞如蒙蔽、蒙騙等。

㊟篆 

豖 ㄔㄨˋ chù

四隻腳被綁起來的豬。

古人獵到野豬後，先將它的四隻腳綁起來，再把豬架在木棍上扛抬回家，椓（ ，ㄓㄨㄛˊ）代表將四隻腳綁起來的豬（ ）架在木（ ）棍上，引申為牢牢地架住，如「椓船」代表將靠岸的船拴在木樁上。「椓」也指古代的宮刑，將人牢牢地架住以閹割其生殖器，參見《尚書．呂刑》。抬回家的豬，其下場可想而知，劅（ㄓㄨㄛˊ）代表殺豬（豖，被綁起來的豬）的「刀」，引申為鋤刀。以「豖」為義符所衍生的常用字有琢與冢，琢（ ）代表將「玉」（ ）像豬一樣牢牢地架起來（ ）以便加工處裡。

㊙甲 

篆 

塚 ㄓㄨㄥˇ bù

或冢，zhǒng。用土（ ）將病死豬（ ，豕）覆蓋（ ，冖）起來。

篆體（ ）、（ ）代表將豬「包」（ ）起來，而另一個篆體（ ）則代表用土將豬覆蓋起來。「塚」引申為隆起的墳墓。《說文》：「冢，高墳也。」

篆 

豳 ㄅㄧㄣ bīn

「一群野豬」（豩）棲息的「山」（ ），豩山也。

「豩」的甲骨文是一群野豬奔跑的象形字。因此，「豳」就是野豬棲息的山。《詩經．豳風》是記載古代豳國人民（陝西境內）的農家生活，其中提到，冬獵時，若是獵到小豬歸自己，獵到大豬則獻給官家祭祀。可見，豳國人民在豳山獵豬是一種習俗。

甲 金 篆

豪 ㄏㄠˊ háo

「高」（ ）大的「豬」（ ，豕）。

「豪」引申為高大、蠻橫、才華過人，相關用詞如豪飲、豪雨、豪傑、豪放等。古代所謂的「豪豬」並非現代人所指的「刺蝟」或「箭豬」等小型動物，例如西漢《揚雄傳》：「張羅罔罝罘，捕熊羆豪豬虎豹」，其中所指的熊羆、豪豬、虎豹都是大型動物。顯然，古代所謂的「豪豬」就是大型野豬，與現代人所稱的「豪豬」是有差異的，所以「豪」才會引申出高大、蠻橫等意義。

篆

養豬

家 ㄐㄧㄚ jiā

下層有「豬」（ ，豕）圈的「房子」（ ，宀）。

河南省焦作市在二〇一〇年出土了一批西漢陶製墓葬品，其中一具雙層建築陶器，下層為豬圈，上層為房舍，房舍內還可設廁所，排泄物可直接排入豬圈，與豬糞混合，以供作為肥料。而在更早的新石器時代，浙江餘姚河姆渡遺址上發現大規模的干欄式建築，是先在土中打入木樁，接著在木樁上架上橫梁並鋪一層木板，木

甲 金 篆

板上再搭建供人居住的房屋。這種騰空的建築除了能防止水災及野獸侵害之外，底層還可以飼養家畜。對先民來說，豬是極具經濟價值的財產，是家庭中不可或缺的，由甲骨文、金文、的構形，可看出先民過著一種人豬共處的生活方式。

豢 ㄏㄨㄢˋ huàn

雙手（）捧著挑選出來的米（，釆）給豬（，豕）吃，顯然這是一條精心調養的豬。

篆 

圂 ㄏㄨㄣˋ hùn

或ㄏㄨㄢˋ，huàn。豬圈也。

四十年前的台灣鄉下，廁所都搭建在豬寮裏，如此一來，不單是人、豬的排泄物可以聚合成肥料，而且臭氣可以遠離人居住的地方。《前漢紀》記載一群豬從廁所中衝出來，而由遠古的考古文物中，也普遍發現豬居於廁的生活型態，可見此習俗是由來已久。甲骨文、都是代表豬在圈中。「圂」的本義為豬寮，引申為廁所。《說文》：「圂，廁也。从豕在囗中也。」《前漢紀》：「廁中豕群出。」

甲 篆 

豚 ㄊㄨㄣˊ tún

小「肉」（）「豬」（，豕）。

甲骨文是由「豕肉」兩符號所組成，代表一條肉豬，金文添加了一隻手，代表伸手抓小肉豬。「豚」引申為小肉豬或形狀像小豬的動物，如海豚、河豚等。

甲 金 篆 

「犬」的衍生字

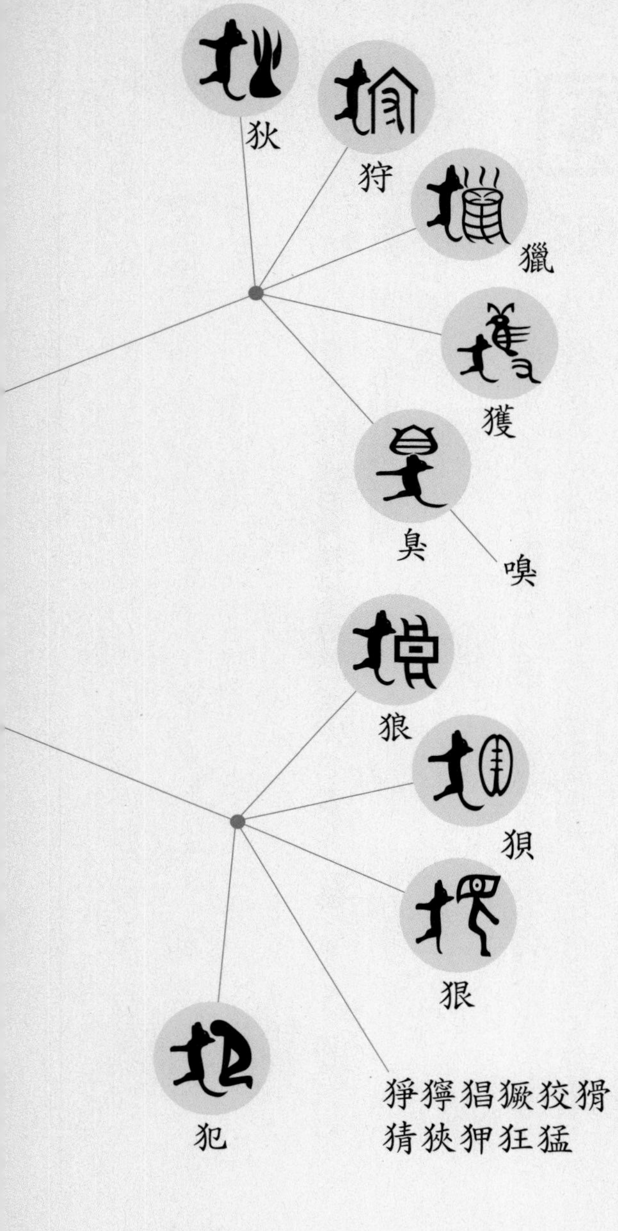

狄
狩
獵
獲
臭
嗅
狼
狽
狠
犯
猙獰猖獗狡猾
猜狹狎狂猛

犬
豹
豸
豺貓貂貌貅
涙
戾
突
器
然
獻
獎
肰
狀
狐狸猿猴
猩獅獐
猒
伏
哭
狀
喪
獄

「犬」的甲骨文、金文及篆體是一隻狗的象形文。古人將狗分成三類：獵狗、看門狗及供人食用的狗。從犬的構字來看，與狩獵有關的有狩、獵、狄、獲、臭等；與看門狗有關的有器、戾、突等；而與食肉犬有關的則有肰、然、獎、狀、獻等。《埤雅》：「犬有三種，一者田犬，二者吠犬，三者食犬。」值得一提的是，狼也屬犬類，因此一些凶狠狡猾猙獰的字也都具有犬的偏旁。

獵狗

狄 ㄉㄧˊ dí

擅長以「火」（）攻及獵「犬」（）來打獵的民族。

先秦典籍稱獵犬為「田犬」，而用火攻來獵取動物的方式，則稱之為「火田」或「火獵」。這是用火全面圍攻獵物棲息地，但留一個出口讓動物奔逃，而在出口處則埋伏著獵犬來捕捉獵物。在漢字當中，「狄」與「狩」最能詮釋這種田獵習俗。周朝限定只能在昆蟲冬眠後才能施行火田，因此《禮記》規定百姓：「昆蟲未蟄，不以火田。」何謂火田？《爾雅》解釋說：「火田為狩。」《老子》主張：「不涸澤而漁，不焚林而獵。」「狄」是古代以田獵維生的北方民族，在商周時期被稱為鬼方、戎狄或犬戎，在漢朝被稱為匈奴，《漢書‧匈奴傳》形容他們：「貪而好利，被髮左衽，……辟居北垂寒露之野，逐草隨畜，射獵為生。」

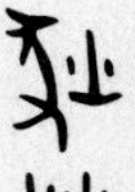
金

篆

狩 ㄕㄡˋ shòu

埋伏獵「犬」（）「守」候（）以捕捉獵物。

古人在進行火獵時，埋伏獵犬守在出口等待獵物，這就是《爾雅》所說的：「火田爲狩。」古字「狩」與「守」是通用的，如《禮記》：「天子五年一巡守（狩）。」相關用詞如狩獵、冬狩等。

篆 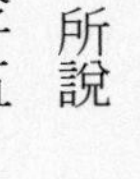

巤 ㄌㄧㄝˋ liè

在「川」（）中設置「魚笱」（）來捕魚。

「巤」是古代漁獵生活的寫真。古人除了結網捕魚之外，也用一種稱作「笱」的竹製捕魚器，現代人叫「魚籠」或「魚筌」。漁夫將它放在河口或堰口處，當魚群順著水流游動時，不小心就流進魚籠裡。魚籠口內有倒門，魚一進去就出不來。中國早在周朝就有捕魚笱的記載。如《詩經》：「敝笱在梁，其魚魴鰥。」（將破舊的魚籠設置在河梁處以捕捉魴鰥之類的大魚。）巤的金文、、以大口、倒門、腹網來描寫魚笱。漢《焦氏易林》：「捕魚河海，笱網多得。」《說文》：「曲竹捕魚笱也。」

金 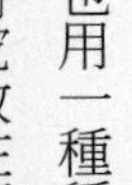

篆 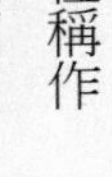

獵 ㄌㄧㄝˋ liè

使用「犬」（）及漁具進行捕獵（，巤）。

金

篆

臘 ㄌㄚˋ là

「獵」（，巤）獲的「肉」（）。

商周人在冬季狩獵，再將所得的獵肉醃製，稱為「臘肉」，而這個狩獵月份則稱為「臘月」。臘的篆體以狩獵用的「網」及「肉」來描寫，

篆 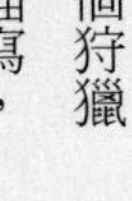

小篆則將網改成「巤」。

獲 ㄏㄨㄛˋ huò

驅使獵「犬」（）**「捕得獵物」**（，隻）。

臭 ㄒㄧㄡˋ xiù

或ㄔㄡˋ，chòu。狗（，犬）**用鼻子**（，自）**追蹤獵物。**

「臭」引申為辨別氣味。古人知道狗的嗅覺很靈敏，甲骨文畫的是狗（）用鼻子（）追蹤獵物。「臭」本義為「嗅」，辨別氣味，後人改作（嗅）。因為犬能聞出屍體的臭味，所以「臭」引申為難聞的氣味，同「臰」，音發ㄔㄡˋ，相關用詞如惡臭。《說文》：「禽走，臭而知其跡者，犬也。」

看門狗

古代的看門狗稱為吠犬或守犬，主要是用來看家或看守器物的。

器 ㄑㄧˋ qì

一隻「狗」（，犬）**看守「四周的器物」**（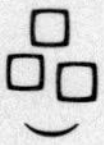）。

《禮記》稱看守器物的狗為「守犬」。「器」的本義是需要看守的貴重器物，引申為有才幹的人，相關用詞如器具、器官、才器。《說文》：

篆

金

篆

金

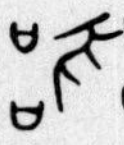

篆

「器，皿也，象器之口，犬所以守之。」

突 ㄊㄨˊ tú

狗（，犬）從洞「穴」（）裡衝出來。

中原地區的古人住在洞穴裡，若是有生人來臨，看門狗便從洞穴裡衝出來，引申為忽然、凸出，相關用詞如突然、突襲、突出等。

甲

篆
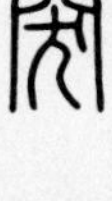

戾 ㄌㄧˋ lì

兇惡的狗（，犬）守在門（，戶）旁。

看門狗通常都不是好惹的，陌生人一靠近門邊，冷不防就被咬一口，因此，「戾」的引申義有兩個，一個是到達或客人來臨，如《詩經》：「鳶飛戾天」、「魯侯戾止。」其二為暴惡，這是以突然衝過來的惡犬所引申的字義，相關用詞如暴戾、乖戾（乖張易怒）等。

篆
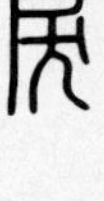

食用狗

二〇一〇年十二月，考古學家在陝西省西安附近的一座古墓中，挖掘到一個戰國時期的青銅鼎，鼎內仍存留著一整鍋完好的狗肉，這鍋狗肉想必就是《禮記》所說的美食「犬羹」。在新石器時代的河姆渡遺址上，考古學家就已發現吃剩的狗骨頭。可見中國人吃狗肉的習俗至少可追溯到五、六千年前。

肰 ㄖㄢˊ
rán

狗（，犬）「肉」（）。

有關中國人吃狗肉進補的習俗，《禮記．月令》記載，深秋時，吹起寒風，天子吃狗肉與麻來進補。《黃帝內經》記載，肝病的人，適合吃麻、犬肉與韭菜。《說文》：「肰：犬肉也。」

篆 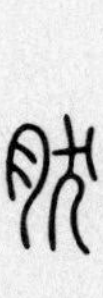

然 ㄖㄢˊ
rán

「火」（）烤「狗肉」（，肰）。

在現代社會裡，吃狗肉被視為野蠻行為，然而，古代名人如朱亥、高漸離、樊噲等都是殺狗出身的，可見古代烹煮狗肉是一種謀生的技能。「然」本意為烹煮狗肉，是「燃」的古字，如《孟子》：「若火之始然（燃）。」引申為如此這般、但是，相關用詞如當然、然而等。

金 

篆 

奬 ㄐㄧㄤˇ
jiǎng

坐在「長板凳」（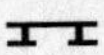，爿）上，「手」（，寸）拿「狗」（，犬）「肉」（）享用。

古代，狗肉比羊肉與豬肉更有價值，常被用來獎勵有功的戰士。春秋時期的越王勾踐甚至還用狗肉來獎勵生育。除此之外，狗肉也是獻給神的美物，如《禮記》記載：「凡祭宗廟之禮：牛曰一元大武，……犬曰羹獻。」

篆 

狀 ㄓㄨㄤˋ
zhuàng

陳屍在「長板凳」（，爿）上的「狗」（，犬）。

士兵盯著烤好的狗肉陳列在長板凳上，無不垂涎欲滴，然而只有勇士能享受美味。「狀」引申為樣式、功績，相關用詞如形狀、獎狀等。《說

篆 

文》：「狀，犬形也。」

獻 ㄒㄧㄢˋ xiàn

將「鬳」（）中的「犬」（）肉當作獎賞呈給應得之人。

周朝人將狗肉煮成羹湯稱為「犬羹」，並以此當作獻禮，如《禮記》：「犬羹，兔羹。」「犬曰羹獻。」《周禮》：「膳獻。」獻與「獎」有相近的構字概念，兩者都以「犬」肉當作獻禮或獎品。獻的相關用詞如奉獻、獻祭、貢獻等。

甲 金 篆

人也有狗性

伏 ㄈㄨˊ fú

「人」（）像狗（，犬）一樣趴下來。

「伏」引申為朝下趴著、接受懲罰，相關用詞如埋伏、伏法等。

金 篆

犾 ㄧㄣˊ yín

兩隻狗（，犬）相咬。

《說文》：「犾，兩犬相齧也。」

篆

獄 ㄩˋ yù

訴訟時，兩造之間激烈攻防的「言」詞（），好像「兩隻狗相咬」（，犾）。

鄧析是春秋時期的大夫，是當代有名的訟師，也就是今天所謂的律師。《呂氏春秋》記載他收取律師費的標準是「大獄一衣，小獄襦袴。」也就是重大案件一件大衣，小案件則一件上衣或褲子。獄的本意是訴訟，後來引申為監牢，如監獄。《呂氏春秋》描寫鄧析擅長訴訟，能將錯的說成對，對的說成錯，想勝訴就能勝訴，想加罪於人就能陷人於罪。於是乎，鄭國人民都來向他學習訴訟，搞得舉國大亂，最終鄧析遭宰相子產處死。鄧析有名的「兩可說」是一個重要思想，「可」與「不可」全在他的掌握之中。我們從以下故事可窺知一二。有一個富人被洧河的大水沖走，過幾天，他的屍體被人撈起，於是向富人的家屬開高價勒索。富人家屬就來找鄧析出主意。鄧析安慰說：「你安心回家去吧，別人是不會買那個屍體的。」於是富人家屬就在家中等著，不主動去買屍體了。這下，打撈得屍體的人著急了，也來求助鄧析。鄧析同樣對他們說：「你安心回家去吧，除了向你買以外，富人家屬在別處是買不到的。」

金 

篆 

猒 ㄧㄢˋ yàn

「狗」（，犬）把「甘」美（）的「肉」（）叼到「岸」（，厂）邊。

狗吃飽了，把多餘的肉叼到岸邊。引申義有兩個，其一為飽足，相關用詞如貪得無厭等，其二為嫌棄，相關用詞如厭倦、討厭等。金文表示「狗」（）的「口」（）裡咬著一塊「肉」（）；篆體把「口」改成「甘」，並添加了厂（），「厂」表示山崖或河岸。「猒」的簡體字為「厌」，肉不見了，只剩下河岸邊的野狗。

金 

篆 

哭 ㄎㄨ kū

一個哀傷的人如「狗」（，犬）一般「連連嚎叫」（，叩）。

狗的哀號聲可以傳到數里之外，在冬夜聽來格外淒厲，古人便藉此來描寫人的哭號聲。「哭」的篆體有幾種構形，描述一個淚眼汪汪的人，哭得簡直快要站不住的模樣；表示一個號啕大哭的人；表示一隻嚎叫連連的狗。

篆

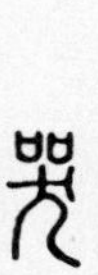

喪 ㄙㄤˋ sàng

或ㄙㄤ，sāng。為「失去」（，亡）心愛的東西而哀「哭」（）。

（請參見「亡」）。

篆

貪狼

狼與狗的基因相近，有些科學家認為狗是馴化的狼。就漢字而言，犬（犭）也代表狼（或狽），因此被用在與凶狠狡猾有關的形聲字，如猙、獰、猛、狠、猖、獗、狡、猾、猜、狹、狎、犯、狂等。古人會做如此的造字聯想，大概是由於狼所具有的機警本能吧！

狽 ㄅㄟˋ bèi

「貪」心（，貝）的「犬」類（）。

甲 金 篆

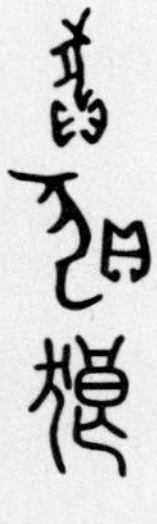

狼 ㄌㄤˊ láng

「犬」類（），良（）為聲符。

過去，我們將狼與狽視為兩種動物，狼的前腿長後腿短，而狽的前腿短後腿長，其實這種可笑的誤解是受了唐朝段成式的影響，他在《酉陽雜俎》說：「狽前足絕短，每行常駕兩狼，失狼則不能動。」以自然觀察來看，狼的前腳一點都不比後腳長，而「狽」的甲骨文與金文構形，前腳與後腳一樣長，可見段氏之說相當荒謬，而後世更以訛傳訛，貽笑千古。到底，狽是什麼生物呢？甲骨文、金文、、都是「貝、犬」的合體字，其中，「貝」是形容符號，代表貪財或貪心，而狼屬於犬類，故整體而言，是描寫一匹貪心的狼。「貪狼」一詞屢見於古籍，如貪狼邪僻、貪狼逐狐、匈奴貪狼、秦王貪狼暴虐、貪狼之志等。狼喜歡群體出動，而狽是貪狼的狼，這群狼統稱為狼狽，相關用詞如狼狽為奸、狼狽而走等。

「狽」就是狼的第一項證據是，「狽」的甲骨文與金文，到了篆體被改成狼。為何「狽」有甲骨文與金文，卻沒有篆體，而「狼」有篆體卻無甲骨文及金文呢？原來，「狽」到了篆體被改成「狼」（），意即將義符「貝」改成聲符「良」，這是篆體變革中的一種現象。此外，先秦典籍與古文間的矛盾也是另一項證據。既然甲骨文與青銅銘文證實商周時期有狽字而無狼字，為何周朝典籍未見狽字卻屢屢出現狼字呢？可見是後人將狽改成狼字。

狠 ㄏㄣˇ hěn

露出如狼（，犭）一般的兇狠眼神「回頭瞪視」（，艮）。

狼的叫聲與眼神令人印象深刻。狼群會用叫聲相互傳遞信息，旅人聞此狼嗥便覺毛骨悚然；而狼的眼睛異常犀利，在夜間搜尋獵物時還會發出幽幽綠光，讓人望而生畏。「狠」引申為兇殘，相關用詞如狠毒、狠心等。

篆

犯 ㄈㄢˋ fàn

野狼或野狗（，犭）在攻擊一個蹲縮的可憐人（，巳）。

「犯」引申為進攻、欺凌、傷害等，相關用詞如侵犯、觸犯、犯法等。《說文》：「犯，侵也。」「犭」後來也應用在其他的四腳食肉動物，如狐、狸、猿、猴、猩、獅、獐等，不過這類漢字都是後期發展的形聲字。

篆

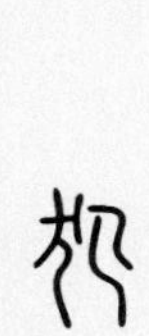

張開大嘴的食肉性動物

豸 ㄓˋ zhì

張開大嘴的肉食性動物。

甲骨文及篆體是描寫一隻張開大嘴的肉食動物，由於張開的大嘴是朝著地下，而非朝著前方，顯然這隻猛獸已捕獲獵物，正在低頭撕開獵物享受大餐，簡潔又生動地描寫出肉食性動物的形象。以「豸」為義符的形聲字有豺、貓、貂、貔、貅等。

甲 篆

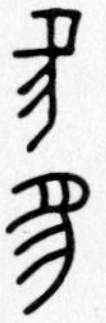

豹 ㄅㄠˋ bào

身上有「勹」狀紋（）的兇猛動物（，豸）。

「豹」的甲骨文顯示身上有豹紋。由於花豹身上布滿了許多橘色圓弧包綴著黑色斑點，形狀與「勹」相近，所以篆體將豹紋改成「勹」。

甲 篆

「馬」的衍生字

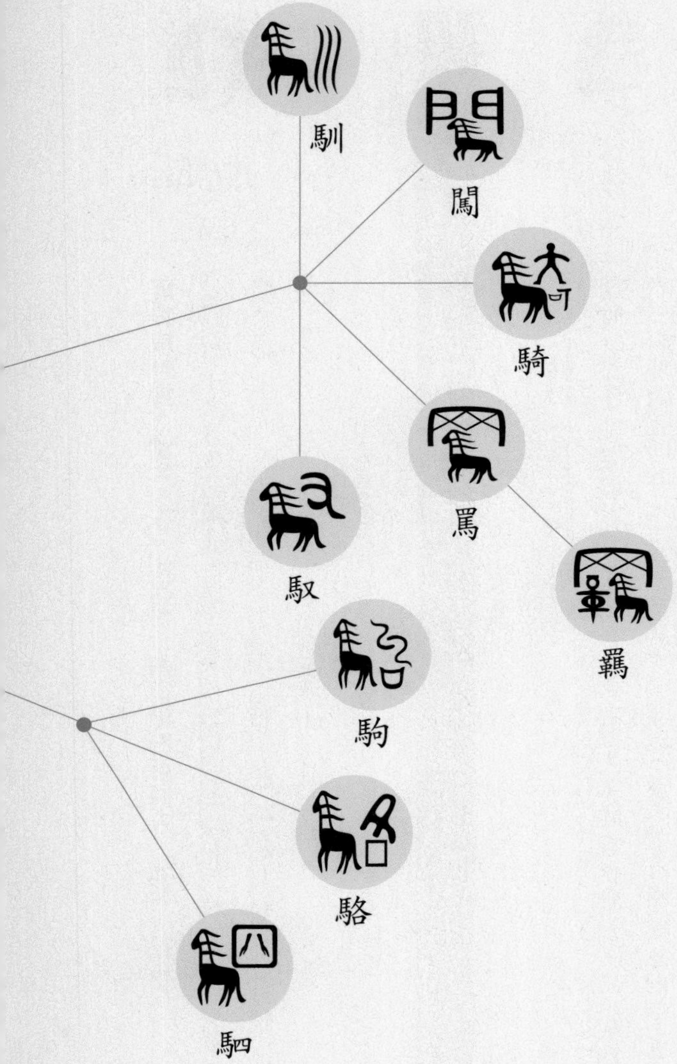

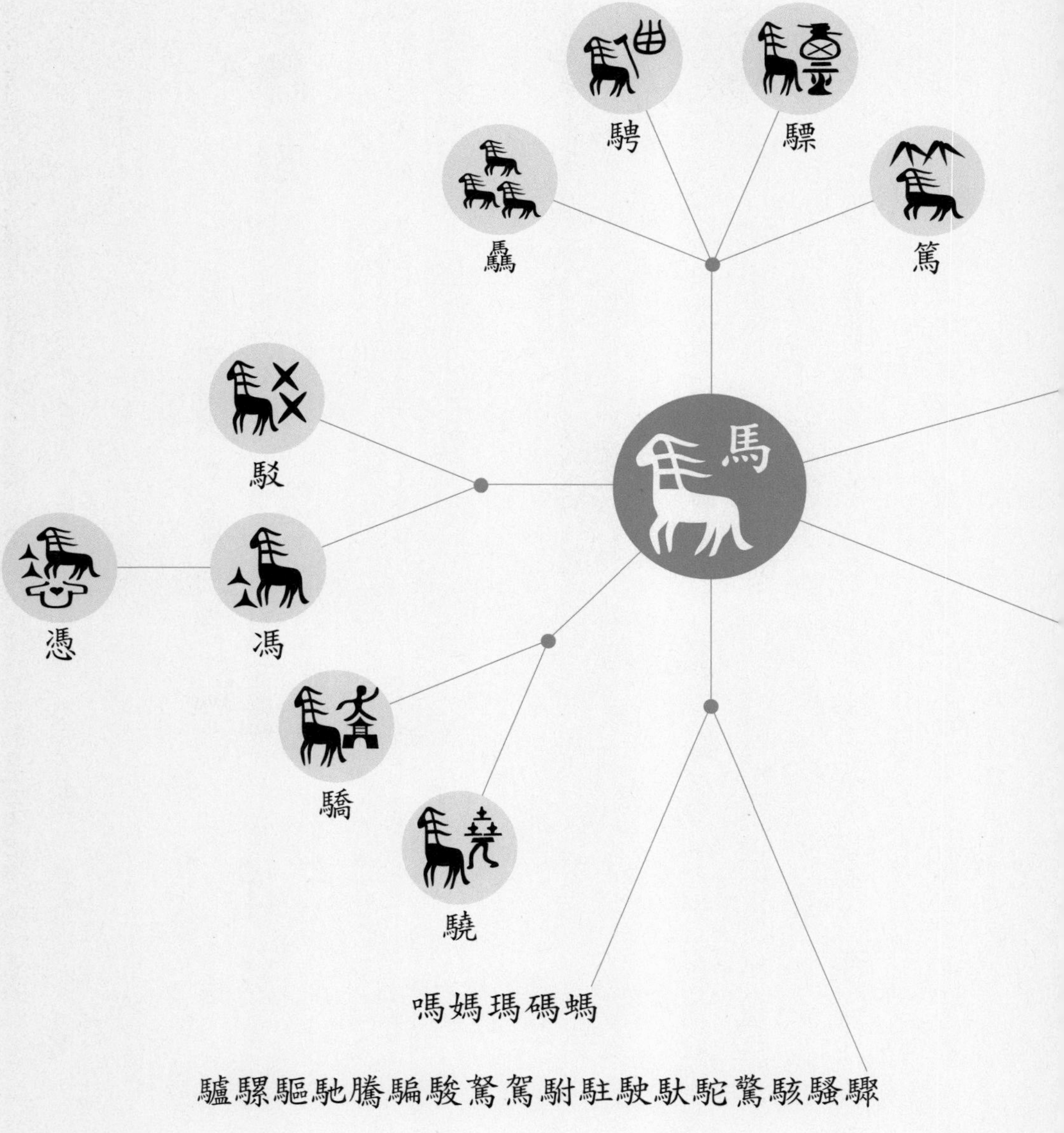
馬
騁
驃
驫
篤
駁
憑
馮
騎
驍
嗎媽瑪碼螞
驢騾驅馳騰騙駿騖駕駙駐駛馱駝驚駭騷驛

「馬」的甲骨文、金文及篆體是一匹馬的象形字，由「馬」所衍生的漢字可以認識商周時代有關馬的文化。從馴服野馬、用馬拉車、靠馬渡河，到訓練千里馬，一概俱全。甚至藉由馬來描寫人性。

駁 ㄅㄛˊ bó

花紋交錯（，爻）的雜色「馬」（）。

駁馬就是雜色馬，《管子》：「乘駁馬而盤桓。」甲骨文、是爻與馬的會意字，其中，爻是形容符號，代表交錯混雜。雜色馬通常都是有兩種不同顏色不規律分布在全身，所以以「爻」來表達此交織混雜的概念。「駁」除了引申為顏色斑駁以外，也引申為兩種相對的意見或事物，如《春秋繁露》：「榮辱踔然相駁。」相關用詞如駁斥、辯駁等。《說文》：「駁，馬色不純。」

甲
篆

馴服野馬

罵 ㄇㄚˋ mà

因被「網」住（，网）而生氣的「馬」（）。

當野馬被套住的時候，不僅會掙扎，還會發出憤怒的嘶鳴，鼻孔還會不時噴氣，好像是在咒罵一般。馬會罵人嗎？《論衡》記載一段兩馬相罵的趣事，四川廣漢有個能聽鳥獸語言的人，叫陽翁仲。有一天，他坐著馬車經過田野，而其中一匹拉車的馬是瘸腿的。野地裡正巧有一匹馬，於是這兩匹馬隔着老遠就相互嘶鳴。楊翁仲就對他旁邊的馬夫說，那匹馬的眼睛瞎了一邊。馬夫說：「你怎麼知道？」翁仲說：「那匹馬罵

篆
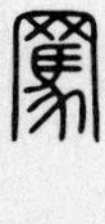

這匹拉車的馬是瘸子，這匹馬也罵那匹馬是瞎子。」馬夫不信，跑過去一看，那匹馬果然瞎了一隻眼。《論衡》：「罵此轅中馬蹇，此馬亦罵之眇。」

羈 ㄐㄧ jī

將「馬」（　）「網」住（　，网），再以皮「革」（　）製的馬轡、馬鞍約束牠。

「羈」的本義是控制野馬或約束馬的器物，引申為強制約束，相關用詞如羈管、羈役、羈絆等。

闖 ㄔㄨㄤˇ chuǎng

「馬」兒（　）衝出柵「門」（　）。

「闖」是描寫一匹馬從馬廄裡突然往外衝出去，引申為不顧後果的貿然行動，相關用詞如闖蕩、闖禍等。《說文》：「闖，馬出門貌。」

馭 ㄩˋ yù

以「手」（　，又）控制「馬」匹（　）。

金文（　）表示手持（　）馬轡繩（左右對分的線條）以控制馬匹（　）。篆體（　）簡化為以手（　）控制馬匹（　）。相關用詞如駕馭、馭馬等。

馴 ㄒㄩㄣˊ xún

或ㄒㄩㄣˋ，xùn。把「馬」（　）駕馭得像「川」水（　）一樣順暢。

「馴」與「順」二字都含有「川」。「川」是一條流暢的川水，這兩個二字都是以「川」為形容符號，代表流暢。

篆 

篆 

金 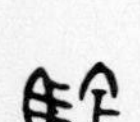

篆 

篆 

騎 ㄑㄧˊ qí

或ㄐㄧˋ，jì。一個人（，大）在「馬」（）背上快樂地「歌唱」（，可）。

篆

訓練馬拉車

駒 ㄐㄩ jū

能「勾」引（）重物的「馬」（）。

商周時期，當馬匹成長到兩歲時，就必須讓牠脫離母馬，安上轡繩，這個過程稱為「執駒」，之後再慢慢訓練牠馱重物，拉馬車，又稱為「攻駒」，這個典故出自於《大戴禮記．夏小正》：「執駒也者，離之去母也。……攻駒也者，教之服車。」經過這些成年禮訓練的馬，才配稱為「駒」，因此，「駒」引申為受過訓練的良馬，如千里之駒。金文、是由「句」「馬」所組成，「句」的本義為相互勾連，與「勾」通用，故「駒」的本義是將馬與負重之物勾連在一起，表示可承擔重任的好馬。

甲 篆

駱 ㄌㄨㄛˋ luò

行走在大「路」上（，各）的「馬」（），即古代的「路馬」。

「各」的本義為一隻腳往回家的路上走，（請參加各），後來添加「足」成為「路」。「馬路」一詞出於《左傳》，代表專供馬或馬車馳行的大路，而所謂的「路馬」則是指行走在大道上的馬，而「路車」則是指通行在大道上的馬車。古代沒有汽車，達官貴人出入以「路馬」或「路車」為交通工具，如《禮記》：「乘路馬，必朝服。」「卷冕路車。」後來，「路馬」簡寫作「駱」，「路車」則簡寫作「輅」。駱與輅都是指高大的馬或車，

甲 篆

通常是天子或諸侯所騎乘，如《禮記》：「天子居總章大廟，乘戎路，駕白駱」，「所謂大輅者，天子之車也。」《大戴禮記》：「諸侯相朝之禮，各執其圭瑞，服其服，乘其輅。」由此可知，天子所騎乘的馬與車稱為「大駱」或「大輅」，此外，「大駱」也是周天子的馬伕，也可說是替天子管理馬匹的官。秦國的祖先善於養馬，被封為大駱，他把這個技能傳授給兒子趙非子，後來，非子也繼承了大駱的職位。趙非子將周天子的馬養得很精壯，深得天子寵信，後來獲得封地，稱為秦，「秦」的構字本義就是養馬人（請參見「秦」）。從此，趙非子改姓稱為秦非子。《史記》：「大駱生非子」，「非子居犬丘，好馬及畜，善養息之。犬丘人言之周孝王，孝王召使主馬于汧渭之閒，馬大蕃息。孝王欲以為大駱適嗣。」

駟 ㄙˋ sì

拉著同一輛車的「四」（）匹「馬」（）。

在周朝，四匹馬拉一輛馬車，稱為一乘。所謂的「千乘之國」或「千駟之國」就是擁有一千輛馬車的大國，如《論語》說：「齊景公有馬千駟，死之日，民無德而稱焉。」俗話說：「一言既出，駟馬難追。」可見，四匹馬拉的戰車速度是非常快的。《說文》：「駟，一乘也。」

金

篆

高壯的馬

驍 ㄒㄧㄠ xiāo

高大（堯）的「馬」（）。

「驍」引申為勇猛，相關用詞如驍勇、驍騎、驍悍等。《說文》：「驍，良馬也。」「堯高也」

驕 ㄐㄧㄠ jiāo

長得「高」大（）走起路來搖搖擺擺（，夭）的「馬」（）。

「驕」的本義為一匹放蕩不拘的高壯野馬，引申為傲慢自大，相關用詞如驕傲、驕奢、驕縱等。「喬」的構字本義為長得高大但走起路來搖搖擺擺的人，在此作為形容符號，形容馬的高大自傲（請參見「喬」）。孔子說：「如有周公之才之美，使驕且吝，其餘不足觀也矣。」《說文》：「馬高六尺為驕。」

快馬加鞭

篤 ㄉㄨˇ dǔ

受到「竹」鞭（）驅策的「馬」（）。

竹鞭是古代御馬的必要工具，稱為「策」（請參見「策」）。駕馬若不用「策」，馬兒就會散漫、遊晃，甚至停下來吃草，一經鞭策，馬兒就立刻勇往直前，所以《孔子家語》說：「御狂馬不釋策。」《潛夫論》也說：「千里之馬，骨法雖

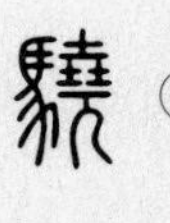
篆

篆

篆

具，弗策不致。」可見即便是千里馬，也必須加以鞭策才能使牠專心一志，確實達成目標。「篤」引申為督責、專心一志、確實地，如《鹽鐵論》：「吏正畏憚，不敢篤責。」其中，「篤責」就是「督責」之義，其他相關用詞如篤意（專心一意）、篤行（確實執行）等。

驃 ㄆㄧㄠˋ piào

快「馬」（）奔馳如風「飄」逸（，票）。

「驃」本是描寫一匹飛馬，引申為快速、勇猛，相關用詞如驃勇、驃騎將軍。霍去病是中國史上第一位票騎將軍（也寫作驃騎將軍），受封於漢武帝元狩三年春天。霍去病第一次出征匈奴年僅十八歲，率領八百騎兵，深入敵境數百里，殺死兩千多名敵軍，俘虜匈奴首領的叔父，一戰成名，其後數次長征匈奴，殺敵無數，迫使匈奴大舉撤退，不敢再來侵擾。可惜，這位勇猛的驃騎將軍年僅二十三歲就因病去世。《集韻》：「驃，馬行疾貌。」

篆 

騁 ㄔㄥˇ chěng

帶著禮物（，甹），騎著快「馬」（），飛奔目的地。

此人騎著快馬飛奔，顯然是有任務在身，應是為了完成聘禮吧，因為騁是由聘所分化而來，如《荀子》：「孰與聘能而化之。」其中的「聘能」就是「騁能」，意思是任意施展才能。騁的相關用詞如馳騁等。《玉篇》：「騁，直馳也，走也。」

篆 

驫 ㄅㄧㄠ biāo

眾「馬」（）奔馳。

金 篆 

馮 ㄈㄥˊ féng

或ㄆㄧㄥˊ，píng。騎「馬」（）渡過「冰」冷（，冫）的河水。

中國北方的冬天，有不少河川會結冰，要想平安渡河並不容易，因為河流深淺難辨，河水又冰涼刺骨，稍一不慎，摔落河中可就凶多吉少。於是，古人藉助於馬匹渡河。金文是由「仌、馬、止」所組成，其中，馬的四肢以「大」字型張開，腳底的符號像是浸泡在水中，代表騎馬渡過冰冷河水，篆體簡化成「仌、馬」，表示馬在冰上。「馮」引申為涉水、仗勢、貪求等，如《詩經》：「不敢馮河（不敢渡河）。」「有馮有翼（有倚靠有輔翼）。」《莊子》：「馮而不舍（貪求不捨）。」

憑 ㄆㄧㄥˊ píng

依靠著「馬」（）渡過「冰」冷（）河水的「心」（）。

「憑」的本字是「馮」，後來添加「心」以表示靠馬過河的心。「憑」引申為仗勢、倚靠，相關用詞如憑藉、憑空想像等。

金 

篆 

其他動物

象 ㄒㄧㄤˋ xiàng

「象」的甲骨文、、金文、都是一隻大象的構形。

《爾雅》稱讚大象是：「南方之美者」。大象的形態美麗，性情溫順，象牙尤其珍貴，為周朝貴族所喜愛。甲骨卜辭記載：「王田……虎……象。」這是紀錄商朝君王獵捕老虎、大象的事件。後來，大象日見稀少，周朝貴族所使用的象牙主要靠西南夷的進貢，因此《詩經》記載：「元龜象齒、大賂南金。」東漢許慎說：「象，南越大獸」，可見在漢朝，象只能從越南等國而來。大象為何在中國突然絕跡了呢？《左傳》說：「象有齒以焚其身。」意思是說，大象因有珍貴象牙而招致捕殺，金文是「象、爪、支」的合體字，似乎是描寫以工具取象牙。《逸周書》記載周武王捕獵數萬頭動物，捕獵清單中列有虎、貓（獅）、麋、犀、氂、熊、羆、豕、貉、麝、麈、鹿等，唯獨沒有大象，顯然大象已極為稀少，一般人大概只能從有關的器物中來認識大象。湖南博物館收藏了商朝的「象尊」，這是一個盛酒的青銅壺，造型是一隻完整的大象，象鼻上揚，倒酒時，酒從象鼻口流出，優雅而富趣味性。這類象尊的記載也出現於《周禮》：「獻用兩象尊。」

甲 金 篆

像 ㄒㄧㄤˋ xiàng

「人」（ ）在猜想大「象」的模樣（ ，象）。

「象」是「像」的古字，如《左傳》：「物生而後有象（像）。」《周禮》：「皆畫其象（像）焉。」象是一種生物，而像代表相似、圖像，兩者意義不同，為何古人會混為一談呢？《韓非子》解釋說：「人希見生象也，而得死象之骨，按其圖以想其生也，故諸人之所以意想者，皆謂之象也。」可見，戰國時期，許多人從未見過大象，只能由象的骸骨或圖畫來認識這種珍稀動物，於是，「象」就引伸出想象、相似、模樣的意義。到了小篆，為了避免混淆於是添加「人」而成為「像」，相關用詞如相像、人像、影像等。《易經》：「象也者，像此者也。」

篆

爲 ㄨㄟˋ wèi

或ㄨㄟˊ，wéi。「抓」（ ，爪）大「象」（ ）來供人使用。

象除了能搬運重物之外，還能打仗、耕田。《呂氏春秋》記載，周成王登基時，東方的殷商人馴服大象以作為侵擾工具，後來，周公平息戰亂後，作了三部有關大象的舞曲以資紀念。原文：「商人服象，爲虐于東夷，周公遂以師逐之，至于江南，乃為三象，以嘉其德。」除此以外，傳說舜能用象來耕田，死後，大象還繼續守在墓旁耕耘，《論衡》說：「舜葬蒼梧，象爲之耕。」即便是今日，泰國境內也還可以見到農夫騎在大象背上耕田的景象。「爲」的本義是驅使象替人工作，引申爲替某某做事等，相關用詞如爲了、作爲等。

甲 金 篆

僞 ㄨㄟˋ wèi

「人」（ ）「爲」（ ）的，非天然的。

商朝的婦好墓中出土了一隻完整的玉製幼象，體積雖小卻相當逼真。活生生的象與人造的象，有何差別呢？前者是真的，後者是假造的。

篆

「僞」引申爲非真實的、假造的，相關用詞如僞造、虛僞等。

能 ㄋㄥˊ néng

一隻強壯的熊

「能」是熊的古字，如《論衡》：「鯀殛羽山，化為黃能（熊）。」「能」的金文、及篆體是一隻熊的象形文，清楚描寫出熊的一張大嘴及兩隻熊掌。現代漢字，將頭寫成「厶」，大嘴寫成「月」，熊掌寫成「匕」。熊的力量勝過虎豹，能直立，像一個大能勇士，《尚書》所指的「熊羆之士」就是勇猛的戰士，因此，黃帝的部族稱為「有熊氏」，並以熊為圖騰來象徵族人的強壯。「能」的本義是熊，引申為力量、本領，相關用詞如能力、才能、能幹等。《淮南子》：「熊羆多力。」

金 篆

熊 ㄒㄩㄥˊ xióng

大「火」（）煮「熊」（，能）。

「熊」的本字是「能」，後來添加火以示區分，可見商周人看到熊就想到煮來吃。在古代，熊與羆的數量龐大，《逸周書》記載：「武王狩，禽虎二十有二，貓二，……，熊百五十有一，羆百一十有八。」可見熊羆的數量遠超過老虎獅子，武王一次狩獵竟然可捕獲兩百六十九隻。可是，中國境內的熊後來為何變得如此稀少呢？除了熊皮、熊肉具有經濟價值之外，大概是因為愛吃熊掌的關係。自古以來，君王愛吃熊掌（古時稱為熊蹯），《論衡》記載，太子商臣叛變，欲殺死自己的父親楚成王，成王臨死前，要求吃完熊掌再死，遭到拒絕，於是自縊身亡。《史記》又記載，晉靈公愛吃熊掌，有一次，御廚沒有將熊掌燉熟就端到他面前，他一氣之下，竟然把御廚給斬了。

篆

罷 ㄅㄚˋ bà

「熊」（，能）被「網」住（，网）了。

古人張網捕猛獸的紀錄不少，如《漢書》：「張羅罔罝罘，捕熊羆豪豬虎豹狖玃狐菟麋鹿。」，「罷」的本義為熊被網住了，獵捕活動已告結束，引申為停止、免去，相關用詞如罷兵、罷官等。

篆

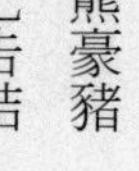

羆 ㄆㄧˊ pí

「火」（）烤被「網」住（，网）的大「熊」（，能）。

「羆」是大形的熊，如《詩經》：「維熊維羆。」《尚書》：「讓于朱虎熊羆。」

篆

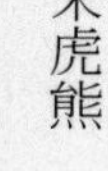

態 ㄊㄞˋ tài

「心」（）中才「能」（）的彰顯。

人的能耐自然會顯現於外，觀察人的外在言行舉止就可推知內在能力。「態」引申為神情舉止或樣式，相關用詞如態度、態勢、型態。「態」的簡體字為「态」。

篆

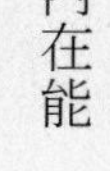

兔 ㄊㄨˋ tù

善於「逃脫」（，免）而免於被捕捉的動物。

甲骨文、是一隻兔子的象形文。篆體有了重大變化，在「免」（）之後加了「一劃」就成了「兔」（）（請參見「免」）。「免」有脫離的意義，後來加上的這一劃，除了象徵兔子尾巴之外，也隱藏了逃脫的意涵。兔，引申義為逃脫，所謂的「兔脫」就是逃離獵人之手。

甲 金 篆

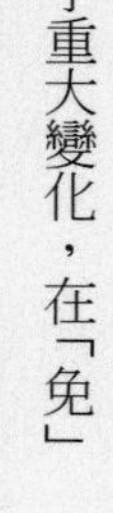

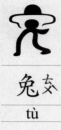

逸 ㄧˋ yì

「兔」子（）逃「走」（，辶）了。

「逸」引申義為消失不見，相關用詞如逃逸、隱逸等。另外兩個篆體、都把「兔」寫成「免」，可見「兔」是由「免」衍生而出的。

篆

冤 ㄩㄢ yuān

「兔」子（）被「罩住」（，冖）了。

野兔不易捕捉，因此古人便設下陷阱。最常見的手法是以兔子喜歡吃的食物當誘餌，在誘餌上方則放置一個罩子。上當的兔子吃了誘餌之後，守候一旁的獵人一拉繩線，兔子就被罩住了。被騙而心有不甘謂之「冤」，相關用詞如冤枉、冤屈等。

篆
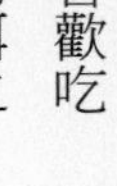

鹿 ㄌㄨˋ lù

豢養在屋棚下（，广）的鹿（）。

甲骨文、金文及篆體都是描繪一頭鹿，但到了隸書則加上「广」（），用以表示豢養在屋棚下的鹿。古代的鹿苑就是指用來養鹿的園子。

甲　金　篆

慶 ㄑㄧㄥˋ qìng

誠「心」（）「緩步」（，夊）呈獻「鹿皮」（）到他人家中祝賀。

商周時代，鹿（與祿同音）象徵吉祥。鹿皮除了可做聘禮，也可做祝賀或酬賓的禮物。金文是一張有鹿角、頭及尾巴的鹿皮；另一個金文添加了一個「心」，表示誠心誠意；篆體又添加了夊（），意表緩步前行以表恭敬。「慶」引申為喜事、祝賀，相關用詞如喜慶、慶祝等。「慶」的簡體字為「庆」，表面字

甲　金　篆

義像是一隻狗在屋簷下。

矦 ㄏㄡˊ hóu

或侯。用箭（，矢）射向掛在高處（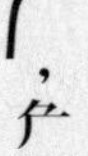，厃）的箭靶。

古代天子為招募英才，辦理射箭比賽，稱為「射侯」。所謂的「侯」就是高高掛起的靶子，此箭靶是用獸皮做成的，高高掛在遠處供人射擊。後來，漸漸將獸皮改成布幕，上面畫著熊、虎、豹或鹿等，分別稱為熊侯、虎侯、豹侯等。甲骨文及金文、、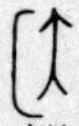都是代表把箭「矢」射向「垂直布幕」（，厂）上所繪製的動物。「厂」代表懸崖、河岸，在這裡代表垂直布幕。（漢字「盾」也有同樣的構字概念。）篆體將「厂」改作「厃」，「厃」是「危」的本字，代表高處。周朝貴族在天子舉辦的射侯比賽當中，表現好的就能當高官，因此，「侯」便引申為官職，如諸侯、魯侯、侯爵等。《周禮》：「王大射，則共虎侯、熊侯、豹侯，設其鵠。」《禮記．射義》：「故天子之大射，謂之射侯。射侯者，射為諸侯也。射中則得為諸侯，射不中則不得為諸侯。」

甲 

金 

篆

猴 ㄏㄡˊ hóu

射「侯」（，矦）用的類「犬」（）動物。

在山東嘉祥武宅山的漢代墓室壁上刻有一幅壁畫，畫的下半部是車水馬龍的賓客，右上方是描寫許多人拜謁主人的盛況，而左上方則是有人舉起弓箭，瞄準樹上的猴子與雀鳥。畫中以射猴子來象徵「射侯」，並以射雀鳥來象徵「射爵位」，表現了官場中人人汲營求取「侯爵」的景況。另外，猩、猿、猴都是有「犬」偏旁的形聲字，可見古人是把猿猴歸屬於犬類。《儀禮》所記載的「猴矢」就是射猴的箭，《周禮》稱為「鍭矢」，用於打獵，然而，古人射猴子，似乎並不是為了食用，《淮南子》記載，楚國有人烹

篆

煮猴子，請鄰居來享用，大家都以為是狗肉，吃完後，主人才告知是猴肉，他們聽了之後，都把吃進去的肉吐出來。由此可見，古代貴族射猴只是把猴子當箭靶來練習射猴。《周禮》：「殺矢、鍭矢用諸近射、田獵。」《淮南子》：「楚國有烹猴而召其鄰人，以為狗羹也，而甘之。後聞其猴也，據地而吐之，盡寫其食。」

鼠 ㄕㄨˇ shǔ

有一口利嘴及一雙利爪，能挖洞的動物。

鼠類是「齧齒」動物，有一口銳利的牙齒，能咬碎堅硬的核果。「鼠」的甲骨文、及篆體、描寫出老鼠的三個特徵：滿口利齒、一雙爪子及長長的尾巴。商周時期，鼠類都稱為鼠，戰國以後再加以分化，所衍生的新字都是加上聲符，如鼯、鼷、鼬等，其中，「鼯」鼠是一隻會飛的松鼠，「鼷」鼠是一隻在地底下活動的地鼠，「鼬」是身手敏捷的肉食動物，如貂、獾、黃鼠狼、水獺等都屬於鼬鼠科。

甲

篆

竄 ㄘㄨㄢˋ cuàn

老「鼠」（）到處開鑿洞「穴」（）。

俗話說：「龍生龍，鳳生鳳，老鼠的兒子會打洞。」可見，老鼠打洞是與生俱來的本領。先秦典籍有多處記載老鼠穿牆的事蹟，如《詩經》：「誰謂鼠無牙，何以穿我墉？」另外，西漢《算書》記載一則老鼠穿牆的算術問題，有一堵牆厚五尺，兩隻老鼠從牆的兩側對穿而來。第一天，大鼠穿一尺，小鼠也穿一尺。接著，大鼠逐日加倍，小鼠逐日減半，請問這兩隻老鼠幾天後可以相遇？這時候，他們各穿多少尺牆？《詩經．豳風》描寫先民對付鼠患的生活：「穹窒熏鼠，塞向墐戶」，翻成白話就是堵死房洞熏老鼠，以土塞死門戶破洞。《說苑》：「鼠者，人之所薰也。」

金

篆

索引

繆	閩	茗	咩	緲	廟	苗	麪	緬	綿	麼	蜢	蒙	黽	猛	冢	寐	媒	莓	梅	美	昧	妹
231・234	169・171	28	245	126	22	28	105	126	126・134	42・127・130	169	277	164・187・192・202	280	275・276	54・91・93	55	28	55	245・247	54・57	54

模	摹	摩	漠	寞	莫	秣	茉	沫	抹	末	謀	眸	某	哞	牟	蜜	密	祕	泌	宓	糸	謬
28	28	42	28	28	28・30	54	28・54	54	54	54・56・57	55	257	55・56・59	257	257・259	169・225	225	225	225	225	123	231・235

膩	紐	牛	獰	鳥	年	廿	能	納	難	N	穆	暮	慕	幕	墓	苜	牧	牡	木	磨	瘼	膜
225・227	126・135	165・243・257	280	165・207・221	104・113	60	303	126・137	217		104・112	28	28・30	28・30	28・30	28	257・258	257・258	53	42	28	28

篇	片	篷	抨	轡	賠	陪	培	胚	杷	攀	判	龐	胖	牌	排	P	甌	偶	O	駑	瘧	虐
45	53・68・91	45	86	126・137	54・64	54・63	54・63	54・62	55	55・67	256・261	168・176	256	91	236・237		151	169		293	91	265・268

葡	剖	疲	枇	丕	牝	朩	憑	評	萍	瓶	坪	平	瞥	撇	驃	飄	縹	瞟	漂	票	騙	翩
28	54・64	91	55	54・61	257・258	42	293・300	86	28・86	151	86	86・87	200	200	293・299	150・169	126・150・160	150・160	150・160	150・159	293	231

情	青	芹	茄	翹	鍬	瞧	愀	籤	韱	遷	箝	牽	赶	虔	倩	拪	薔	牆	強	羌	戕	Q
31	31・35	28	28	231・232	104	208	104	37・41・45	37・41	150・159	45	127・128・257・259	80・81	265・267	31	150・159	28	91・105・109	169・171	245・253	90	

犬	騎	器	緝	齊	綺	漆	桼	鰍	蚯	斛	秋	丘	寢	秦	侵	鯖	請	慶	蜻	晴	清	氫
165・243・281	292・296	281・284	126・137	104・105・110	126	54	54・59	104・188	169	151	104・112	273	91・93・120	105・115	120・121	31・188	31	305	31・169	31	31	31

箱	像	詳	象	翔	祥	香	X	寤	烏	物	污	汙	勿	我	甕	瘟	蚊	紋	紊	薇	緯	維
45	302	245	165・243・301	231・245	245・251	105・107		91・94	207・221・222	256・260	86・89	86	260	248	151	91	169	126	126	28	126	126・135・209

音	杏	蟹	邂	褻	懈	寫	舄	蝦	狹	驍	蕭	笑	顯	纖	鹹	獻	鮮	縣	線	㬎	蜆	羨
54・62	55・56・58	169・256	256	55・65	256	221・223	221・223	169	280	293・298	28・45・93	45・47	126・146	37・126	150・162	264・272・281・287	188・190・244	126・141	126・133	146	169	244・255

西	繡	猻	綉	嗅	莠	羞	琇	秀	熊	雄	薪	昕	芯	辛	卂	醒	腥	猩	惺	星	性	姓
150・157	126	281	104	280	28・104	245・248	104	104・112	303	209・216	28	151	28	23	239	37	37	37・281	37	37・38	37・38	36・37

雪	懸	軒	眩	炫	弦	玄	犧	繫	徯	戲	羲	潟	蜥	蓆	溪	犀	習	細	奚	係	系	囟
32	126・141	80・83	127	127	127・129	123・124・127	245・251・256・259	126・137	127	265・267	245・250	221	169	28	127	257	231・233	126	127・131	126・141	123・124	150

秧	烊	恙	洋	徉	佯	羊	Y	續	歔	噓	蓄	緒	虛	絮	吁	亏	薰	蕈	馴	迅	汛	噱
105	245	245	245	245	245	165・243・245		126・126	264・273	264・273	127・128	126	264・272	126・134	86・89	53・86・88	28	162	292・295	240	240	265・270・275

鴉	蚜	芽	耀	藥	窯	窈	幺	鹽	甗	燕	筵	厭	煙	雁	菸	湮	焉	癢	養	樣	瘍	羕
221	169	28	209・213	28・127	244・254	127	123・124	150・161	151・264・272	207・236・237	45	281・288	150・158	206・208・209・220	28	150・158	221・224	91	245・252	245	91	245

移	埶	胰	痍	姨	迆	夷	弌	弋	乙	蚓	茵	堊	犾	鷹	鶯	蠅	縈	英	葉	枼	也
104・105・110	55・65	151	91	151	168・173	151・153	225・227	165・205・226	170・180 164・167・169・	169	28	150・158	281・287	206・209・213	221	169・203	126	28	55・56・60	55・56・60	170・172 164・167・168・

綠蠹魚 YLC91

漢字樹 3 與動植物相關的漢字

作者——廖文豪
主編——吳家恆
責任編輯——劉佳奇
編輯協力——黃珍吾
美術構成——吉松薛爾
出版五部總監——林建興

發行人——王榮文
出版發行——遠流出版事業股份有限公司
地址——台北市南昌路二段八十一號六樓
劃撥——0189456-1
電話——02-2392-6899
傳真——02-2392-6658

著作權顧問——蕭雄淋律師
法律顧問——董安丹律師
製版印刷——中原造像股份有限公司

初版一刷——二〇一四年九月一日
行政院新聞局局版台業字第1295號
新台幣售價——三百八十元（如有缺頁或破損，請寄回更換）
ISBN——978-957-32-7485-8

中華民國文化部贊助出版
Kindly Sponsored by Ministry of Culture, R.O.C.

ylib 遠流博識網
http://www.ylib.com
www.ebook.com.tw
e-mail: ylib@ylib.com

國家圖書館出版品預行編目（CIP）資料

漢字樹3：與動植物相關的漢字／廖文豪作. 一 初版. 臺北市：遠流，2014.09
288面：17X23公分（綠蠹魚；YLC91）
ISBN 978-957-32-7485-8（平裝）
1.漢字 2.中國文字

802.2　　103016114